私には
十年来の幼なじみがいる
はよっす
おっ
おはようっ！
ドキ
ドキ
ドキ
す…
ッ
!?

…っ
いちごジャムついてた
はるくんが好き
これは私だけが知っている秘密の恋心
だけどー…

じゃあね はるくーん!
…結衣、
あの子とは
もう遊んじゃだめよ
…うん
ー私とはるくんは
小さな頃から仲よくする事を禁じられている
もうこれ以上
お母さんを裏切るわけにはいかない

もう、
はるくんとは一緒にいられないの
…なんで？
はるくんと一緒にいると、
私が辛いの…
うう…
うう…
うっ…

コツン…
俺はね、
結衣に一生分の恋を捧げるって
ずっと昔に決めてたんだよ
もう逃げるのは終わり
この想いを強さに変えて、
キミとの未来を掴んでみせる

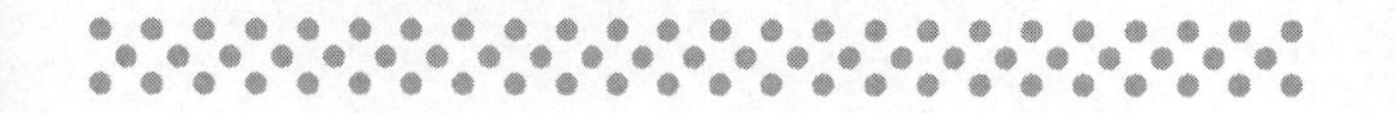

野いちご文庫

幼なじみとナイショの恋。

ひなたさくら

STARTS
スターツ出版株式会社

contents

第一章

第二章

第三章

最終章

結衣の幼なじみで同じクラス。勉強もスポーツも万能のイケメンでモテるけど、結衣にしか興味がない。

高1。真面目で内気な優等生。子供の頃から悠斗を一途に想い続けているけど、自分に自信が持てずにいる。

厚木翔吾

明るく、おちゃらけた感じだけど、よく人を見ている。同じクラスの結衣と悠斗のことを、何かと気にかけている。

古賀みずき

結衣たちのクラスメイト。思ったことをハッキリ言うので勘違いされやすいけど、本当は優しくて面倒見がよい。

井田雪子

オタク気質で少し挙動不審なところがあるけど、人一倍大人な考えを持っている。結衣たちのクラスメイト。

八木真人

爽やかなイケメン。落ちついた雰囲気だけど、じつは笑い上戸で、クラスメイトの悠斗と翔吾のやりとりがツボ。

大切な誰かを裏切ってでも、守りたい場所があった。

それは——。

「二人だけの秘密な」

大好きな大好きなキミの隣。

「何があっても、俺が結衣を離さないから」

たとえこの先、キミと手をつないで歩く未来がなかったとしても……。

願うことすら許されないのだとしても……。

それでも私はキミに、一生分の恋をする。

第一章

秘密の恋心

　あの時キミは、なんて言った？

　泣きじゃくる私の隣にそっと寄り添い、私の頭を優しく撫でながら、キミは力強い口調でそう言ったよね。

「――」

　ねぇ。あの時キミは、なんて言ったの？

　今の私には、どうしてもその声が聞こえない――。


「ん……」

　鳥のさえずりに誘われるようにして、重たいまぶたをゆっくりと持ち上げる。

　ぼんやりとした視界に映ったのは、カーテンの隙間(すきま)から差し込む日射しに照らされた、年季の入った写真立て。そこに写っている二人は、楽しそうにこちらに向けてポーズをとっている。

　男の子のほうは、ちょっとぶっきらぼうにピースサイン。一方、写真の中の女の子は、満面の笑みで両手でピースサインを作っている。――これは、幼い頃の私。

たしか、小学校一年生の時に遠足へ行った日の写真だ。

あの頃の私は、いったいどんな気持ちでこんなふうに無邪気な顔で笑っていたんだろう？

はぁっと一つため息をつき、朧気(おぼろげ)な意識のまま枕元に手を伸ばす。

指先に当たったスマホを取り、霞(かす)む目を擦りながら時間を確認。

すると。

「わっ！　もうこんな時間！」

とっくに目覚ましをセットした時間はすぎていた。

どうやら、寝ている間に無意識でスマホの目覚ましを止めてしまっていたらしい。

「もう！　いつもこうなんだから！」

慌ててベッドから起き上がり、バタバタと洗面台へ。身支度を整え仕上がったのは、家を出る予定の時刻まであと五分といったところ。

いつも、なんだかんだで間に合っちゃうから、寝坊癖が直らないんだよね。

そんなことを思いながら、ダイニングテーブルの上に用意されていたいちごジャムトーストを立ったままひとかじりした。

皿の横に添えられていた不動産会社のチラシを手に取り、モグモグと口を動かしながらその裏に書かれたメモを読む。

【戸締まりはしっかりしてね】

「……行ってらっしゃい。お母さん」

〝おはよう〟とか〝行ってきます〟とか、そんな言葉がもう少しくらいあってもいいんじゃないかな……なんて、そんな思いはとうの昔に捨てた。

お母さんは世に言うシングルマザーというやつだ。

私、蒔田結衣の両親は、三歳の時に離婚した。

お父さんの顔は、正直よく覚えていない。ただ、毎日のように二人がケンカをしていた記憶だけはある。

離婚をしてしばらくは、田舎のおばあちゃんの家で暮らしていたけど、私が小学校に上がるちょっと前に、今住んでいるこのマンションに引っ越してきた。

今私が住んでいるのは、お母さんが高校を卒業するまで住んでいた街らしく、またいつか絶対にこの街に住みたいと、お母さんは常々思っていたんだって。

引越しが決まった時に、一度だけお母さんがそう話してくれたことがある。

その話をしている時のお母さんの顔が、せっかく念願が叶うというのにどこか苦しそうだったのはなぜなんだろう？って、いまだにその理由はわからないまま。

だけど、この街に来てからお母さんが変わったのだけはわかる。

田舎で暮らしていた時の優しくて穏やかなお母さんはどこかへ行ってしまった。毎日、まるで何かに追われているように仕事をしている。

私の顔も見ず出かけ、私の顔も見ず眠る。〝おはよう〟や〝行ってきます〟を言う時間さえ惜しいみたい。

でもそれは、仕方のないことだと思ってる。

だってきっと、女手一つで私を育てていくのは、とても大変なことだから。

私だって、これ以上お母さんの負担になんてなりたくないから、文句なんて言える立場じゃない。

お母さんに、もうこれ以上辛い思いをさせないためなら、たとえ叶えたい未来があったとしても、私はその思いに蓋をして、諦める努力をする。それがきっと、私がお母さんにできる唯一のことだから……。

そんなことを考えていたら、せっかくのいちごジャムトーストが砂のような味に変わってしまった。それ以上食べる気がしなかったので、再びそれにラップをして、スクールバッグを片手に家を出た。

外はまだほんの少し、桜の香りが残っていた。

学校の桜はもうだいぶ葉桜になってしまったけど、マンション脇の公園の桜はまだしぶとく咲き続けているから、きっとそのせいだろう。

玄関前の廊下から、眺めのいい八階からの景色を眺めながら一階へ下りるためエレベーターへと向かう。下へ行くためのボタンを押すと、すぐにエレベーターがやってきたので乗り込んだ。

七階……六階……。

階数を知らせるランプが点滅するのを意味もなく眺めちゃうのは、いったいなんでなんだろうな……。

なんて、どうでもいいことを考えていたら、そのランプが点灯したまま四階部分で止まった。

思わずドキンと心臓が高鳴る。

だってこの階は、いつも〝彼〟が乗り込んでくる階だから——。

「はよっす」

「お、おはようっ！」

思ったとおり。開いた扉から現れたのは〝彼〟だった。

色素が薄くてほんのり茶色の髪。整ったくっきり二重の目に女の子みたいに真っ赤な唇。私よりも少し焼けた肌。

背もまた伸びたのかな？　この前の身体測定で一七七センチだって言っていたけど、

その時よりもまた少し大きくなった気がする。

思わず目が釘づけになってしまうほど整ったルックスの彼——尾上悠斗くんは、同い年で十年来の付き合いになる、いわゆる幼なじみというやつだ。

エレベーターの扉が閉まると、そこは二人だけの空間。

こういうシチュエーションは小さい頃から幾度もあったことなのに、鼓動はさらに加速していく。

制御できないこの音が、静かだと彼に聞こえてしまいそうで、私は意を決して彼に話題を振ることにした。

「は、はるくん！　今日も眠そうだね！」

「めちゃくちゃ眠ぃ……」

気だるそうに頭の後ろをかきながら、くあっとあくびをするはるくん。

「もしかして、また、遅くまでゲームしてたの？」

「当たり」

「ほどほどにしないと、いつか大寝坊しちゃうんだからね。ほら、寝癖もついてるよ」

クスクスと笑いながら、はるくんの寝癖にちょんと触れる。相変わらず、羨ましいくらい柔らかな髪の毛だ。

はるくんは女の子に生まれ変わっても、ものすごく美人さんなんだろうな。

「結衣に言われたくないし」

すると、はるくんが私の手を取り、首を傾げるように私の顔を覗(のぞ)き込んできた。

真っ直ぐな瞳に射抜かれる。

驚く間もなく、はるくんの反対の手が頬に伸びてきて、キュッと私の口の端を親指で拭った。

「いちごジャムついてた」

「……っ」

ペロリ、とその指を舐(な)めるはるくんは、きっと私の気持ちなんて一ミリも気づいていないんだろう。

こうやって、はるくんの一挙一動に、私がどれだけドキドキさせられているかなんて……。

「結衣こそ寝坊しただろ。鏡見る暇もなかった?」

ふっと口元を緩めるはるくん。

「ち、違うもん！　これはわざとつけてたの！」

「はっ。何それ、どんな言い訳だよ」

「はるくんだって、昔からいっつも同じ場所に寝癖ついてるんだからね！」

「これは、わざとつけてんの」

「それ私と同じ言い訳だよ⁉」

私は、彼とこんなふうにいられるこの時間が好き。

彼の隣が好き。

十年たっても変わらない、はるくんのこの笑顔が大好き。

私は、彼に出逢った十年前から、ずっとずっと彼に恋をしている。

誰にも言えない、秘密の恋を——。


エレベーターが一階に到着する。

「ほら。降りるぞ」と言ってコツンと私の頭を小突くはるくんに、ぶぅっと頬を膨らませていると、エレベーターの扉が開いた。

「結衣？」

そこに現れた光景に、心臓がドクンと嫌な音を立てる。

「お母さん……」

なんで？　なんでお母さんがここにいるの？　私より先に家を出て、たしかに仕事に行ったはず。

置き手紙だってあったし……。

お母さんは、無言のまま冷たい表情で私……それからはるくんを見て、また私へと視線を戻した。

どうしよう……。見られてしまったかもしれない。私が、はるくんと仲良くしている姿を――。

動揺する私の後ろで、エレベーターが音もなく閉まるのがわかった。

「忘れ物をして、取りに戻ったの」

「そ、そっか……」

背中を冷たい汗が伝う。

「ずいぶん楽しそうに話していたみたいだけど、どんな話をしていたのかしら？」

「そ……れは……」

どうしよう。上手な言い訳が思いつかない。

ギュッと手を握りしめたその時、隣にいたはるくんが動いた。

お母さんの冷ややかな視線が、私から彼に移る。

「安心してください。ただ、挨拶していただけなんで。関わりたくない人にだって、顔を合わせたら挨拶くらいするのは常識でしょ？」

そう言ってはるくんは、さっきまで笑い合っていたのが嘘のような冷ややかな表情でお母さんを見下ろすと、私を置いて、先にエントランスを出ていってしまった。

「嫌な子……」

お母さんは、眉間にしわを寄せながら言う。

ううん。違う。違うよ、お母さん。本当のはるくんは、とっても優しいんだよ。今だって、きっと私がお母さんに怒られないように、わざとあんなことを言ってお母さんの意識を逸らしてくれたんだ。

私たちの関係がお母さんに悟られてしまわないように、〝関わりたくない人〟だなんて言ってみせたの。

はるくんは、私と私たちの関係を守ってくれたんだよ。

「結衣。あの約束、ちゃんと覚えているわよね？」

「……うん」

「あの子には、絶対に関わらないでちょうだい」

お母さんにこの言葉を言われるのは、かれこれ何度目だろう？

私とはるくんは、小さな頃から仲良くすることを禁じられている。

さっきみたいに、楽しく会話をするなんてもってのほか。近づくことすら許してもらえない。

これ以上、私がお母さんの負担にならないようにするのであれば、言うことを聞くべきなのだろう。はるくんとは関わるべきじゃない。きっとそれが、お母さんのため。

だけど——。

「……わかってるよ。大丈夫。心配しないで。彼とはもう、何年もまともに話してなんかいないから」

だけど私は、お母さんに大きな隠し事をしている。

もうずっと前から、私はお母さんを……裏切っている。

はるくんと出逢ったのは、このマンションに引っ越してきたばかりの頃。小学校の入学式の数日前。

マンションの下にはなかなかに立派な公園があって、公園のまわりを囲うように植えられた桜の木が、淡いピンク色の花を盛大に咲かせていた。

『わぁ！　きれいー！』

風が吹くたびひらりと舞うそれをキャッチすると一つ願い事が叶う……なんて、勝手に自分で考えた願かけ遊びをしていた。

『えいっ！　あー！　なんで逃げちゃうの⁉　これじゃ願い事なんて叶わないよ！』

何度手を伸ばしても、一向に掴まえることができないそれに、地団駄を踏んでヤキモキしていたら。

『そんなんで、願い事が叶うわけないじゃん』

背後からそんな言葉が飛んできて、なんだとー⁉という気持ちで振り返った。だけど次の瞬間、文句を言うために開いた口をそのままに、私は言葉を失ってしまった。

そこには、何を怒っていたのかすら忘れてしまうほどの美少年が立っていたからだ。

彼が桜を引き立てているのか、桜が彼を引き立てているのか、もはやどちらかわからないほどの絶世の美少年。

なぜだかわからないけど心臓が急に高鳴り出して、思わず胸を押さえ首を傾げてしまう。

私が恋に落ちたのは、間違いなくこの時だと思う。この時は、そんなこと考えもしなかったけど、たぶん……ううん。間違いなくこの時だった。

だってこの時、真っ直ぐな瞳で私を見つめてくる彼のことが、知りたくてどうしようもない気持ちになったんだ。

『あなた、誰？』

『尾上悠斗。六歳』

『同い年だ！』

『てか、お前こそ誰』

『私？　私は蒔田結衣！　六歳！』

『一人で遊んでんの？』

『うん！　だって、誰もいないから』

『……じゃあ、一緒に遊ぶ？』

『うんっ‼　遊ぶっ！　遊びたいっ‼』

それからというもの、公園で遊びながら、はるくんといろいろな話をした。

じつは、はるくんも一ヶ月ほど前に私と同じマンションに引っ越してきたばかりだということ。入学する小学校も同じだということ。

もともとこのマンションのすぐ近くに住んでいて、はるくんのお母さんはそれよりもっと昔から、この街に住んでいるということ。

当時からはるくんはぶっきらぼうだったけど、私の質問にも面倒くさがらず答えてくれた。

はるくんは、なんだかんだで昔から優しいんだ。

彼のことを知るたびにそわそわするような、ワクワクするような、なんとも言えないうれしい気持ちになった。

次の日もその次の日も、決まった時間にはるくんは現れて、一緒にたくさん遊んで、たくさんお話をした。

たまにケンカもして、だけどすぐに仲直りして。いっぱい笑って。

はるくんとそんな時間を過ごしていくうちに、私は彼に恋をしているんだと子供ながらに自覚していったんだと思う。

はるくんは、私の初恋だった。

だけど、そんなある日のこと。

滑り台のてっぺんで足を投げ出しながら、今日ははるくんと何して遊ぼうかなって、そんなことを考えながらはるくんが来るのを待っていた。

『結衣！』

でも、そこに現れたのははるくんではなく、眉をつり上げたお母さん。

『毎日毎日、勉強もせずどこをほっつき歩いてるのかと思ったら！　こんなところにいたのね！』

まずいって思った。だって、お母さんは引っ越してきてからすごく私に厳しくなって、入学前だというのに家には勉強のためのドリルが山積みで。お母さんが仕事の間は、それをやって待っているって約束だったんだ。

それなのに私はこの時、それにまったく手をつけていなかった。はるくんとの時間に、毎日夢中になっていたから……。

『帰るわよ！』

『ごめんなさい‼　で、でも……』

『でも⁉』

〝待ち合わせしている子がいる〟

そんなことを言ったら、間違いなくただじゃすまない気がする。

どうしよう……。

今にも泣き出してしまいそうで俯いていたら。

『あれ？　もしかして、遥……？』

その声に、はっと顔を上げる。

遥……とは、私のお母さんの名前だ。

私を睨みつけていたお母さんが、その声のしたほうを振り返る。

誰だかわからないけど、天の助け‼　なんて思ったのは大間違い。

『夏……葉……？』

お母さんの表情が一瞬にして凍りついた。こんなお母さんの顔は見たことがなくて、なんだかすごく嫌な予感がした。

『何やってるの。お母さん』

『あれ？　悠斗』

気がつけば、夏葉さんという人の隣にははるくんが立っていた。私と遊ぶために持ってきたのか、手にはサッカーボールを抱えている。一方、夏葉さんは両手にスーパーの袋を下げていて、きっと買い物帰りなのだろう。

『いつも悠斗が遊んでるのって、この子？』

『そうだよ』

ん？　つまり、これって……。

『はるくん。その人、はるくんのお母さん？』

『うん』

やっぱり‼

よく見たら夏葉さんは、はるくんとよく似ていた。とても美人で、優しそうで、理想のお母さんって感じの人。

はるくんのお母さんは私の視線に気がつくと、目を細めて柔らかく微笑んでくれた。

笑った顔も、やっぱりはるくんにそっくりだ。

また、はるくんのことを一つ知れた気がして、すごくすごくうれしかった。

だけど——。

『結衣‼』

お母さんの悲鳴にも似た怒鳴り声に、驚きのあまり肩がすくんでしまった。

その時に見たお母さんの、怒りと恐怖が入り混じったような不思議な表情は今も忘れられない。

『お母さ……』

『帰るわよっ‼　すぐに下りてらっしゃい‼』

　お母さんのただならぬ様子に、慌てて滑り台を下りる私。地に足がついた瞬間、お母さんに強引に手を引かれる。

　自分でも、いったい何が起こってるのか、お母さんが何に腹を立てているのかもわからない。早足で出口へと向かうお母さんのあとを、ただただ必死についていった。

　はるくんとはるくんのお母さんの横を通りすぎようとした時、ようやくお母さんが何に怒っているのかがわかった。

　お母さんが、はるくんたちの前でピタリと歩みを止めたのだ。

『今後一切、うちの子に関わらないで‼』

『……え？　それはどういうこと？』

　はるくんのお母さんが眉根を寄せる。

『そのままの意味よ！　うちの結衣を、あなたの子なんかと関わらせたくないの‼』

　お母さんのその言葉を聞いたはるくんのお母さんの顔は真っ赤に染まり、お母さんのことを激しく睨みつけた。

『あなたが、何を根に持ってるのか知らないけど、子供たちには関係のないことでしょう⁉』

『関係あるわよっ！　あなたの子なんて、きっとろくな子じゃないもの！』

『あなた……子供の前でなんてことを‼』

　大人がケンカをしているのを見たのは、お母さんがお父さんとケンカをしていた時以来だ。どうにか止めなくちゃって、方法を考えていた。

　はるくんも同じ気持ちなのか、はるくんは自分のお母さんの服の裾を掴んで、必死に引っ張っている。はるくんのお母さんは気づいていないみたいだけど……。

　私には目の前のお母さんが、なんだか知らない人みたいに見えた。お母さんがどこか遠くへ行ってしまう気がして、怖くなってくる。

　さらに何もできない無力な自分への苛立ちも相まって、とうとうポロポロと涙が出てきてしまった。

『お母さんやめて！　もうやめてよ‼　前に保育園の先生が、ケンカはしちゃダメって言ってたよ‼　人を傷つけたらいけないんだよ‼』

　お母さんの腕にしがみついて泣きながらそう訴えれば、お母さんたちのケンカがピタリと止まった。それからお母さんは、キッとはるくんを睨みつけると、私の腕を強く引いて公園をあとにした。

　しくしくと泣いている私に、お母さんはなおも釘を刺す。

『もう二度と、あの子に近づいちゃダメ』

〝なんで？〟なんて聞き返すこともできなかった。またお母さんが、私の知らないお母さんになってしまう気がして。

『あの子とだけは、絶対に関わらないで！　お願いだから、約束をして！』

私の両肩を掴み、必死な形相でそう迫ってくるお母さんに、私は頷くことしかできなかった。

『約束……する……』

そう約束したものの、子供だった私は、すぐにはお母さんの言葉の重みを理解できず、その後も公園ではるくんを見つけては今までと同じように遊んでしまった。だけど、何度もお母さんに見つかっては、同じように強く釘をさされ、次第にはるくんと遊んでいたあの公園に行くのを躊躇するようになっていったんだ。


そして迎えた小学校の入学式。

なんと私とはるくんは同じクラス。それを知った時、一瞬でも〝うれしい〟と思ってしまって、すぐにお母さんへの罪悪感でいっぱいになった。

〝あの子とだけは、絶対に関わらないで！　お願いだから、約束をして！〟

お母さんのその言葉が聞こえてきたから。

『なんで、公園に来ないんだよ』

小学校の生活にも慣れ始めたある日の帰り道、はるくんに捕まってしまった。

それまで、はるくんとはなるべく距離を置いていたから、こんなふうにはるくんを間近で見るのは、一緒に遊んでいたあの頃以来。

久しぶりにはるくんと向き合った私の心臓が、はるくんと出逢ったあの日と同じように高鳴り始めるのがわかった。

『俺、あれからも毎日公園に行ってたんだぞ』

『毎……日……?』

『うん。毎日』

てっきりはるくんも、あれからは公園に行っていないものだとばかり思っていたから、私はすごく驚いた。それと同時に、すごく申し訳ない気持ちになる。

だって、私はもう……。

『もう、待ったりしないで』

『なんで?』

『だって……私はもう公園には行けないから』

だって、私はお母さんと約束した。もう、はるくんとは関わらないって。

本当は、そんなのすごくすごく嫌だけど。また、はるくんと遊びたいけど。

そんな自分の気持ちをお母さんに伝える勇気なんて、私にはない。

あの頃の私にとって、お母さんは唯一の家族で、もしもお母さんに嫌われてしまったらと思うとすごく怖かった。

ただでさえ私は、生きているだけでお母さんの負担になってしまっているんだ。これ以上お母さんを困らせたくはない。

『はるくんだってはるくんのお母さんに、もう私とは遊んじゃダメだって言われたでしょ？』

『言われた』

……そうだよね。だって、あんなにお母さん同士の仲が悪いんだもん。

それにお母さんは、たくさんはるくんの悪口を言った。はるくんも、はるくんのお母さんも、きっとすごく嫌な気持ちになったに違いない。

『言われたけど、そんなの知らない』

はるくんのお母さんに嫌われちゃっただろうなと落ち込んでいたら、はるくんが驚くほど真っ直ぐに私を見つめてきた。

『お母さんたちは関係ないだろ？　俺が結衣と遊びたいから遊ぶんだ』

『……っ』

『結衣は、もう俺と遊びたくない？』

はるくんは、どうしてそんなに自分の気持ちに正直でいられるんだろう？

私だって、本当は――。

『私も……。はるくんと……遊びたい』

ずっと胸の奥に隠していた、正直な言葉と一緒に涙が溢れてくる。

『だけど、そんなの無理だよ。私はまだ子供だし、お母さんの言うとおりにしなくちゃだもん。はるくんと一緒にいたくても、いられないんだもん！』

わんわん泣き出す私に、はるくんはちょっと困り顔。すると、何かを思いついたかのようにランドセルを下ろし、そのポケットへと手を突っ込んだ。

『はるくん……？』

それから何かを手に取ると、私に向けて『ん』と手を突き出してくる。

とっさに手を差し出すと、その上に、ひらりと一枚の花びらが乗せられた。

色がくすんで、なんだかもうしわしわだけど、たぶんこれは――。

『……桜の花びら？』

『願いが叶うって、結衣が言ったんだろ』

『え？』

『結衣と〝一緒にいられますように〟ってお願いした』

『……っ』

私の現れなくなった公園で、そんな願いを叶えるため、必死にはるくんが落ちてきた花びらを追いかけていたのだと思うと、胸の奥がギュッと締めつけられる。

はるくんのその願いを叶えられるのは、きっと……私しかいないんだ。

『っ……私もはるくんと一緒にいたい。一緒に……いる！』

その時、私はお母さんとの約束よりもはるくんの隣にいることを選んだ。

正真正銘のお母さんへの裏切り。お母さんを裏切ってでも、守りたい場所があった。

『うん。一緒にいよう。結衣が怒られるのは嫌だから、俺もお母さんたちには秘密にする』

たとえ許されないのだとしても。

『二人だけの秘密な』

はるくんの隣にいたかったんだ……。


——それから十年。

「結衣」

お母さんと別れたあと、昔のことを思い出しながら最寄りの駅へ向かっていた私は、改札前で呼び止められてはっと顔を上げた。

「はるくん……」

はるくんが、駅構内の柱に寄りかかって立っていたのだ。

「なんで……いるの？」

「なんとなく。混んでる電車に乗るのダルくなった」

え？　そんな理由？

たしかにはるくんは人混みが嫌いだけど、そんなのは毎日のことだし……。

「そんなぼーっと歩いてっと転ぶよ？　結衣は意外に鈍くさいんだから」

「こ、転んだりなんてしな……キャッ‼」

言っているそばから、段差につまずく私。そんな私の体は、軽々とはるくんの腕に抱き留められてしまった。

「ほら。言わんこっちゃない」

「ご、ごめ……」

見上げると、すぐ近くにはるくんの顔があった。

途端に顔が熱を持つ。

「遅刻する。行くよ」

自然とつながれた手のひら。小さな頃から何度もつないだ手のひら。

だけど、私は今でもその体温にドキドキが止まらない。

そっか……。はるくんはきっと、私を待ってくれていたんだね。お母さんに呼び止められた私を心配して……。

はるくんの広い背中を追いかけながら、ギュッと唇を結んで、今にも零れ出てしまいそうな言葉を押し込める。

……好き。はるくんが好き。

自分の意思をしっかりと持った、真っ直ぐで優しいはるくんの瞳が大好き。

すごくすごく大好き。

あれから十年。

私は、こうしてお母さんの見ていないところで、はるくんと仲良くしている。

それだけでも、お母さんを裏切るには十分な行為だ。

もうこれ以上、お母さんを裏切るわけにはいかない。

だから、この恋心を私がはるくんに伝える日は一生やってこない。

たとえ伝えたとしても、私とはるくんが恋人として手をつないで歩ける未来なんて絶対にやってはこないのだから。

そんなこと、望めるはずがない。望んだりしない……。

……はるくんが大好き。

これは私だけが知っている、秘密の恋心。

憧れる人

はるくんと私は、小学校はもちろん、中学校も一緒だった。

だから、お母さんの目を盗んではるくんと仲良くするのは、案外簡単なことだった。

さすがにマンションに近いあの公園で遊ぶなんてことはできなくなってしまったけれど、学校では毎日顔を合わせることができたし、行きや帰りもこっそり待ち合わせをした。

今日みたいにお母さんにバレてしまうんじゃないかって、ヒヤッとすることは何度かあったけど、私たちの秘密の関係は、お母さんたちに知られることなく十年間、なんとかこうして続いている。

そして……。

「はるくんてさ、なんでうちの高校にしたの?」

この春、はるくんと私は同じ高校に入学した。

「なに急に」

「うん。前から気になってたんだ。はるくん、バスケの強い高校からたくさんスカウトきてたでしょ? それなのに、なんであえてうちの高校を選んだのかなって……」

今日もいつもと変わらず混み合っている電車の中、視線の先にあるのは、去年はるくんがスカウトされたバスケの強豪校の制服を着た生徒。

その高校の制服は、ブレザー型のうちの制服とは違い、紺色のピシッとした詰襟(つめえり)だ。

はるくんの選択次第では、今ここにいるはるくんがあの制服を着ていたかもしれないんだと思うと、ちょっぴり不思議な感じがする。

そうなっていたら、私たちは出逢ってから初めて違う学校になっていたんだ。もう、こんなふうに一緒に学校に行くなんてできなかったかもしれない……。

はるくんは、小学生の頃からバスケをやっていた。

もともと運動神経がよかったこともあって、中学の部活動でも大活躍。エースとして出場した関東大会で優勝を果たしたほどの実力だ。

そんなはるくんだから、てっきり強豪校に進学して本格的にバスケに取り組むものだと思ってた。だけどはるくんは、あっさり強豪校からのお誘いを断ってしまったんだ。

「別に。深い理由はないけど。もともと俺にとってバスケは遊びの延長だったから」

「遊びの延長?」

たしかに、バスケをしている時のはるくんは、いつも楽しそうだ。大好きなおもちゃで遊んでいる子供みたいにキラキラした目をしている。

「さすがに強豪校に行ったら、遊びってわけにはいかないだろ。だけど、俺がしたいバスケは強いバスケじゃなくて、楽しいバスケだから。……まぁ、その考えを甘いって言うヤツもいるけど」

はるくんは、見る人によってはやる気がないとか何を考えてるかわからないって言われがちだ。だけど、じつはそんなことはまったくない。はるくんには、いつもしっかりした自分の意思がある。絶対にぶれることのない強い意思。

きっと誰かがこうしろああしろと言っても、自分の意思にそぐわないものなら、はるくんは絶対に迷ったりしない。人の意見にまったくと言っていいほど左右されないのだ。

そんなはるくんを私はすごく尊敬してる。そして、ちょっとばかり羨ましくも思う。私には、貫き通せるような〝強い意思〟なんてないから……。

「ううん。はるくんらしいよ。今のバスケ部は楽しい？」

「まーね。みんないいヤツばっかだし。少なくとも、楽しいバスケはできてるんじゃない？」

「そっか。よかった！　私、はるくんが楽しそうにバスケをしている姿が大好きだから、はるくんが楽しいと、私もうれしい！」

零れた笑みをそのままはるくんに向けてそう言うと、なぜかはるくんは目を丸くして固まってしまった。それから手の甲で口元を押さえると、プイッとそっぽを向いてしまう。

あれ？　私、何か変なこと言っちゃったかな？

「はー……」

た、ため息までつかれちゃった……。

「……こんなん……学校離れたら心配で、バスケどころじゃないっつーの」

「え？　何？　はるくん今、何か言った？」

何かをボソッと呟いたはるくんの声は、学校の最寄り駅につくことを知らせるアナウンスによってかき消されてしまった。

「……なんでもないよ」

「ひゃっ！」

はるくんは両手でぐしゃぐしゃと私の髪をかき乱すと、開いた電車の扉から、さっさと降りてしまった。

駅から出ると、同じ制服を着た生徒たちがあちこちにいた。

私たちの通う学校があるのは、駅から徒歩五分ほどの場所。他に交通手段もなく、ほとんどの生徒がこの駅を利用している。

こうなると気になり始めるのが、あちこちから矢のように飛んでくる視線の数々。

といっても、それは私に向けられているものではなくて……。

「キャー！　見て見て！　尾上くんがいる‼」

「朝から会えるなんて超ラッキー‼」

「相変わらずかっこいいよねー！」

……はるくんに向けられたものだ。

「相変わらず、モテモテだね。はるくん」

「興味ない」

本当に興味がなさそうにあくびをしているはるくんは、ちょっとウンザリといった感じ。

それもそうか。はるくんがモテるのは、今に始まったことじゃないもんね。

はるくんは中学生の時から女の子にモテモテだ。

小学生の頃のはるくんは女の子みたいにかわいくてきれいな顔をしてはいたけど、背が低くて、特別モテるわけではなかった。それなのに、中学校に入ると背が伸び出して、声も低くなって、かっこいいって言われ始めるようになった。

中学校の卒業式では、制服のボタンは全滅。ワイシャツのボタンまで引きちぎられているのを見た時は、げっそりしたはるくんにちょっと同情してしまったっけ。

そして現在……。

「はるとくーーん！」

「キャー！　こっち見た！　かわいいーー‼」

先輩方にまでモテモテのはるくんは、もはや学校のアイドルだ。

はるくんは、そんじょそこらの芸能人やモデルさんよりかっこいい。それに、ちょっとクールだけど優しい人だから、人気者になるのは当然だと思う。

私みたいなのが、こうしてそばにいてもいいのかなって思ってしまうほど、すごくすごく素敵な男の子だもん。

だけど、なんだか年々はるくんが遠い存在になっていってしまうようで……少しだけ、寂しいと思ってしまう自分もいるんだ。

「悠斗ウィーーッス‼」

突然はるくんが前のめりになったので、驚いて俯けていた顔を上げると、そこにははるくんの背後からおぶさるように抱きつく、厚木翔吾(あつぎしょうご)くんの姿があった。

「蒔田さんもおっはよー！」

「お、おはよう！　厚木くん！」

はるくんの首にしがみついたまま白い歯を覗かせ、ニッコリと笑った厚木くんが右手を上げる。

「結衣。こいつに、おはようとか言わなくていいから。ハゲる呪いがかかるよ」

「の、呪い⁉」

「かからねーよっ‼　てかひでぇ！　それが親友に対する物言いかね‼　悠斗くん‼」

「は？　親友？　どこの誰が？　つか、下りろ。赤の他人」

「赤の他人っ‼」

いかにもガーンという感じで地面に突っ伏す厚木くん。それを見て「めんどくせぇ」と呟くはるくん。

「蒔田さん！　この冷血野郎になんとか言ってよ！」

「あはは！」

相変わらずの二人のかけ合いに、厚木くんには悪いと思いつつもつい声を零して笑ってしまった。

厚木くんは、はるくんと同じバスケ部に所属していて、はるくんが一番心を許している親友というやつだ。

なんでも、厚木くんとはるくんは中学時代にバスケの試合で何度か顔を合わせたことがあって、学校が違うにもかかわらず、当時から仲がよかったらしい。はるくんは厚木くんに一方的に懐かれたって言ってたけど……。

そして、私とはるくんは、厚木くんとクラスも一緒だ。

明るくて楽しくて誰とでも仲良くできちゃうクラスのムードメーカー的存在の厚木くんは、誰にでも分け隔てなく接してくれるとってもいい人。

そう。厚木くんは、こんな私にも普通に接してくれるんだ……。

「あれ？　尾上くんと一緒にいるのって蒔田さん？」

背後からそんな話し声が聞こえてきて、ドキッと心臓が跳ねる。

「本当だー。なんで蒔田さん？　蒔田さんて一組で超浮いてる人でしょ？」

「そうそう！　あの人、優等生なのはいいけど、とっつきにくくて同じクラスでも喋ったことない人ばっかだよ」

「えー。そんな人がなんで尾上くんたちと？」

「たまたまじゃないのー？」

後ろを歩く彼女たちの言葉が棘のように胸に刺さって、冷や汗が背中を伝っていくのを感じる。

彼女たちは、きっと私に聞こえているなんて思ってはいないのだろう。別に嫌がらせとかそういうのじゃなく、これが彼女たちの率直な意見なのだ。

そうだよね……。私なんかが、はるくんたちのそばにいるなんてやっぱり〝不自然〟だよね。

「あ！　そうだ！」

「結衣？」

「わ、私、やらなきゃいけないことがあるんだった‼　ごめんね！　私、先に学校へ行くね！」

はるくんと厚木くんが不思議そうな顔をしたけど、努めて笑顔で「あとでね！」と言って、私は二人を置いて学校へと駆け出した。


つい全速力で走ってしまったせいか、なかなか息が整わないまま【一―一】と書かれた教室についた。

まわりが挨拶をしたり、昨日のテレビの話題で盛り上がる中を無言で通り抜け、静かに自分の席につく。もちろん、誰かが話しかけてきてくれるはずもない。私はこのクラスの空気と一緒だ。

そう。じつは入学してからもうすぐ一ヶ月。私はこのクラスにまだ少しも馴染めていなかった。それどころか、はるくんと厚木くん以外、ほとんど話したことすらない。

みんなが学校での居場所を見つけていく中、私だけが取り残されてしまった。

今住んでいる街に引っ越してくる前は、私はどちらかと言えば自分の気持ちをはっきりと口にできる性格だったと思う。田舎のおばあちゃんには、『結衣は本当にお喋りだね』って呆れられたくらいだ。

だけど、おばあちゃんがいる田舎から、今住んでいる街に引っ越してきてからというもの、お母さんは厳しくなり、私に完璧を求めるようになった。とくに勉強に関しては、遊ぶ暇がないくらい習い事をさせられて、そのせいで友達の誘いを断ったのは数えきれないほど。

そうしているうちに、一人、また一人と友達は減っていき、私自身も、友達にどう接したらいいのかわからなくなっていってしまった。

そんなある日。

『結衣ってつまらなくない？　いつも勉強ばっかしてて、全然うちらと遊ばないし』

『わかるー！　あんなの友達とは言わないよね！』

中学一年生の時のことだ。

当時仲がいいと思っていた友達がそう話しているのを聞いてしまい、それからというもの、友達を作ることが怖くなってしまった私は、すっかり内気な人間になってしまった。

もう、あんな目に遭うのは嫌だとか、誰も私なんかとは友達になりたくないだとか、そんなことを考えていたら、すっかり一人ぼっちが板についてしまったのだ。

本当は私だって、目一杯友達と遊んでみたい。カラオケだって行ってみたいし、プリクラだって撮ってみたいし。休日に買い物にだって行ってみたい。

だけど、そんなふうに普通の友達関係を築ける自信はまったくない。

「はぁ!? 何それ!? どういう意味よ!?」

突然教室の中に、甲高い女子の声が響き渡った。

驚いてその声の出どころを確認すると、一人の女子が険しい顔で目の前にいる女子を睨みつけていた。その子の隣にいる女子も同じようにその子を睨みつけている。

……ケンカ?

睨みつけられている張本人はたしか、古賀みずきさん。

金髪に近い髪色に、色白でとってもきれいな顔立ちの彼女は、クラスでもずば抜けて目立っているからよく知っている。今彼女を睨みつけている、ちょっと派手な子たちといつも行動をともにしているイメージだけど……。

「だから、あんたたちのその腐った根性には、いい加減付き合いきれないって言ってんの」

「はぁ!? なんなのあんた! 今までそんなこと思ってたわけ!?」

うわぁ……。しゅ……修羅場だ……。

いきり立つ子たちを前にしても古賀さんはものともしていないようで、まったくの無表情。

「もういいっ‼　あんたと友達とかやってらんない‼　二度と話しかけないでよ‼」

「はいはい。言われなくても話しかけねーわ」

「っ‼」

――パン！

あ。と思った瞬間、女子の一人が古賀さんに平手打ちをした。それを見ていたクラスメイトたちが騒然としている。

だけど、そんな心配をよそに古賀さんは、平手打ちの衝撃で背けた顔を彼女たちのほうへゆっくりと向けて。

「気がすんだ？」

ゾッとするような顔でそう嘲笑った。

「い、行こう！」

「う、うんっ」

相手の二人は一瞬怯むと、逃げるように教室を出ていく。

……す、すごいな……。たった一人であの迫力。

三人は友達だったんだよね？

大丈夫かな？　いったい何があったんだろ……。

それにしたって、なんだか古賀さんて……。

クラスメイトたちが、今起きたことに当たらず障らず自分たちの世界に戻っていく中、私だけが古賀さんを見つめてしまっていたみたいで、ケンカの相手をダルそうに見送ったあとの古賀さんと、バチッと視線がぶつかってしまった。

すると。

「見てんじゃねーよ」

そんな言葉とともに、思いきり睨まれてしまった。

「っ！」

慌てて視線を手元に落とす。

お、怒られてしまった……。

その日の昼休み。私は、学校で一番のお気に入りの場所、裏庭にあるたった一つのベンチを一人で陣取っていた。この場所は、静かで日当たりがよくて、春の陽気を存分に感じることができる、穴場の場所なのだ。

ふー、と息をつきながらここに来る前に寄った売店の袋を開ける。今日のお昼ご飯は、売店のナンバーワン商品のカツサンドだ。

カツサンドが入ったパックの蓋を開けると、ソースの香りが漂ってきて、思わずお腹がグゥと鳴った。

お小遣い事情的には自分でお弁当を作って持参したいところだけど、朝寝坊常習犯の私にそんな余裕はまったくない。だから、お昼ご飯はもっぱら売店頼りだ。

料理は嫌いじゃないから、かわいいお弁当を作ってみたいなぁなんてことも思うんだけど、毎日一人でお昼を過ごす私にはかわいいお弁当を自慢できる相手もいないし、虚しい気持ちになっても嫌だから、いまいち踏みきれないでいる。

いつか友達ができたら、お弁当の見せ合いっことかしてみたいなぁ。なんて。

そんなことを考える前に、この内気な性格をどうにかしなきゃだよね。

「いただきます」

カツサンドを手に取りパクリと一口。

うん！　やっぱり最高においしい‼

ネガティブな気持ちは、お腹を満たして消し去ってしまおう！

なんて考えながら、二口目を頬張ろうとしたら……。

「ラッキー。今日はカツサンドじゃん」

カツサンドは私の口に向かうのではなく、ガブッという音を立てて、大きな口にかぶりつかれてしまった。

「うま」

「は、はるくん!?」

「結衣ってさ、昔から見かけによらずガッツリしたのばっか食うよね」

カツサンドを持つ私の手首を掴んだまま、一口でカツサンドの半分を食したはるくんが、唇についたソースを舐め取りながら私を見下ろしていた。

か、間接キス……‼

って、バカバカバカ‼　何を考えてるの私‼

はるくんは昔からよくこういうことをするけど、とくに意味はないんだってば！

赤くなった顔を誤魔化すように、頬を膨らませて怒ったふり。

「は〜る〜くん？　私のカツサンドだよ？」

「さすが売店のナンバーワンだけあるね」

「そういうことじゃないよぉ！」

「なに怒ってんの？　一口貰っただけじゃん」

「一口が大きいよ！　カツサンドあんまり入ってないんだからぁ〜！」

「ふっ。すげー食い意地」と言って、呆れたように笑ったはるくんが私の隣に腰を下ろし、何やら自分が持っていた袋をあさり出す。

「しょうがねーな……。ん。これ一口やる」

こ……これは！

はるくんが私のほうに差し出したのは、売店のナンバーツー商品！　たこ焼きパン‼

パンに挟まったたこ焼きの中には、惜しみなくカットされた大きなタコ。しかも、そんなたこ焼きと一緒に焼きそばまで挟まった、贅沢（ぜいたく）だと話題の惣菜パンだ。

さっき私も売店で、カツサンドとどちらにしようか迷ったばかりだった。

や、やっぱりこっちもおいしそう……。

「ぶっ」

「は！　な、なんで笑うの⁉」

「いや。結衣、今にもヨダレたれそうだから」

「なっ⁉　た、たらさないもん‼」

「はいはい、わかったから。ほら。あーんして」

私のほうに、ずいっとパンを近づけるはるくん。

あーん⁉

……て、こんなふうに見つめられて、そんな恥ずかしいことできるわけ……‼

もう真っ赤になった自分の顔を隠す余裕もない。

ど、どうしよう……。

「早く」

「ううっ……」

これは、どう考えても〝いらない〟とは言えない雰囲気だ。

せっかくくれるって言ってるのに、拒否するのも悪いし……どうしよう。

うう！　こうなったら、覚悟を決めるしかないよね！

あーもう！　そんなに見ないで～‼

「い、いただきます！」

勢い任せにガブリと一口かぶりつく。

「お、おいひい‼」

「ぶはっ！　そう？　よかったね」

はるくんは、普段すごく大人っぽいのに、時々こうして子供みたいな顔で笑う。

十年前と変わらない、大好きな大好きなはるくんの笑顔。

この笑顔を見ると、どんな辛いことだって乗り越えられる。そんな気がするんだ。

ようやく笑い終えたはるくんが、青く澄みきった空を眩しそうに仰いだ。

優しい風が吹いてきて、はるくんの前髪がサラサラと揺れる。

きれい……。

「まだ友達できそうにない？」

カツサンドを手に取った私は、思わず「うっ」と声を漏らしてしまった。

「朝も、俺らに気をつかって先に行っただろ。ああいうの、しなくていいから」

気づいてたんだ……。

やっぱり、はるくんはすごいなぁ。

私のことは昔から、なんでもお見通しなんだ。

「うん……。でもほら、私、とっつきにくいって言われてるから。私といたら、はるくんたちも変なふうに言われちゃうかもしれないし……」

「言いたいヤツには言わせとけばいいし」

「そう……なんだけど……」

はるくんのことを悪く言われたりしたら、私はきっと私自身を許せない。

自分が悪く言われるより、はるくんが悪く言われるほうが何倍もダメージが大きいんだ。

「はるくんが、私のせいで悪く言われるなんて……。そんなの絶対に嫌」

無意識にギュッとスカートを握りしめていた。そんな私を見て、はるくんが一つため息をつく。

「結衣は、昔から人のことばっかだよね」

「え？」

「ま。いいけど。結衣が自分を大事にしないなら、俺が結衣を大事にすればいいだけだし」

それって……どういう意味？

はるくんの言葉の意味がいまいち理解できなくてキョトンとしていたら、呆れたように笑うはるくんに「鈍感」と言われ、デコピンをされてしまった。

痛い……。

「友達なんて無理に作るもんでもないし。結衣のペースでゆっくりやればいいんじゃない？」

「……うん」

「結衣のいいとこに気づくヤツ、絶対現れるから大丈夫」

はるくんは、私の髪をくしゃりと撫でながらそんな言葉をくれる。

はるくんは、本当に優しいなぁ……。

きっと、この場所にいる私を見つけてくれたのも、私が一人ぼっちでいると思ったからでしょ？　朝、私の様子がおかしかったから。

はるくんは昔からそう。私の様子がおかしければ、すぐに気づいてくれた。

熱があれば、私より早くはるくんが気づいてくれたし、一人で隠れて泣いていれば、必ず見つけ出してくれた。

昔からそんなはるくんに、私はどれほど救われてきただろう？

私はそんなはるくんの優しさに、ずっとずっと甘えてきたんだ。

だから、時々怖くなる。

はるくんが、そばにいなくなってしまったら?

私は、どうなってしまうのだろうって……。


あっという間に五月に入り、景色が桜から新緑に完全に移り変わった頃。

朝のホームルームで担任の先生から、五月下旬に行われる学年合同レクリエーションについての説明があった。

「つーわけで、当日は男三女三の男女六人グループでの行動になるからな。五限目のロングホームルームでグループ決めをするぞー」

グループ決め……。

私が日頃から恐れていた言葉だ。

クラスに友達がいない私は、グループ決めでは絶対にあぶれてしまう自信がある。

そんな悲しい自信を持つのもどうかと思うんだけど……間違いない。

だから、できることならくじ引きとかで決める方法を期待していたんだけど……。

「グループは好きな者同士で組んでいいからな。五限目までに適当に声かけ合っておけよー」

そんなぁ！

ざわめき出す教室内では、すでに「一緒のグループになろうねー！」と生徒たちが誘い合っている。

そんな中に私が入っていけるわけもなく……。あとのことを思うと、ただただ憂鬱で仕方がなかった。

そして、五限目のロングホームルームの時間。

やっぱりこうなるよね……。

一緒のグループになりたい者同士で集まれと先生から指示があり、クラスがバッチリいくつかのグループに分かれる中で、私は見事に取り残されてしまっていた。

無事グループが成立し、お喋りを楽しんでいるみんなを横目に〝どうしよう〟という気持ちを抱えたまま佇(たたず)むことしかできない。

よく見れば他にも二人、私と同じようにどこにも属していない人がいた。

一人は真っ黒のお下げ髪と大きなメガネがトレードマークの井田雪子(いだせつこ)さん。井田さんはなんでも無類のアニメ好きらしく、いつも一人でかわいらしいアニメキャラクターのグッズを眺めている。

そしてもう一人は……なんとあの古賀さんだ。

以前ケンカしていた友達とまだ仲直りをしていないのか、古賀さん以外の二人は違う子たちとグループを作ってしまっている。

つまり、私、井田さん、古賀さんの女子三人と、残った男子三人でグループを組めば全グループ成立なわけだけど……。井田さんと古賀さんに声をかけるのは、なかなか勇気が必要だ……。

ちなみに、残った男子って誰だろう？

そう思ってあたりを見回していたら、肩をポンと叩かれた。

「はるくん……」

振り返ると、そこにははるくんが立っていた。

はるくんの後ろには、厚木くんともう一人、ニコニコとこちらに笑みを向けている男の子。たしか、クラスの女子がよく『爽やかイケメン』と騒いでいる……そう、八木真人くんだ。

「まだグループ決まってない？」

「……え……あ、うん……」

私はギュッと唇を結び、つま先に視線を落とす。

やだな。一人ぼっちで惨めなところ、はるくんには見られたくなかったのに……。

「ならよかった」

「……え？」

「結衣は、俺らのグループで決定ね」

俺らのグループ……？

それって……はるくんたちと一緒のグループになるってこと？

えっ⁉

「で、でもっ！」

「何？　文句あんの？」

「ち、違くてっ！　だって……い、いいの？」

だって、はるくんなら絶対他の子たちからもたくさん声がかかっているはずだし、てっきり、もうグループも成立しているものだとばかり思っていたのに……。

「いいも何も、最初から結衣以外と組む気なんかないし」

それって……。

「こいつ、いろいろな子から声かかっても〝無理〟の一点張りでさ！　健気に蒔田さんのポジション空けて待ってたんだぜ！」

「余計なこと言うな。バカ翔吾」

「だって、本当のことだろー？」

バツが悪そうに頭の後ろに手を当てているはるくん。ほのかに頬が色づいている。

はるくんは私の視線に気がつくと、「見んな」と言って手で私の視界を塞いだ。

それじゃあはるくんは、たくさんの人たちの誘いを断ってまで、私と組もうと考えてくれていたってこと……？

胸にじんわりと温かいものが広がってくる。

うれしい……。

でも、はるくん厚木くん八木くんだよ……？　こんなクラスでも一際目立つメンバーの中に、私が入れてもらってもいいのだろうか……。

今も、何人かが私たちのやりとりに気がついて、コソコソと耳打ちをし合っている。

きっと、なぜはるくんみたいな素敵な人が、私みたいなのに構うんだろうと思っているのだろう。みんなは私とはるくんが幼なじみだとは知らないし、当然だと思う。

こんな私なんかといたら、はるくんたちの評価まで下がってしまうんじゃ……？

本当は私なんかより、他の人と組んだほうがいいに決まってる。

俯きかけたその時、ズシッと頭が重くなった。

驚いて顔を上げれば、はるくんが私の頭に手を置き、眉を寄せながら私を見下ろしていた。

「またゴチャゴチャ余計なこと考えてる。もう、結衣が俺らと組むのは決定だから。嫌だって言っても聞くつもりないから」

はるくんは「わかった？」と言って、私の髪をくしゃくしゃに撫で回す。それを見て、厚木くんと八木くんが微笑ましそうに笑っている。

強引だなぁ……。だけど、はるくんの優しさがひしひしと伝わってくる。

だってこんなの、〝うん〟しか言えないもん。

ぐしゃぐしゃになった髪を直しながら、恐る恐る彼を見上げ。

「……うん。ありがとう。よろしくね」

そう言うと、はるくんが小さく微笑んだ。

厚木くんと八木くんも「よろしく！」と言って笑ってくれた。

「あとはあの二人だよなー」

、厚木くんが腕を組みながら「うーん」と唸っている。

「二人ともなんかあれだ……。誘うのに勇気がいるオーラだよな。古賀さんは好みだからなおさらだし」

「翔吾の好みとか、マジどーでもいいわ」

「え!? なんで!? どうでもいいの!? 俺の好み、どうでもいいの!? 俺がイケメンじゃないから!? 悠斗と八木っちみたいにイケメンじゃないから!? みんな俺なんてどうでもいいの!? そういうこと!?」

「ウゼー……」

二人のやりとりを見て、あははと笑っている八木くんが「俺、とりあえず井田さん誘ってくるよ」と言って行動に出た。

そして、数分後。

すんなり井田さんを連れて帰ってくる。

「八木のそのスマートさ。真のイケメンだわ……」

「そんなことないから」

感服している様子の厚木くんに、八木くんは苦笑い。

でも、八木くん本当にすごい……。あんなに簡単に誘えちゃうなんて、そのコミュニケーション能力と勇気を見習いたいよ。

「よ、よよよ、よろしくお願いします‼」

緊張した様子で深々と頭を下げる井田さんに、私は慌てて駆け寄る。

「そ、そんな！　頭なんか下げないで！　あ、あのっ……こちらこそよろしくね！」

そう言うと、恐る恐る顔を上げた井田さんがメガネの奥でふんわりと笑った。

わぁっ！　か、かわいいっ‼

「あとは、古賀さんかぁ」

厚木くんの言うように、あとは古賀さんが入ってくれればグループは成立。だけど古賀さんは、自分の席で目をつむったまま微動だにしない。

グループ決めなんてどうでもよさそう……。

「おーい古賀。あとはお前だけみたいだぞ。ちょっとは動けー」

私たちの様子に気がついたのか、先生が助け舟を出してくれる。すると古賀さんがゆっくりとまぶたを持ち上げ、私たちに視線を移した。

「お？　こっちに来るか？」

厚木くんが、私たちにだけ聞こえるようそう呟く。

声をかけたほうが……いいよね？

だって、私ならきっと〝仲間に入れて〟なんて言えない。そもそも、それができたら苦労していないし……。

もしかしたら、古賀さんもそうなのかも。

それなら、私から〝同じグループになってください〟ってきちんと声をかけなくちゃ……。

「あ、あのっ……」

「無理」

「……へ？」

「私、あんたみたいなのと絶対に組まないから」

教室内が、しんと静まり返る。

え？〝あんたみたいなの〟って、私……？

「おい！　古賀どこ行く！」

先生の呼びかけを無視して、古賀さんは教室から出ていってしまった。

わ、私……古賀さんに嫌われてたんだ……。い、いや、私を好いてくれてる人のほうが少ないのはわかっていたけど……。

だけど、これはちょっと……ショックかもしれない。

「……何あいつ。待ってろ。連れ戻してくる」

「は、はるくん待って！」

「……何？」

古賀さんを追いかけていきそうなはるくんを止めるように腕をギュッと掴むと、はるくんが眉根を寄せた。

はるくん苛立ってる……。

知ってるよ。私の代わりに怒ってくれてるんだよね？

「はるくん、ありがとう。私は大丈夫だよ。今は少しほっておいてあげよう？」

はるくんは納得いかなさそうに一つ舌打ちをする。でも、すぐにわかってくれたみたい。腕を組んではぁっとため息をついて、その場に留まってくれた。

「悠斗が熱くなるとか、珍しいよね〜。蒔田さん本当最強だわ〜」

「え？」

「翔吾って本当にうるさいよね。今すぐハゲればいいのに。つか、ハゲろ」

「やめてくれる⁉　そのハゲキャラに仕立て上げるの、やめてくれる⁉」

二人のやりとりを見ていたら、「蒔田さん、気にしないほうがいいよ」と八木くんが声をかけてくれた。

私はそれに「ありがとう」と笑ってみせる。

古賀さんに嫌われちゃってるのは悲しいけど、みんなに心配かけちゃいけないよね。

どうしたらいいかはわからないけど、少し時間を置いて、今度はきちんと私から〝同じグループになってください〟ってお願いしてみよう。

私を嫌いなら、私は近づかないようにするからって……。

私のせいでみんなに迷惑かけてるんだ。私がどうにかしなくちゃ……。


そして、次の日。

私はなんとか古賀さんと話ができないものかと、朝からずっとタイミングをうかがっていた。だけど、どうやら思いきり避けられているようで、声をかけようとするタイミングで、古賀さんは近寄るなとばかりにすぐにどこかへ行ってしまう。

「ど、どうすればいいんだろ……」

昨日先生には、できれば今日の放課後までにグループのメンバーを確定してほしいと言われてしまった。明日のロングホームルームからは、グループに分かれて活動しなきゃならないかららしい。

古賀さんと組むのが難しかったら、他のグループの子に代わってもらってもいいって先生は言っていた。はるくんと八木くんがいれば、代わりに組みたい女子はいくらでもいるだろうからって……。

たしかにそうかもしれないけど、なんだかそれは違う気がする。

そもそも、はるくんをダシに使っているみたいですごく嫌だ。

とにかく、まずは古賀さんに話を聞いてもらおう。どうするかは、それからだ。

そうこうしているうちに、古賀さんと話すことすらできないまま昼休みになってしまった。

「どこ行っちゃったんだろう？　古賀さん……」

タイムリミットはもう目前なのに、教室に古賀さんの姿は見当たらない。

お昼ご飯も食べず教室を出て、他に生徒が行きそうな場所を一とおり探してみた。

だけど、古賀さんはどこにもいない。

あまりにも見つからないから、つい校舎から離れた体育館のほうまで来てきてしまったけど……。この時間のこのあたりは人気がなく、何か用事がない限り古賀さんが来るとは思えない。

もう一度、校舎のほうに戻ってみよう。

そう思い、来た道を戻ろうとすると……。

「結衣？」

「はるくん！」

体育館の出入り口から、はるくんが出てきて驚いた。

「何やってんの？ こんなとこで」

「え⁉ えーと……。は、はるくんこそどうしたの？」

「俺は、朝練の時の忘れもん取りに来た」

「忘れ物？ 体育館に忘れたの？ 一緒に探そうか？」

「いや。あったからもういい」

「そっか……」

古賀さんに嫌われてしまっているとわかったあのあと、はるくんに『古賀のことはもうほっときなよ。勝手にあっちが嫌ってんだ。結衣が気づかってやる必要ない』そう言われてしまった。

たぶん、古賀さんと話をしたら私が傷つくんじゃないかって、はるくんは心配してくれているんだ。

だから、はるくんには古賀さんと話をしようとしていることはできるだけ隠しておきたい。これ以上、心配はかけたくないから。

じゃないとはるくんは〝俺が話つけてやる〟とか言って、古賀さんをとっ捕まえかねないもん。

そういえば、昔もそんなことあったなぁ……。

たしか、あれは小学校五年生の時。クラスのとある男子に、ちょっとした嫌がらせをされた時期があった。

なんでそんなことをされるのか自分でもよくわからなくて、理由を聞こうと奮闘したけどなかなか勇気が出なくて。どうしたらいいのかわからなくなった私は、誰もいない場所でこっそり泣いていたんだ。

そんな時、どこからともなくはるくんが現れた。

泣いている私を見たはるくんは、眉をつり上げて『俺が話つけてやる！』って、突然走り出して、走っていった先で私に嫌がらせをしている男子を見つけると、風のような速さで掴みかかってこう言った。

『結衣を泣かせたら、絶対に俺が許さないっ！』

昔から滅多に顔色を変えないはるくんが、私のことで怒ってくれている姿に、うれしくて、うれしくて、涙が止まらなかったんだっけ……。

はるくんは、そういう人。

あの時は男の子相手だったし、話す余地もないくらい嫌がらせに傷ついていたから、ああいう形ではるくんに頼ってしまったけれど、今回はちゃんと自分で解決しなくちゃ。

嫌われているなら、必ず理由があるはず。それに、一緒にグループを組みたくない原因が私なら、私さえどうにかすれば古賀さんはグループに入ってくれるかもしれない。いざとなったら、私が他のグループに行くことだって……。

「結衣？」

「あ！　ご、ごめんね！　ぼーっとしてた！　それじゃあ、私行くね！」

「古賀なら、女子二人と体育館裏に行ったよ」

……え？

「はるくん……。なんで……」

「結衣が一人でどうにかしようとしてるのなんて、バレバレだから」

「でもっ……」

「俺に心配かけないようにしようとしてんのも」

あの時もそうだ。嫌がらせを受けていたことは誰にも話していなかった。

嫌がらせ自体も、誰にもわからないようにされていたし。

だから、誰にも見つからない場所で、こっそり泣いていたのに……。

はるくんは、そんな私を見つけてくれた。

なんではるくんには、なんでもわかってしまうんだろう？

「何驚いてんの」

「あ……いや、はるくんすごいなって思って……。私、そんなにわかりやすいのかな？」

もしかして、頭で考えたことがはるくんには聞こえちゃってるとか……？　昔、何かの小説でそんな物語があったような……。

「バーカ」

「え⁉」

ふわり、はるくんの香りがして、思わずはるくんに抱きしめられたのかと思ってしまった。

はるくんは私に歩み寄ると、私の肩にトンと額を乗せる。そこからゆっくりと顔を持ち上げると、はるくんは息がかかるほど近い距離で私に耳打ちをした。

「……どれだけ結衣のこと見てきたと思ってんの？」

はるくんが声変わりをしたのが、たしか中学二年生の時。初めは聞き慣れなかった低音ボイスも、今ではすっかり慣れてしまったのに……。

耳元で囁いたはるくんの声は、まるで知らない男の人の声みたいだった。

一気に真っ赤に染まる私の顔を見て、はるくんは満足そうに笑う。

「俺に隠し事しようとしたお仕置き」

「お仕……置き……？」

熱を持った顔ではるくんを見上げると、はるくんは「なんでもない」と言って優しく微笑み、私の頭をくしゃっと撫でた。

「つか、古賀んとこ行かないの？」

「い、行くっ！　でも、はるくんは……」

「俺も一緒に行く。安心しなよ。とっ捕まえたりしないから」

片方の口角を上げて、クスッと笑うはるくん。

……やっぱりはるくんは、なんでもお見通しのようだ。


「いた……」

はるくんと一緒に体育館裏へと回り込むと、ようやく古賀さんを見つけることができた。古賀さんは、体育館の壁を背に女子二人と何か話をしている。

見間違いでなければ、古賀さんの前に立つのは、以前教室で古賀さんと揉めていた二人だ。

たしか同じクラスの……八代さんと田口さんだったっけ。

「まだ、出ていかないほうがよさそうだな」

「そ、そうかな？」

「ただお喋りしてるってだけには見えないし。様子見たほうがいいんじゃない」

たしかにはるくんの言うとおり。古賀さんは面倒くさそうに顔を歪め、八代さんと田口さんは腕組みをして古賀さんを見下ろしている。何やらただならぬ雰囲気だ。

盗み聞きなんてよくないのはわかっているけど、ここまで来て引き返すわけにもいかない。〝古賀さん、ごめんなさい！〟と心の中で唱えながら思いきって耳をすませてみた。

「だから、あんたが私たちに謝りさえすれば、こっちのグループに入れてやってもいいっつってんの」

あれ？　もしかして古賀さん、あの子たちのグループに誘われてる？

謝るならって、この間のことだろうか。

「なに言ってんの？　謝らなきゃいけないことなんて、私何もしてないし」

「とか言ってさ、内心強がってんじゃないの？　昨日本人に面と向かって言ってたじゃん。蒔田みたいなのとグループとか嫌なんでしょ？」

いきなり八代さんの口から出てきた自分の名前にドキッとする。

「たしかにあの子、とっつきにくいしねー。勉強できるんだかなんだか知らないけど、その前に友達作れっての。いっつも一人でいて、話しかけてもらうの待ってる感じが目障りだよねー」

う……。私、そんなふうに思われていたんだ……。

ドクドクと嫌な音を刻む鼓動。思わず胸のあたりをギュッと握る。

そんなつもりはなかったんだけどな……。だけど客観的に見れば、私の姿はそう見えてしまうのかもしれない。

目障り……か。時に言葉は凶器にもなるとよく言うけれど、胸を切り裂くような言葉だ。

肩にトンと重みを感じて顔を上げると、はるくんが心配そうな顔で私の肩に手を乗せていた。私は〝大丈夫〟と口パクで言って笑ってみせる。

「それに、あの井田。超キモイよね！　もろオタクじゃん！　いっつも、一人でニヤニヤしててマジキモイ。あんなヤツと同じグループとか拷問かよ」

八代さんと田口さんは顔を見合わせてギャハハと笑っている。

自分のことを言われているわけではないのに、なんだかとても不快な気分だ。うん。自分のこと以上に嫌な気持ち。

「だからね？　私たち、みずきがかわいそうになっちゃったの。優しいでしょ？　謝ってくれたらこの間のこと、水に流してあげるって言ってるんだよ？　私たち、どれだけ寛大なのって話じゃない？」

古賀さんはじっと八代さんを見つめながら黙っている。

「うちのグループのもう一人の女子がさ、尾上くんのこと好きらしくて、代わってもいいって言ってんのよ。だから、あんな二人なんかと組まなくても私たちと……」

「たしかにそうだね」

古賀さんは八代さんの話を遮るように口を開く。

「たしかに、あのグループになるとかほんと無理」

「でしょ⁉　じゃあ……」

「だけど、あんたたちみたいに人をバカにしてばっかりいるヤツと組むほうが、その何万倍も無理！」

八代さんと田口さんが目を見開いて固まる。きっと私も、二人と同じ顔をしてる。

古賀さん……？

「あんたたち、自分がどれだけできた人間だと思ってんの？　あんたたちはそんなに完璧な人間なわけ？　そんなに人のこと笑いたいなら、人をバカにしてる時の自分の顔、鏡で見てみなよ。すっげーブサイクな顔してて、超笑えるよ」

「なっ……！」

二人を嘲笑う古賀さん。

前に古賀さんがクラスで二人と揉めている時も思ったけど、やっぱり古賀さんてすごく――。

「お前！　本当生意気なんだよっ‼」

頭に血が上った八代さんが、古賀さんに掴みかかり右手を振り上げる。

ダメッ……‼

そう思った時には、勝手に体が動いていた。

「先生っ‼　こっちですっ‼」

大きな声で私がそう叫ぶと、八代さんの動きがピタリと止まり、あたりを見回す。

「ヤ、ヤバいよ！　先生だって！　ねぇ、行こ！」

田口さんに腕を揺すられて、ちっと舌打ちをする八代さん。そのまま田口さんを連れて、慌ててその場から走り去っていった。

よ、よかったぁ……。古賀さんが叩かれずにすんだ……。

まだドキドキしている胸をホッとを撫で下ろしていると。

「先生なんて、どこにいるわけ？」

「あれはもちろん嘘で……って⁉　こ、古賀さん⁉」

いつの間にか古賀さんが目の前に立ち、怪訝な顔で私を見下ろしていた。

み、見つかってしまった!!

「こ、これは……その……」

「覗き見なんて、いい趣味してんじゃん」

「ご、ごめんなさい……」

チラリとはるくんを見る。はるくんは私に何かものを言いたそうに、半眼を向けていた。

はるくん、巻き込んでごめん〜!!

「てか、なんなの？　昨日から、やたらまわりをウロチョロされてウザいんだけど」

「それは……ごめんなさい。少しでいいから古賀さんと話せないかなと思って……」

「どうせグループのことでしょ？　言ったじゃん、あんたみたいなのと絶対組まないって」

「う、うん。そうなんだけど……」

どうしよう。なんて言えばいいんだろう？

私はなんて言うつもりで古賀さんを探していたんだっけ？

自分でなんとかしなきゃって意気込んで来たはいいものの、いざ古賀さんを前にしたら上手く言葉が出てこない。

私って、なんでこうなの！

「思春期のガキかよ」

そんな私の様子に痺れを切らしたのか、はるくんが私を庇うように一歩前に歩み出た。

「あんたさ、そういう尖った言い方しかできねーの？」

「は？」

「そういう言い方されたら、言いたいことが言えない人間だっているんだよ」

「そんなの、私の知ったことじゃないし」

古賀さんとはるくんが睨み合いを始めてしまう。かくいう私は、この状況をどうしたらいいかわからず、はるくんの後ろでオロオロとしていた。

これじゃあ、話し合いどころじゃないよ～！

「こういうところだよ。あんたの嫌いなとこ」

「え？」

はるくんと睨み合っていた古賀さんの鋭い視線が、いつの間にか私へと向けられていた。

「どういう関係だか知らないけど、あんたいっつもこうして尾上に守ってもらってんじゃん。この間のグループ決めの時といい、今といい」

古賀さんの言葉にドキッとする。

「言いたいことの一つくらい自分で言えないわけ？　私、そうやって誰かに甘えっぱなしで生きてる人間、大っ嫌いなんだよね」

「……っ」

そうか。だから、古賀さんは、私が嫌いだったんだ……。

古賀さんの言うとおり。私は、はるくんの優しさに甘えてばかり。

頭のどこかでは、何かあればすぐにはるくんが飛んできてくれるって期待している。

昔から、いつもはるくんはそうしてくれたから。

だけどそれは、同時に私が守られなきゃならないくらい弱い人間だということだ。

それに気づきながらも見て見ぬふりをして、自分を変えようともせずにこうしてはるくんに甘え続けている私は、ずるい人間だ。

そんな私を、古賀さんが見抜いているのだとしたら……。こんなの、古賀さんに嫌われて当然じゃないか。

「……結衣。気にしなくていいから」

黙り込む私の顔を、はるくんが心配そうに覗き込んでくる。

「何？　泣くとかやめてよね。余計ウザったいから」

「……ね」

「は？」

「古賀さんて、やっぱりすごいね」

古賀さんは一度驚いたように目を見開くと、すぐに眉間にしわを寄せる。

〝なに言ってるんだこいつ〟って思っている顔だ。

急にこんなこと言われても意味がわからないよね。だけど、この前からずっと抱いていた古賀さんへのこの気持ちは、伝えずにはいられない。

「私ね、人と接する時、いつもどう思われてるのかなって気になっちゃうの。だから、本当の自分の気持ちを伝えるのが怖い……」

こう思われてしまったら？　ああ思われてしまったら？　って考えると、いつの間にか自分の意見が言えなくなっていた。

それは、お母さんに対してもそう。怖いんだ。自分の気持ちが人の負担になってしまうんじゃないかって。

「だけど、古賀さんはいつも自分の気持ちを正直に言葉にするよね。たとえそれが、自分に不利になる言葉だったとしても。そんな古賀さんを見ていてすごいなって思った」

教室で、古賀さんが八代さんたちと揉めている時も思った。

「古賀さんて、すごくかっこいいね」

古賀さんは、なりたい自分そのもの。

いつだって、芯がぶれない強さがそこにあって、自分に正直に生きている。

もし私も古賀さんみたいだったら、何か違っていたのかな？

こんなふうに、お母さんを陰で裏切るような真似をしなくてもよかった？

はるくんとの未来を望むことができた？

しんと静まり返る体育館裏。小鳥のさえずりと、飛行機が上空を飛ぶ音だけが聞こえてくる。

「……変なヤツ」

古賀さんの口からポツリと、そんな言葉が聞こえてきてはっとする。

「そ、そうだよね‼ ごめんね‼ つ、つまりね、古賀さんが私を嫌っていても、私は古賀さんに憧れてて……えっと、えっと……」

って、あれ⁉ 古賀さん帰ろうとしてる⁉

しどろもどろしている私の横を古賀さんが通りすぎていく。

「あ、あの……古賀さん……」

「……なんかいろいろバカらしくなってきた」

「へ？」

「戻る」

そう言うと、古賀さんは校舎のほうへと戻っていってしまった。

嫌いだって言われているのに、勝手に一人で暴走して呆れられてしまったかも……。

「どうしよう。結局、グループに入ってくださいって伝えそびれちゃった……」

「大丈夫だろ」

「……？　何が大丈夫なの？」

「前にも言ったでしょ？　結衣のいいとこ、わかってくれるヤツが絶対いるって」

はるくんはそう言って優しく目を細めると、ハテナを浮かべる私に「さ。俺らも戻るか」と言って先を行ってしまった。

そしてその後、私は先生の口から驚くべき言葉を聞かされることになる。

「古賀がお前らのグループに入るそうだぞ」

「え⁉」

「これで、全グループ成立だな」

守りたい場所

「蒔田さんこっちこっち！」

初めて訪れた駅に戸惑いながら、キョロキョロあたりを見回していると、こちらに大きく手を振っているジャージ姿の厚木くんを見つけた。

「おはよー！　蒔田さん」

「お、おはよう！」

「今日はよろしく！」

「こ、こちらこそ、よろしくね」

今日は、クラスメイトたちとの親睦も兼ねた学年合同レクリエーションの日。レクリエーションの内容は毎年恒例、クイズラリー形式の登山らしい。

私たちのグループは、集合場所になっている登山口の最寄りの駅前で待ち合わせていた。

「あれ？　みんなはまだ来てないの……？」

じつは、今日も出発時刻ギリギリに起きてしまった私。慌てて家を出てなんとか待ち合わせ時間ピッタリに間に合った。それでも、みんなを待たせてしまっているかなって心配しながらここまで来たんだけど……。

「うん。俺さ？　甘かったなって思ってんだよね」

「甘い？」

「俺らのグループさ？　そもそも自由人の集まりじゃん？　待ち合わせとか、んな悠長なこと言ってる場合じゃなかったよね。もはや、一人一人家まで迎えに行くくらいのガッツが必要だったと思うわけ」

「え、えーと……？」

どこか哀愁漂う目をした厚木くんが、ジャージのポケットから取り出したスマホを私に差し出す。その画面は、以前この日のために作ったメッセージグループの画面だった。

そういえば私、急いでて確認してなかった……。

そしてそこには、今朝届いたと思われるそれぞれのメッセージが表示されていた。

【遅れる】というはるくんのメッセージから始まり、【アニメを観ていたら出る時刻をすぎていました！　すみません！　ごめんなさい！　すぐに家を出ます！】と井田さん。最後に【待ち合わせとかダルい。先行く】と古賀さん。

ええぇ⁉　なんだかみんなすごく自由‼

「や、八木くんは？　まさか八木くんも……？」

「いや、八木はちゃんと俺と同じくらいについてたんだけど、クラスの女子にさらわれてった……」

「さ、さらわ……!?」

　そ、そっか。八木くんもはるくんと同じで人気者だもんね。しかも、はるくんと違ってみんなに愛想がいい分、八木くんは女の子の誘いを断われなさそうだ。

「俺、このグループのリーダーとか、今から不安で胃が痛いんだけど……」

「あ、厚木くんなら大丈夫だよ！　私もできるだけ協力するね！」

「うおー！　ありがとう蒔田さん～！　蒔田さんがいてくれて本当によかったよ～！」

　それから、私と厚木くんは、駅の入り口付近にあるベンチに座って、はるくんたち遅刻組を待つことにした。

　今日は雲一つない快晴で、絶好の登山日和。今朝、慌てて用意をしながら見た天気予報では、汗ばむくらい暖かくなると言っていた。

　私たちが座ろうとしているベンチにも柔らかな朝日が射していて、暖かな陽だまりができている。

「……」

「……」

ベンチに腰を下ろすと、しばしの沈黙。

そういえば、今まではるくん以外の男の子と二人きりになったことなんてほとんどなかった……。

最初の頃は挨拶くらいしかできなかった私も、はるくんがいればなんとか厚木くんとも会話ができるまでになった。

他の男の子たちに比べれば、厚木くんはすごく話しやすい人だと思う。だけど、さすがにこうして二人きりだと、まだすごく緊張してしまう。

何か話さなきゃって思うのに、どうやって話を切り出せばいいのかもわからない。

私と二人とか、厚木くん嫌じゃないかな？　楽しい話一つできなくて、申し訳なさすぎるよ。これだから私は、友達の一人もできないんだ……。

「そういえばさ、蒔田さんが古賀さんを説得してくれたんだって？」

そんな私の心配とは裏腹に、いつもどおりの様子で話しかけてくれる厚木くん。沈黙が破られてホッとする。

「まさか、あの古賀さんがうちのグループに入るとは思わなかったからマジで驚いた！　なんて言って説得したの？」

体育館裏で古賀さんと話をしたあの日、古賀さんが私たちのグループに入ることを自分から申し出てくれたと担任の先生から話があった。

「ううん。私、何もしてないの。だから、私もどうして古賀さんがグループに入ってくれたのかよくわからなくて……」

「そうなの？　じゃあ、ただの古賀さんの気まぐれか何かかなー？」

気まぐれ……。うん。そうかもしれない。

私はただ古賀さんへの憧れの気持ちを暴走させてしまっただけで、これといった説得なんてまったくできなかったから、いったい何が古賀さんの心を動かしたのか自分でもさっぱりわからない。

あれから何度か、今日に向けたグループでの活動もあったけど、古賀さんとは一度も言葉を交わしていないし、まだ嫌われたままなのは間違いないだろう。

今日で少しは古賀さんとの距離を縮められたらとも思ったんだけど……。先に行ってしまうとか、幸先悪いなぁ。

「あ！　でもさ！　古賀さんと悠斗って、ちょっと似てるよな」

「古賀さんとはるくん？　そう……かな？」

何かを思いついたようにポンッと手のひらを打つ厚木くんに首を傾げる私。

はるくんと古賀さんの共通点を思い浮かべてみる。

ん～でも……言われてみれば、少しそうかも。ちょっとクールなところとか、喋り方とか？

それとそう。自分の意思をしっかりと持った、あの力強くて真っ直ぐな瞳とか。

「だから古賀さん、蒔田さんのこと気に入ったのかもしんないね」

「え？」

〝はるくんと似ている〟と〝私を気に入る〟の何がつながっているのかわからず、一人で妙に納得している厚木くんをついキョトンと見てしまう。

「だってほら！　悠斗は蒔田さんのこと好……」

「余計なこと言ってんじゃねーよ」

声がしたほうをとっさに見れば、不機嫌な様子のはるくんが駅から出てくるところだった。厚木くんが「げっ‼」と声を漏らす。

「遅れてすみません〜‼」

はるくんの後ろには、半べそをかいている井田さんの姿も。どうやら、二人は一緒の電車だったようだ。

「二人とも頼むよ〜！　てか、悠斗はどうせ寝坊だろうけどさ、井田さんの遅刻の理由に俺はビックリだよ！　朝からいったいなんのアニメ観てたのさ！」

「うわぁぁぁ！　すみません！　すみませんんん！　アンガス王子がヴィオラへの恋を自覚する神回でしてぇぇ‼」

「全っ然わかんねぇぇ‼」

厚木くんと井田さんのそんなやりとりを尻目に、くあっとあくびをしているはるくんは、きっと昨日もゲームで徹夜したんだろう。

そんなはるくんにじとっと視線を向けていると、それに気づいたはるくんが「……すみませんでした」とちょっと気まずそうに目線を逸らした。

まったくもう……。

「そんじゃとりあえず！　古賀さんと八木が待ってる登山口に急ぐぞ！」


「遅いっ」

集合場所の登山口は、すでに人がまばらになりつつあった。

どうやら他のグループは私たちの到着を待たずして、とっくにスタートをしてしまったらしい。

そんな中、私たちはようやく登山口の入り口前で古賀さんと八木くんの二人と合流。

腕組みをし、イライラした様子の古賀さんがすごい迫力で睨みつけてくるものだから、遅刻をした張本人でもないのに、なぜか私がそわそわしてしまった。

「こんな面倒な行事、さっさと終わらせたいってのに……。遅刻とかマジでありえないんだけど」

「すみませんでしたぁ‼」と今にも泣き崩れそうな井田さん。その横ではるくんが悪びれる様子もなくまたあくびをしている。

八木くんが「まぁまぁ」となだめるのも虚しく、古賀さんの怒りの矛先が今度は私へと向かってくる。

「てか、あんたさ。こいつと幼なじみなんでしょ？」

はるくんに対して遠慮なく人差し指を突きつける古賀さん。

「え……う、うん。でも、なんで知って……」

「前になんかの流れで、そいつが言ってたし」

そいつって……。

古賀さんの指が今度は厚木くんへ。

そういえば、グループでの活動の時、そんな話が出たことがあったような……？

別にはるくんとの関係を隠しているわけではないし、とくに否定をすることはしなかったけど。

「幼なじみなんだから家近いんでしょ？　迎えに行くとかしないわけ？　そしたら、こんなダルいことになんなくてすんだよね？」

古賀さんのその言葉に、つい顔が強ばってしまう。

そう……だよね……。普通の幼なじみ同士ならそうなのかも。

幼なじみ同士が家を行き来するとか……ドラマや漫画でもよくそういうシーンが使われているし。

だけど、私とはるくんはそんなことはできない。

たしかに幼なじみだけど。同じマンションに住んでるけど。本当にただそれだけで、近いようで、遠い存在だから……。

「ま、まぁまぁ！　終わったことはもういいじゃん！　俺らもさっさと出発しようぜ！　古賀ちゃんあんまり怒ると、きれいな顔が台無しだよ！」

「あんた、うっさい。なに急にリーダーぶってんの？」

「リーダーだよぉぉっ‼」

厚木くんが助け舟を出してくれたおかげで、話が逸れてホッとする。

なんとなくはるくんのほうを見たら、バチッと目が合ってしまって、私は慌ててつま先へと視線を落とした。

なんだか、今ははるくんの顔を見ると悲しくなってしまいそうで……。

「おーい！　お前ら何やってんだ！　揃ったんだからさっさと出発しろー！」

先生に怒られ、慌てて出発する私たち。古賀さんは私に一瞥をくれると、フンッと鼻を鳴らし、背を向けて先を行ってしまった。

こうして私たちの、前途多難な学年合同レクリエーションがスタートしたのです。

「おーい。古賀さーん！　一人で先行ったら危ないってばー！」

緑に囲まれた急勾配の坂道が続く山道。その中をハイペースで進んでいく古賀さんは、厚木くんの呼びかけにまったく答える様子がない。

「別に先に行くのはいいけど、古賀さん道わかってるのかな？」

「この前、部活の先輩が言ってたんだけどさ、去年コレやった時、危うく遭難者が出そうになったらしいよ。しかも、崖ギリギリの険しい道とかあって、結構辛かったって。だから、あんまり離れないでほしいんだけどなぁ」

八木くんと厚木くんが、古賀さんの背中を見ながら心配そうに話をしているその後ろには、私と井田さん、そしてはるくんが遅れてついていく。

まだスタートしてそれほどたっていないのに、私と井田さんはすでにヘトヘトで、他のみんなからはぐれないように歩みを進めるのがやっとだ。

そんな私たちと並んで歩くはるくんは寝不足のせいか、さっきからずっと眠たそうにあくびばかりしている。

もう、はるくんてば……。

それにしたって、あんなにスタスタ歩いて、古賀さんすごいなぁ。運動、得意なのかな？　厚木くんも八木くんもとっても足取りが軽いし、このままじゃ私、足でまといになっちゃうよ……。

トホホとため息をつく私の横で、はるくんがクスッと息を漏らした。

「相変わらず、体力ないのな」

「うっ……。はるくんは、さすが運動部だね。息一つ乱れてない」

「そう？　ダルいことこの上ないけど」

はるくんはそう言うけど、本当はこんな坂道なんてことないんだ。

いつも部活では、もっと過酷な運動をしているんだもんね。

だけどきっと、遅れて歩く私と井田さんを気にして、こうしてペースを合わせてくれている。

「はるくん……あの……先に言っとくね！　もし私が足でまといになるようなら、遠慮なく置いて行ってね‼　もう、全然気にせず先に行っちゃっていいからね‼」

説得するようにはるくんを見上げると、はるくんは「しょっぱなから弱気すぎ」と笑っている。

笑い事じゃないんだよぉ。

こんな険しい山を登りきるなんて、本当はできる気がしないんだ。

はるくんの言うとおり体力はないし、運動だって全然得意じゃないし。本当は今すぐにでも諦めて下山してしまいたい気持ちでいっぱい。

足でまといになんかなったら、古賀さんにさらに嫌われちゃうだろうなぁ。好きになって貰えるポイントなんて一つも見つからないし、このままじゃ私、古賀さんに一生嫌われたままかも。

不安げに眉をひそめる私を見て、はるくんは呆れたように一つため息をつくと。

「ふぎっ⁉」

ギュッと私の鼻をつまんだ。

「は、はるひゅん⁉（はるくん⁉）」

「俺が結衣を置いてくと思ってるわけ？」

不満そうにはるくんが眉根を寄せる。

「ひょ⁉ ひょうじゃひゃいへほ……（そうじゃないけど……）」

「すげー心外。なんか傷ついた」

目を伏せ、いつになく切ない表情を浮かべるはるくんに、ズキッと胸が痛む。

ど、どうしよう！ はるくんを傷つけちゃった‼

「ぎょ、ぎょめんなしゃ……（ご、ごめんなさ……）」

はるくんの腕を掴み、涙目になりながら必死に謝ろうとすれば。

「うっそー」

「へ？」

私の鼻から手を離し、べっと舌を出すはるくん。

うわっ！　すごく意地悪な顔してる‼

こ、これはひょっとして……からかわれた⁉

「ひ、ひどいよっ！　はるくんのバカッ‼」

「それだけでかい声出せるなら、登山くらい余裕だな」

「それとこれとは別だもんっ‼」

「おお。その意気その意気。いい声してる」

「もう〜っ‼」

はるくんはたまに意地悪だ。時々スイッチが入ったように、私をからかって楽しんでる。小学生の時から、こういうところだけは全然変わってないんだよね。

だけど、私はもうとっくの昔に気がついているんだ。

はるくんがこうやって私をからかったあとは、それまでゴチャゴチャと考えすぎていたことが少しだけ〝ま。いっか〟と思えるようになっていること。

はるくんが私をからかう時は、いつも私が逃げ出したい気持ちになっている時だっていうこと。

「あ！　一個目のポイント発見‼」

厚木くんのその声で、みんなが一斉に厚木くんの指さすほうへと注目する。

そこには、太い幹の大きな木があって、その幹の部分に小さな紙が貼られていた。

「なになに……第一問。泳いでいる魚が見られるのは水族館。では、止まっている動物が見られるのは何カン？　……クイズだね」

「そりゃ、クイズラリーだからな」

厚木くんの言葉にナイスツッコミを入れるはるくん。その横で八木くんがぷっと吹き出す。

「動物園とは言いますけど、動物館とは言わないですよね……。止まっている動物というのも意味深ですし……」

井田さんはメガネを中指で押し上げながら、何度もその問題を読み直している。

「〝カン〟てそもそも水族館の〝館〟なのかな？」

八木くんも顎に手を当て「うーん」と唸っている。

みんなが黙り込む中、神妙な面持ちで口を開いたのは厚木くんだ。

「……もう、アカン。なんつって」

場の空気が一瞬にして凍りつく。

厚木くん……それはまさか……。

「お前のそのギャグに、俺は悪寒がするわ」

「おぉ！　悠斗うまいっ！」

「ぶはっ‼」

はるくんと厚木くんて、仲がいいんだか悪いんだかよくわからない。妙なところで息がピッタリだし。これじゃ、漫才でも見てるみたい。そして、八木くんはとっても笑い上戸らしく、2人のやりとりに、とうとうお腹を抱えヒーヒー言いながらその場に屈み込んでしまった。

……男の子って、時々笑いのツボがわからない。

そんなことを思い苦笑いしていたら、どうやら古賀さんも同意見だったようで。

「くっだらない。クイズはあんたらに任せたわ。悪いけど私、先行く」

心底しらけた表情で、とうとう私たちを置いて先に行ってしまった。

「悠斗どうしよう～‼ とうとう古賀さんに愛想尽かされちゃったよ～‼」

「安心しろ。愛想尽かされるほど興味持たれてないから」

「キミってほんと血も涙もないよねっ‼」

そんなやりとりを見ながらも、私は先を行ってしまった古賀さんのことが気にかかっていた。

「……古賀さん、本当に先に行っちゃったけど大丈夫かな？」

さっき、厚木くんが迷いそうな場所や危険な道があるって言っていたけど……。

「大丈夫だと思うけどね。先には他の生徒や先生もいるだろうし」

「そもそも、止めても聞くヤツじゃないだろ」

「そ、そうだよね……」

厚木くんとはるくんの言うとおりだ。

古賀さんは私と違ってしっかりしていそうだし、私なんかが心配するのもおこがましいよね。とにかく、これ以上古賀さんを待たせてしまわないように、いち早く頂上に辿りつかなくちゃ！

「あの……ちなみにこの問題の答えなんだけど、〝図鑑〟じゃないかな？」

「図鑑っ‼」

「おおっ‼　それだ‼」

「すげぇよ蒔田さん‼」

井田さん八木くん厚木くんの興奮した様子を見て、間違ってはなさそうだとホッとする。その横に立つはるくんと目が合えば、はるくんは〝やるじゃん〟というように、優しく微笑んでくれた。

それから私たちは、思ったよりも順調に登山コースを進んでいった。

クイズを見つけるたびにその答えを言い当てていたら、ほとんどのクイズを私が解いていることに気づく。

はるくんの話では、小学生の時に行われたクイズ大会でも、私は無駄に活躍していたことがあったらしい。自分では全然覚えていなかったから、はるくんの記憶力に少し驚いてしまった。

はるくんは、昔の私のこともしっかり覚えてくれているんだなぁ……。

はるくんには、きっとなんてことないことなんだろうけど、私にとってはクイズが解けることより、ううん……何よりうれしかった。


全部で五ヶ所のポイントにあったクイズを解き終え、いよいよ体力も限界になってきた頃、ようやく頂上に辿りついた私たち。

「やっば‼ マジでやっば‼ 明日、絶対筋肉痛だわ‼」

「運動部の厚木くんでそうなら、私なんてどうなっちゃうんですかぁ〜⁉」

ヘトヘトの厚木くんと井田さんの隣で、「古賀さんどこかな？ もうついてるはずだよね？」と八木くんがキョロキョロしている。

私もヘトヘトで膝に手をつきながら、あたりを見回してみる。しかし、古賀さんらしき人物は見当たらない。

予定では、頂上についた人たちからお昼休憩を取ることになっていたから、下山したなんてことはないはずなんだけど……。

「あなたたち、さっきゴールしたばかりよね？ チェックしなくちゃいけないから、クラスと名前を教えてくれる？」

生徒たちの点呼を取っている先生に声をかけられ、各々名前を伝えていく。

「あれ？　あなたたちのグループの古賀みずきさんはどうしたの？」

「え⁉　古賀さん、先についていないんですか⁉」

「ゴールした生徒は、一人残らずチェックしているはずだけど、古賀さんはまだみたい。まさかあなたたち、はぐれてしまったの？」

衝撃の事実を知った厚木くんが、青い顔で私たちのほうを振り返る。

う、嘘……。ここまで来る途中、古賀さんを追い抜いてしまった？

ううん。そんな覚えはない。細い山道だったし、そうなれば絶対に気づくはず。

じゃあ、古賀さんはどこに行ってしまったのだろう？

以前、厚木くんが言っていた言葉が、不吉にも脳裏に浮かぶ。

〝去年コレやった時、危うく遭難者が出そうになったらしいよ。しかも、崖ギリギリの険しい道とかあって、結構辛かったって〟

サーッと血の気が引いていく。

そう言えば、ここにつくまでに分かれ道があった。道が細くなっていて、崖ギリギリでヒヤヒヤするポイントも。

もしかして……。

「わ、私、戻ってみる‼」

「結衣っ‼」

衝動的に走り出す私を止めるはるくんの声が聞こえたけど、私の頭の中は古賀さんのことでいっぱいだった。

やっぱり、古賀さんが先に行こうとした時に止めるべきだった。嫌われていたってなんだっていい。〝一緒に行動しよう〟って、ちゃんと誘うべきだったんだ。

古賀さんに何かあったらどうしよう。

ううん！　そんなこと考えちゃダメ！　大丈夫！　戻ればきっと、古賀さんに会えるはず。

そう思っていたのに——。

「いない……」

来た道を戻りながら、途中にある休憩スペースやお手洗いの中も確認したけど、古賀さんはいなかった。山道を歩く人にも注意を向けているけど、古賀さんの姿は一向に見当たらない。

そうこうしているうちに、朝あんなに晴れていた空がどんよりとした灰色の雲に覆われ始めた。

今にも雨が降り出しそう。

「天気予報の嘘つき……」

山の天気は変わりやすいって言うけれど、今日だけは見逃してほしかった。もしも古賀さんが道に迷ってしまっているなら早く見つけ出さないと、なんだか大変なことになる予感がする。

さっきみんなで登っている時に通りかかった分かれ道のところまでやってきて、私はその足を止めた。

古賀さんがいるとしたら、なんとなくこの道の先のような気がする。だけど、指定された山道以外を行くのはなかなかの勇気が必要だ。この道がどこにつながっているのかわからないし、ましてや、安全なのかどうかすらもわからない。雲行きが怪しくなってきたせいで、森の中が薄暗くなってきたのも躊躇(ちゅうちょ)してしまう理由の一つだろう。

ちょっとだけ、怖い。

だけど——。

靴と地面が擦れ、ジャリッと音を立てる。

私は、意を決して分かれ道の先へと歩みを進めた。

「古賀さーん！　いますかー⁉」

分かれ道の先は、さっきまでいた山道よりもだいぶ細い道になっていた。奥に行けば行くほど道幅が狭くなっていく。一般の登山者にはあまり使われていない道なのか、歩けど歩けど人っ子一人見当たらない。

こんな道に入れば、いくらなんでも引き返そうと思うよね。この道を行けば古賀さんがいるだなんて、やっぱり私の勘違いだったのかも。

鼻の頭にポツリと水滴が落ちてくる。どうやら、ついに雨が降り始めてしまったようだ。

とりあえず、元いた道に戻ろう。

そう思い引き返そうとすれば。

「クシュン!」

え? クシャミ?

キョロキョロとあたりを見回すも、誰も見当たらない。

空耳……?

「ハックション‼」

ううん。空耳なんかじゃない。

音のしたほうに歩みを進めていくと、崖になっている道の脇に辿りついた。足を滑らせないよう、恐る恐るその崖を覗き込めば。

「こ、古賀さん‼」

崖下で膝を抱え、座り込んでいる古賀さんを発見した。

古賀さんは私に気がつくと、目を見開き驚いた様子。

「……は？　あんた、なんでここに……」

「ま、待ってて古賀さん‼　今助けるから‼」

「ちょっ……待っ……‼」

意を決して、私は古賀さんがいる崖下まで滑り下りる。

崖はかなりの急斜面になっていて、滑り下りる際に、派手に手を擦りむいてしまった。だけど、その痛みなんか感じないくらい、目の前にいる探していた人の姿に心底ホッとして……。

私は重大なことに気づいていなかったんだ。

「古賀さん‼　よかった‼　見つかってよかった‼　ケガはない？　どうしてこんなところに……」

「全っ然よくない‼」

「へ？」

私なんかが来たところで喜んでもらえるとは思っていなかったけど、古賀さんはなぜかご立腹のようで……。

私が目を瞬かせ、首を傾げれば。

「あんたバカなの⁉　あんたまで下りてきたら、どうやってこの崖を登るのよ‼」

「あ」

言われてみれば……なんて、悠長に納得している場合じゃない。

私……私……。どうしてそんなことにも気づかなかったんだろう⁉

「どどどどうしよう‼　わ、私、頑張って登ってみるね‼」

と、崖をよじ登ろうと奮闘するけど……。

「登れない……」

「無理だから。私も何度も試したし。そもそもあんた運動ダメそうじゃん。絶対に無理」

「だ、だよね……」

私、何やってるんだろう？　古賀さんを助けに来たのに、私まで遭難してしまうなんて……。バカすぎて、言葉も失うほどだ。

「わかったら大人しくしてなよ。余計な体力は使わないほうがいい。助けがいつになるかわからないし」

「う、うん。そうだね……」

雨が木の葉に当たる音が、激しさを増す。

私と古賀さんは木の下に移動して、来るあてもない助けを待つことにした。

木の下にいるとはいえ、葉の隙間から零れ落ちてくる雨が、私と古賀さんの服を濡らし、容赦なく体温を奪っていく。

雨を伴う五月の山の気温は、長袖ジャージを着ていても震えが起こるほど冷え込み、自分の犯したミスの重大さを突きつけてくる。

「古賀さん、ごめんね……。なんか私、全然ダメで……」

自分がここまでバカなヤツだとは、正直思わなかった。

古賀さんを見つけた時、私が崖を下りたりせずに助けを呼びに行けば、古賀さんはもうとっくに助かっていたかもしれないのに……。

膝を抱える手に力がこもる。

「謝らないでよ。そういうのウザいんだけど」

「う……。ご、ごめ……」

「そもそも、ダメなのは私じゃん。あんたは巻き込まれただけでしょ」

木にもたれかかり、どこか一点を見つめる古賀さんの横顔は凛(りん)としていて、狼狽(うろた)えている様子はない。

それに比べて私は……。もう、古賀さんと仲良くなりたいって思うことすら申し訳なくて涙が出そうになる。

「あんたってさ、思ってたのと違うよね」

「え？」

古賀さんが、ちゃんと私を見てくれたのは初めてかもしれない。

蔑むでもなく、怒るでもなく。真っ直ぐに私を見てくれている。

「もっと頭いいヤツかと思ってたのに、意外に鈍くさい」

「……う……そ、そのとおりです……」

自覚ありで、否定もできない。

本当に呆れちゃうよね。

「内気なヤツかと思えば、意外につっかかってくるし、尾上の後ろに隠れてばっかいるかと思えば、結構一人で無茶するし……」

……あれ？

「本当に変なヤツ」

嘘……。古賀さんが、笑ってる。

「古賀さん……」

「この間はごめん。あんたのことなんにも知らないのに、勝手に決めつけてひどいこと言った」

「う、ううん‼」

「似てると思ったんだ。昔の私に。だから、なんか見ててイライラした」

昔の古賀さんに……？

古賀さんはそれ以上は何も語らない。だから、私もそれ以上は問わない。

古賀さんは、代わりにふと表情を緩めると。

「あんたが助けに来てくれてよかったよ。結構一人で心細かったからさ」

そう言って、アーモンド型の大きな目を細めて笑った。

古賀さんが、笑ってくれた……。

「っ‼」

衝動的に立ち上がる私。古賀さんが「何？」と眉根を寄せる。

「私、いつでも駆けつけるよっ！」

「は？」

「古賀さんが心細い時は、こうしていつでも駆けつけるよっ‼」

すると古賀さんは一度目を見開いて、それから「崖は下りてこなくていいけどね」

と言ってまた笑った。

「あんたさ？　本当バカなの？」

「ご、ごめんなさい……」

スマホを握りしめ、平謝りする私。

つい数分前のこと、なんとか助けを呼べないものかと考えていたら、古賀さんに「スマホ持ってないの?」と聞かれはっとした。

なんでも古賀さんのスマホは、お尻のポケットに入れて持ち歩いていたらしく、崖から落ちて尻もちをついた際に液晶が割れて動かなくなってしまったらしい。

電源は入るのに、バキバキに割れて真っ黒なままの画面は、落ちた時の衝撃がうかがえる。

さすがに古賀さんのスマホで連絡を取るのは無理だけど、私のスマホからなら大丈夫! と、ポケットをあさり、取り出してすぐに青ざめた。

私のスマホは、充電がなくなり、すっかり電源が切れてしまっていたのだ。

じろりと私を見てくる古賀さんに「き、昨日充電し忘れちゃって……へへへ」と誤魔化すように笑っていたら、見事〝バカ〟という称号をいただいてしまった。

「あんた、本当に噂の優等生なわけ?」

「あはは。それ、はるくんにもよく言われるなぁ」

「まったく……。のん気なヤツ」

そう言いながら、古賀さんが身震いをする。雨に濡れ、だいぶ体が冷えているのだろう。顔の血色も悪い。かくいう私も、さっきから震えが止まらない。だけど、どこかのん気でいられるのは、一つ信じていることがあるから。

「大丈夫。きっともうすぐ、はるくんが来てくれるはずだから」

そう。私が一人でここに向かってから、体感で一時間くらいはたっているだろう。それなのに戻ってこないとなれば、心配性のはるくんのことだから、きっと探してくれているはず。

「すごい自信。いくらなんでもこの雨の中、一人で探すようなことはしないでしょ。まず先生たちも止めるだろうし」

「ううん。はるくんは、探してると思う」

「なんでそう思うわけ？」

なんで？　なんでだろう？

明確な根拠なんかないけど、しいて言うなら……。

「今まで一度だって、私が困っている時にはるくんが現れなかったことってないの」

そう。ただの一度だって。

どんな場所にいたって、はるくんは私を見つけ出してくれた。

きっと、今日だって……。

なぜかそう、確信してる。

「ふーん」と古賀さんが、あいづちを打つ。

「あんたって、尾上のことが好きなんだね」

「えぇっ⁉」

思わぬ古賀さんの指摘に、驚きのあまりあとずされば、木の幹に思いきり頭をぶつけてしまった。

「わ、わわわわ私、そんなこと言ってな……」

「狼狽えすぎ。カマかけただけなのに、バレバレだっての」

「うっ……」

う、嘘だ。ずっと私だけの秘密にしてきたことが、こんなにあっさり人に知られてしまうなんて……。古賀さんはエスパーなの⁉

「付き合ってるんだ？」

「つっ⁉ まさか‼ 付き合ってなんかないよ‼」

「告白は？」

「し、してない……」

「えーダルー。幼なじみなんでしょ？ タイミングなんていくらでもあったんじゃん？ さっさと伝えればいいのに」

伝えるタイミングか……。

「……伝えるつもりは……ないの」

中学生になって、初めてはるくんが告白されたと聞いた日も。

バレンタインに、みんなが好きな人にチョコを渡していた時も。

修学旅行の夜、突然始まった告白タイムの時も。

好きな人に〝好き〟と伝えられる人たちが羨ましかった。

はるくんにこの気持ちを伝えたらどうなるのかな？　って、想像してしまったことだってある。

だけど……。すぐに声が聞こえてくるの。

〝あの子と関わらないで〟という、お母さんの声が。

はるくんと仲良くすることだって許されないのに、はるくんに想いを伝えてその先の未来を望むなんて……。そんなこと、できるはずないよ……。

「何かわけありなんだ？」

言葉に詰まり俯く私に、古賀さんは小さくため息をつく。

「まぁ、深くは突っ込まないけど。何にしても、伝えずに後悔するのだけはやめたほうがいいよ。伝えて後悔するより、ずっと辛いから」

まるで、〝そういうこと〟があったかのような口振りに思わず顔を上げる。

「後悔……？」

「尾上が、ずっとあんたを探してくれるとは思わないほうがいいってことだよ。誰かのものになってからじゃ、伝えたいと思っても遅いんだ」

ドクッと心臓が脈打つ。

はるくんが、誰かのものになってしまうなんて考えたこともなかった。

はるくんが私のものだなんて、そんなことただの一度だって思ったことはない。だけど、はるくんの隣だけは。十年前のあの日、大切な人を裏切ってでも守ったこの場所だけは、私の場所だって……。

でも、そうか。この場所は、いつか別の誰かの場所になってしまうんだ。

はるくんが、大切だと思う誰かの場所に。そしてそれは、絶対に私ではない。

はるくんが、知らない女の子と手をつないでいる後ろ姿が脳裏に浮かび、胸が疼いたその時。

「結衣っ‼」

つい今まで、頭の中の全部を支配していた彼の声が聞こえてきて、弾かれるように声のほうへと顔を向ける。

「はる……くん……」

そこには、崖の上で膝をつき、私に向かって目一杯手を伸ばすはるくんの姿……。

来て……くれた。

涙でぼやけていく彼へと、私も手を伸ばした。

——ドサッ！

腕を引かれ、勢い余った体は大きくて温かいものに包まれる。

「何やってんだバカッ」

「ごめんなさい……」

私を閉じ込めた腕に、キツく力を込めるはるくん。そんな彼の心臓はものすごい速さで鼓動を刻んでいた。

体も熱くなっているし、息もすごく上がっている。

必死に探してくれていた証拠。

「悠斗‼ 二人ともいたのか⁉」

古賀さんは、はるくんのあとから走ってきた厚木くんに無事救出され、そこに先生たちも到着して、支えられるようにして連れていかれた。

「はるくん……あの、もう……」

「ちょっと黙ってて」

その間もはるくんは私を離してくれない。離れようとすると、余計に力を込められてしまう。

心配かけてしまったよね……。

「はるくん。ごめんんね。助けてくれて、ありがとう……」

「……頼むから、あんまり心配かけないで」

はるくんの温もりに、涙が出そうになる。
やっぱりはるくんは、助けに来てくれた。
こうしていつだって私を見つけてくれて、温かい場所をくれる。
だけど、いつかこの場所を手放さなければならない日が来るの？
この匂いも、温もりも、誰かのものになってしまうの？
きっとそう遠くはない未来。私はそんな未来を受け入れられるのだろうか……。
はるくんの背中に恐る恐る腕を回す。
それからギュッと服を掴んで、彼の胸に顔を埋めた。
はるくん、はるくん、はるくん。
好き。大好き……。
きっとその日が来たら、はるくんの幸せを心から祝えるように頑張るから。
笑顔で〝おめでとう！〟と言ってみせるから。
だからどうか、今だけは……あなたの隣に――。

たった一つの宝物

【悠斗side】


あの日。

キミと出逢ったあの日。

たった一つの〝宝物〟を俺は見つけたんだ――。


あれはたしか、五歳くらいの頃だったと思う。

『悠斗の宝箱にしていいよ』

そう言って母親に渡された、とあるテーマパークのキャラクターが描かれた缶箱。

親戚家族から、テーマパークに行ったお土産として貰ったものだ。

もともと中にはクランチチョコが入っていたけど、それも数日前に食べ終わって、カラフルな缶箱だけが残った。

捨てるにしてはデザインがかわいいと言って、母親はそれを俺のためにとっておいたらしい。

『宝箱……』

宝箱ということは、〝大切なもの〟を大事に大事にしまっておく箱ということだけど、その時の俺には、大切なものって言われてもいまいちピンとこなくて、いつまでたってもその宝箱の中身は、空っぽのままだった。

俺は、小さい頃から少し変わっていたらしい。というのも、まったくと言っていいほど〝欲〟というものがなかった。

母親が言うには、何かが欲しいと言って泣いてねだったことはなかったし、友達と物の取り合いをしたこともない。夢中で遊んでいたものを取り上げられても嫌な顔一つせず、すぐに違う物で遊び始めるような、そんな欲の〝よ〟の字もない子供だったらしい。

だから当然、宝物と呼べるほど執着するものなんて何一つなかった。

あの日、彼女に出逢うまでは――。

今住むマンションに引っ越してきたての頃は、マンションから出てすぐの公園が俺の遊び場だった。

その公園は、広いしたくさんの遊具がある、なかなか立派な公園なのに、近年リニューアルされた近くの大きな区民公園に人が取られ、平日は野良猫が日向ぼっこをしているくらい静かで。

だけど、俺はそんなところが結構気に入っていたんだ。

小さい時から、あまり人がゴチャゴチャしているような場所は好きじゃなかったし。

それに、公園を囲うようにして咲く満開の桜はいつもいい香りがして、青空に映える桃色も子供心に絶景だと思った。

その日も家の中にいることに飽きた俺は、母親に『行ってきます』とだけ言って家を出た。まだ、小学校に上がる前だったけど、マンションから公園までの道のりに車が通るような道はなく、距離も近いこともあって母親も安心して送り出してくれた。

マンションのエントランスを出ると、桜の花びらがどこからか風に乗ってやってくる。その元を辿るように駆けていけば、ほんの数分で公園へと辿りついた。

いつもなら、躊躇することなく敷地内に飛び込んでいくところだが、その日は反射的に入り口付近で足を止めた。公園の入り口にある桜の木の下に、人の気配を感じたからだ。

なんだ。今日は人がいるのか……。

なんて、少しガッカリした気持ちでいれば。

『っ！』

ザァッ……という音とともに、春特有の強い風が桜の花びらを巻き上げた。慌てて手で目を覆う。そして、風が通りすぎたのを確認してから、俺は恐る恐る覆っていた手をどけた。

すると、目の前に現れたその光景に、今までに感じたことのないような胸の高鳴りを感じた。

『あ！　待って待って！』

そこにいたのは、俺と同い歳くらいの女の子。

その女の子は、風に舞う桜の花びらを必死に追いかけているようだった。

肩までの長さの黒髪は、艶があってサラサラで……彼女が動くたびに踊るように風に舞う。

ピンク色の雨が降るその中で子うさぎのように跳ねる彼女の姿は楽しげで、今まで見たどんなものよりも愛らしくて、目が離せなかった。

胸の高鳴りが速いテンポで心地よい音を刻んでいて、目の前のこの光景こそ、母さんから貰ったあの宝箱にしまっておけたらって……。そんな思いが頭をよぎったんだ。

そう。それが結衣との出逢い。

その日から結衣は、俺のたった一つの宝物になった。

金曜日に行われた学年レクリレーションから休日を挟み、二日たった日の朝。

「はぁ〜。もう最悪っ」

玄関で靴を履いていたら目の前のドアが開き、盛大なため息をついた母親が入ってきた。

普段あまり愚痴を言わない人だから、こういう時はだいたい何があったか予想がついてしまう。

「あれ？　悠斗、もう学校に行く時間？」

「もうも何も、結構遅刻ギリギリだけど」

「堂々と言うな堂々と。本当にあんたは毎日毎日……」

あ。訂正。そう言えば、俺の愚痴はしょっちゅう言ってるな。

これ以上、小言を言われてもかなわないと思い、「行ってきます」と言って、そそくさと家を出ようとしたら「あ！　待った！」と引き止められてしまう。

「何？」

「下の道に、まだ〝あの人〟がいるかもしれない。さっき、ごみ捨ての時に会っちゃって……。相変わらず、挨拶もせず睨んでくるだけだったけど……」

母さんが言う〝あの人〟とは、恐らく結衣の母親のことだろう。

結衣の母親と俺の母親は、以前から面識があったらしいが、もともとどんな関係で、どうしてこうも仲が悪いのかはさっぱりわからない。

小さい頃に聞いてみようと思ったこともあったけど、結衣が自分の母親に聞けずにいるようだったからやめた。結衣が知らないのに、俺だけが知っているような状況にはなりたくなかったから。

「別に、下で会っても適当に挨拶しとくから」

「あー……うん。そっか。そういう点は、お母さんより悠斗のが上手だよね」

「じゃあ、行ってきます」と言おうとしたけど、「あ！　ねぇ」とまた腕を掴まれてしまう。

「何？　いい加減、遅刻すんだけど」

「うん。あのさ？　悠斗、結衣ちゃんと同じクラスなのよね？」

「そうだけど……」

母さんは、何やら言いづらそうに視線を泳がせて、それから意を決したように俺を見つめる。

「結衣ちゃんに、手を出しちゃダメよ」

「……は？　なに急に」

真剣な表情を向けてくる母さんは、どうやら思春期の息子をからかって遊んでいるわけではなさそう。

「この前、学校行事からびしょ濡れで帰ってきたのも結衣ちゃん絡みでしょ？　謝罪に来てくださった先生も、クラスメイトの子を助けたっておっしゃってたから……」

学年レクリエーションのあと、古賀は保健の先生と念のため病院へ、俺と結衣は担任の車で送ってもらうことになった。

担任は俺たちのマンションの近くまで来ると『親御さんに謝罪したい』とか言い出して。うちの親は気にしないからと断っても、〝大人には大人の事情ってもんがあるんだ〟とかなんとか語り出して、結局無理やり家までついてきた。

『息子さんが、クラスメイトの女の子を必死になって探してくれて――』

担任は母さんにそう話していたけど、かろうじて結衣の名前は出なかった。だからホッとしてたのに……。

なんでわかったんだ？　母親の勘てやつか？

「当たりみたいね」

「……別に」

「隠さなくてもわかるわよ。あなたが必死になるのは、昔からあの子が絡んでいる時だけだもの」

眉尻を下げて苦笑する母さんは、わかりやすく複雑な表情をしている。〝そんなことない〟とは否定できない俺も大概にバカ正直な人間だけど。

血は争えないな……。

「だけど、あの子だけは〝そういう関係〟にならないでほしい。ごめんね。大人の事情に子供たちを巻き込んじゃいけないとは思っているの。だけど、大切な息子が辛い思いをするとわかっていて、それを黙認するなんてできない……」

母さんは、大きなため息をつきながらしわが寄った眉間を押さえ、苦悶の表情を浮かべる。

母さんの中でも葛藤があるのはわかっているから、俺にそれを責めることはできない。だけど、だからと言って、俺にだって譲れないものがある。

今さら、結衣に対するこの気持ちを知らなかった頃の自分になんて戻れないんだ。

この気持ちを消せと言うのなら、そっちのがよっぽど〝辛い思い〟だろ？

「……まぁ、大丈夫だから」

そんなふうに曖昧な返事をすると、「行ってきます」と言って今度こそ俺は玄関を出た。母さんがまだ何か言いたそうにしていたけど、気づかないふりをして。


「――で、あの時の古賀さんがめっちゃくちゃかわいくてさ‼」

その日の昼休み。俺は翔吾と一緒に中庭に来ていた。

売店で買った惣菜パンを頬張りながら、スマホゲームをする俺の前で、何やら興奮気味な翔吾。

「あのいつも強気な古賀さんが、雨に濡れてプルプル震えててさ！　小さい声で〝来てくれてありがとう〟ってお礼言ったんだぜ⁉　もう、俺の庇護欲に完全火がついたよね‼　ヤべぇ、ヤべぇよ！　もうこれ完全に恋ですから‼」

「……」

この話を聞かされるのは、今朝からかれこれ何回目になるんだか。いい加減鬱陶しくて、もうあいづちさえ打つ気も起きない。

翔吾は学年レクリエーションの日、とうとう古賀に恋に落ちたらしい。

もともとタイプだとは言っていたけど、ちょっと頼りにされたくらいでバカみたいに舞い上がって。知ってはいたけど、こんなに簡単なヤツだったとは……。

呆れるを通り越して哀れだわ。

「なぁ⁉　悠斗聞いてる⁉」

「聞いてない」

「ちょっとぉ‼　親友の恋バナをスルーするってどういう神経してんのよ‼」

なんでオネェ口調なんだよ……。

ゆさゆさと俺の体を揺さぶる翔吾に完全無視を決め込んでいると。

「てかさ、悠斗のほうはどうなってるわけ？」

「は？　何が」

「蒔田さんとのことだよ！」

何を言い出すかと思えば、今度は俺の話かよ。男同士で恋バナしてなんの得があるんだか。

「別に。どうと言われても。お前が期待してるようなことは、何もねーよ」

俺がそう言うと、翔吾は不服そうに半眼を向け、俺の前にドサッとあぐらをかいて座った。それから、真剣な眼差しで真っ直ぐ俺を見つめてくる。

「いろいろややこしい事情があるんだろうけどさ、親同士の問題なんて当人同士は関係なくない？　悠斗は好きなんだろ？　蒔田さんのこと」

「……」

好きだよ。

初めて結衣に出逢った十年前のあの日から、どうしようもないくらい結衣が好きだ。

今でもその気持ちは、一分一秒ごとに成長していて、今じゃ好きなんて言葉じゃ足りないくらい大きく膨らんで。いつ弾けて中身が漏れ出てもおかしくないから、必死に気持ちを抑えてる。

「気持ち伝えずに我慢してるなんて悠斗らしくねーよ。いいじゃん。いくら反対されようが。かっさらうくらいのガッツ見せろよ」

愛しくて。

大切で。

そばにいたくて。

いてほしくて。

誰が反対しようが今すぐかっさらって、俺のにできたらって。そう思うよ。

そんなこと、今までに何度も考えた。いや、今でもそう思う。

結衣が隣にいない未来なんて、俺には考えられないんだ。

だけど……。

「かっさらったところで、あいつを傷つけるだけだろ」

「え？」

「結衣の手を引いてかっさらって逃げたら、結衣は母親に一生罪悪感を持ち続けなきゃならない。ただでさえ、今もこうして俺と過ごすことで母親を裏切ってんだ。これ以上あいつに罪悪感を背負わせたくない」

本当だったら、言葉を交わすことすら許されない俺たちの関係。それにも関わらず十年前、俺のわがままで結衣に母親の気持ちを裏切らせることになってしまった。これ以上、そんな思いを結衣に強いるわけにはいかない。

「じゃあ、蒔田さんとの未来を諦めんのかよ」

眉をひそめ、納得がいかない様子の翔吾。そんな翔吾を尻目に、スマホを地面に置いて空を仰げば、群青色の中に一筋の飛行機雲が描かれていた。

ゆっくりと目を閉じれば、呆れるほどに浮かんでくるキミの笑顔。

もう、どうやったって消すことができない、十年分の思い出。十年分の想い。

「諦める?」

目を開けて挑発的な視線を翔吾に送ると、翔吾はそんな俺に「え?」と声を漏らす。

「そんなこと、ただの一度だって考えたことないね」

唇が自然と弧を描くのは、自信の表れ。

何があったって俺は、結衣との未来を諦めたりしない。

いつか必ず、曇り一つない笑顔のキミの手を引いて、キミとの未来を歩いてみせるんだ。

何年かかろうと。何十年かかろうと――。

翔吾は何度か瞬きをすると眉尻を下げ、

「そうか。ならよかった!」

そう言って、心底安心したように笑った。

第二章

揺らぐ想い

「尾上くん！　ずっと前から好きでした‼」

私って、どうしてこうもタイミングが悪いんだろう……。

ある日の昼休み。いつもどおり裏庭で過ごした私は、五限目の移動教室の準備をしなくてはと、いつもより早く裏庭を出た。

裏庭から教室に戻るには、校舎脇の駐輪場を通って昇降口に回り、上履きに履き替える必要がある。

予鈴まであと十分。少し小走りで昇降口へと向かっていたら、人気のない駐輪場の入り口付近で、はるくんが告白されている現場に出くわしてしまった。

「付き合って、もらえませんか？」

急いで、駐輪場に置かれた物置の陰に隠れる私。口に手を当て息を潜める。

はるくんすごいな……。今月に入って、もう何度目の告白だろう？

高校に入学してからのはるくんの人気は、中学の時よりも増している気がする。

昨日より今日。今日より明日。はるくんはどんどん大人っぽくなって、どんどんかっこよくなっていっているから、当然と言えば当然のことなのだろう。

いい加減、慣れなくちゃいけないのはわかってる。けれど、やっぱりまだどうしても、動揺してしまう自分がいる。

よくないことと思いながらも、どうしても気になってしまって、物置の陰からはるくんたちの様子をこっそりと覗き見た。

……あれはたしか、四組の飯倉さんだ。

私たちの学年で一番かわいいって、前に男の子たちが噂しているのを聞いたことがある。

頬を染め、震える手で柔らかそうなブラウンの髪の毛を耳にかけるその仕草は、同性の私から見てもキュンとしてしまう愛らしさで。

あぁ……。なんてはるくんの隣がよく似合う人なんだろう。

そんなことを思ってしまった。

はるくんの顔を見ることができないのか、俯きっぱなしの飯倉さんの旋毛に、はるくんはいつものトーンで言葉を落とす。

「ごめん。付き合うとかそういうの、考えてないから」

はるくん……断っちゃうんだ……。

今まではるくんに告白をしてきた女の子の中でも飯倉さんはダントツにかわいい。

纏（まと）う空気も、ふんわり柔らかくて、私と違って華やかでキラキラしてる。

いくらはるくんだって、飯倉さんみたいなかわいい人に告白されたら満更でもないはずなのに……。

そっか、でも断るんだ……。

〝よかった〟なんて言葉が頭をよぎって、それを振り払うように、私は思いきり頭を振った。

最低だ。私……。私なんて、はるくんに想いを伝える勇気すらないくせに。はるくんとの未来を望む勇気すらないくせに。はるくんが誰かのものになってしまうのは嫌だなんて……。

はるくんの未来は私のものじゃない。そこに私はいない。

だから嫌だなんて思う資格、私にはないのに……。

はるくんに小さな声で何か言葉を告げると、涙を拭いながら走り去る飯倉さん。

その涙がすごくすごくきれいで……。それとは対照的に、なんだか自分がひどく汚れたものに感じて、はるくんがその場を去っても、私はしばらくそこを動くことができなかった。


そして、その次の日の昼休み。

「あの……尾上くんいますか？」

……まただ。

声のしたほうを見ると、廊下から緊張した面持ちで教室の中を覗き込む女子生徒がいた。彼女ははるくんを見つけるなり、頬をピンク色に染めて小さく会釈する。

クラスメイトの視線が自分の席で厚木くんと話しているはるくんへと注がれ、はるくんは一瞬で状況を理解したのか、首の後ろに手を当て小さくため息をついて立ち上がった。

「はぁ⁉　悠斗、お前また告白⁉　今日でいったい何人目だよ‼　羨ましいから一人くらい代われ‼」

「うっさいバカ」

厚木くんにそれだけ言うと、はるくんは廊下で待つ彼女の元へ行き、そのまま教室を出ていってしまった。

今度はいったいどんな子なんだろう？　どんなふうにはるくんに告白をするんだろう？　それを聞いて、はるくんはどう思うんだろう？

今回もまた断るのかな？　それとも——。

「あんたの幼なじみ、最近忙しそうだね」

背後からそんな声がしてはっとする。振り向くと、そこには無表情で私を見下ろす古賀さんが立っていた。その手には売店の袋が下がっていて、メロンパンらしきものが袋から顔を出している。

「古賀さん。今からお昼？　売店のパンまだあった？　私も買いに行かなくちゃ」

笑顔を貼りつけ、席から立ち上がる。

「あんたのそういうとこ、本当イライラする」

お財布を取ろうとカバンの中をあさっていたらそんな声が落ちてきて、恐る恐る古賀さんを見上げれば、なんだか怒っている様子。

「余裕ですって顔してさ。本当は内心、尾上がいつ誰に取られるか不安で仕方ないくせに」

「……そんなこと、ないよ？」

そんなことない。大丈夫。

たとえはるくんが、誰かを選んでしまってもそれでいいって思ってる。

私は、はるくんの選択を応援する。

ちゃんとできる。だから、大丈夫。

私は、古賀さんにもう一度笑顔を向けると、お財布を探すのを再開した。

だけど……。

――ガシッ！

「え⁉　こ、古賀さ……」

　腕を掴まれ、ずるずると引きずられるように引っ張られる私。そのまま私は古賀さんに連れられ、教室をあとにした。

　古賀さんがようやく私の腕を解放してくれたのは、いつも封鎖されている屋上についた時だ。

　わぁ！　屋上ってこんなふうになってたんだ！

　思っていたよりずっと見晴らしがよくて気持ちいい。

　今日は少し雲がかかっていて残念だけど、晴れている日にはもっとずっと向こうのほうまで見えるんだろう。

　天気がよければ富士山も見えるかな？　あ！　あっちはたしか海だったはず！

「……」

　って、はしゃいでる場合じゃなかった‼

「こ、古賀さん！　屋上って入っちゃダメなんだよね？　いったいどうやって……」

「ここの鍵が壊れてるから、ちょっとコツ掴めば簡単に開くようになってんの」

「え⁉　そ、そうなの⁉」

し、知らなかった……。というか、なぜ古賀さんはそんなことを知っているのか。

「たまーに、何もかも嫌になった時、よくここに来るんだ」

「何も、かも……？」

古賀さんは、何もかも嫌になることがあるのだろうか？

いつだって強くて真っ直ぐで自信があって。何事にも動じず凛とした佇まいの古賀さん。

そんな古賀さんでも心のどこかに、時々何もかもが嫌になってしまうような弱い部分があるの？

なんだかちょっと信じられない。

弱い部分ばかりしかない私には、古賀さんは完璧な人に見えるから……。

「てか、私のことはどうでもいいから」

「え？」

古賀さんは私に向き直ると眉をつり上げ、私の前にビシッと人差し指を突きつける。

「あんたのそのジメジメした顔を見てると、こっちまでイライラしてくるわけ！」

「え⁉ あ、うん……ご、ごめっ」

「そうやってすぐに謝るのもマジでイラつく！」

「え、えぇ〜」

古賀さんてば、いったい私にどうしろと……。

古賀さんは眉をつり上げながら、ちっと舌打ちをする。それからドカッと地面に腰を下ろし、あからさまに大きなため息をついた。

「あ、あの……古賀さ……」

それからギロッと睨みつけられ、私は「ひっ！」と小さな悲鳴を上げてしまう。

「いいから、あんたも座んなよ！」

「ハ、ハイッ‼」

慌ててその場に体育座り。

古賀さん、いったいどうしたんだろう？　また何か怒らせちゃったかな……。

自分の不甲斐なさにシュンとしていると。

「……聞いてあげるから話せば？」

「え？」

その言葉に驚いて顔を上げる。すると、古賀さんがしかめっ面で私を見つめていた。

「聞いてあげるって……えっと……？」

「尾上のこと」

はるくん……の？

「あんたが抱えてるもん、聞いてあげるって言ってるの！　どうせあんたのことだから相談できる相手の一人もいないんでしょ？」

これは……まさか……。

「古賀さんが、相談に乗ってくれるってこと……？」

「話したくないなら、無理にとは言わないけど。尾上が呼び出されるたび、なんてことないふりして、じつは内心めちゃくちゃ気にしてるのバレバレなのよ。いちいち目について気分悪い。ジメジメジメジメ、キノコでも生えてきそう」

「う……」

そ、そっか……。私、そんなふうに見えてたんだ。

気になんてしてないつもりだったんだけど……。そっか……。

「あんたには二つも借りがあるし。話くらい聞いてあげる。あんたと尾上の間に何があるんだか知らないけど、あんた一人で背負わなきゃならない決まりはないでしょ？」

「古賀さん……」

「だからもう二度と、あの胸クソ悪い作り笑いしないで」

考えたことすらなかった。はるくんとの関係の中で生まれる負の感情を誰かに打ち明けるなんて。

はるくんへの恋心は十年間、私の中でこっそり温めてきたものだったから、一度だって誰かに話したことはない。

　本当は抱くことすら許されない想い。

　誰かに打ち明けるなんてできるはずもなくて、やり場のない想いは全部全部、窮屈な箱の中に押し込めるしかなかった。

　だけど、本当は苦しかった。

　温めてきた気持ちは、消えることなくみるみる大きくなって。それを必死に箱の中に押し込めようとするけど、私一人の力ではもう足りなくて。

　……限界だった。

　箱の中身が溢れるように、ポロポロポロポロ。涙の粒が、握りしめた手の上に落ちていく。

「古賀さん……っ。私……ふぇ……」

「……あんたって、本当バカ」

　本当は、ずっと誰かに聞いてほしかった。

　はるくんのことが好きで、好きで好きで好きで。

　この想いをいつか消さなきゃならないことが、どうしようもなく苦しいって。悲しいって――。

　嗚咽が漏れて、言葉にならない。何から伝えていいのかわからない。

そんな私の下手くそな話を聞きながら、古賀さんはずっと私の頭を撫でてくれた。

優しく、ずっと――。


すべて話し終えた頃にはとっくにお昼休みが終わり、五限目に突入していた。

「古賀さんまでサボらせちゃって……ごめんね」

「別に。私はよくあることだし。あんたのがヤバいでしょ優等生」

「あはは。そうかも。だけど、いいの。ありがとう古賀さん。なんだかすごくスッキリした！　これで、しばらくははるくんの告白ラッシュに耐えられそうだよ！」

立ち上がり、古賀さんの前で力こぶを作ってみせる私。

今度は強がりなんかじゃない。古賀さんに向ける笑顔も、今は自然に零れたもの。

本当にスッキリした。

ずっとずっと胸に秘めてきた十年分の想いはいつの間にかとても大きくなっていて、私だけで押し込めるのは、とっくにキャパオーバーだったんだと思う。それをこうして古賀さんに聞いてもらえただけでも、なんだか少し心が軽くなった気がする。

まさか、初めてはるくんへの恋心を打ち明ける相手が古賀さんになるだなんて。ついこの間の私が知ったら、どんな顔をするだろう？

そんなことを考えていたら「あのさ」と古賀さんが座ったまま私を見上げた。

「事情はわかったけど、あんたは本当にそれでいいの？」

「……え？」

「たしかにそう簡単な恋愛じゃないと思う。あんたが好きなようにすれば、あんたの母親を傷つけることになるかもしれない。だからって、あんた一人で全部背負って傷つく必要はないでしょ？」

古賀さんの言葉に心臓がドキリとする。

「尾上が他のヤツのものになっても、本当に後悔しない？」

「……っ」

「私、前にも言ったよね？　伝えて後悔するより、伝えずに後悔するほうがずっと辛いって」

学年レクリエーションの時に、古賀さんに言われた言葉だ。

「あとでいくら〝ああしとけばよかった。こうしとけばよかった〟って思っても、やり直すことなんてできないんだ。それだけじゃない。伝えることを諦めたその時点で、あるはずだった未来の可能性まで、なくなっちゃうんだよ……」

私を見つめる古賀さんの瞳は揺れていた。私に向けられた言葉のはずなのに、まるで自分に言い聞かせているようで……。

「古賀さんは……、後悔したことがあるの……？」

そう尋ねる私に古賀さんは。

「……あるよ」

一言そう言って、瞳に暗い影を落とした。

それ以上は、とても聞けなかった。

古賀さんの抱えているものは、そう簡単には触れてはいけない気がして。触れてしまったら、古賀さんが壊れてしまいそうな気がして。

私もいつか古賀さんみたいに、後悔をする日が来るのだろうか。

たとえ、はるくんとの未来がなくとも、想いだけは伝えるべきなの？

ううん。そんなのはるくんを困らせるだけだよ。できっこない。

お母さんをこれ以上裏切る勇気も、はるくんとの未来を望む勇気もないのに……。

その日の放課後。

「嘘ぉ……」

下駄箱で靴を履き替え昇降口を出ると、地面に打ちつけるような土砂降りの雨が降っていた。そう言えば今朝見た天気予報で、私たちが住む地域もそろそろ梅雨本番だって言っていたのを思い出す。

だからって、さぁ帰ろう！　って時に降らなくてもいいのに。今日一日は天気がもつと思っていたから、傘なんて持ってきてないよ……。

灰色の空を見上げて佇んでいると。

「すげー雨」

「はるくん！」

今まさに昇降口から出てきたはるくんが、そう言いながら私の隣に並んだ。

スクールバッグを肩にかけ、ポケットに手を突っ込みながら空を見上げている。

「はるくん、今日部活は？」

「体育館の定期メンテで休み」

「そうなんだ……」

近頃蒸し暑い日が続いているからか、はるくんはブレザーを羽織らず、長袖シャツ姿が多い。たくし上げた袖から覗く腕は筋肉質で、私のものとは全然違くて。

男の子なんだなって……なんだかドキドキする。

「結衣、傘ないの？」

急に私に視線を向けたはるくんと目が合い、ビクッと肩が上がってしまう。

「え!?　あ、そ、そうなの。今日一日は天気がもつかなって思ってたから、家に置いてきちゃって」

慌てて笑って誤魔化すけど。

み、見ていたの気づかれちゃったかな……？

「そこは女子なら、折り畳み傘とか持っておくところなんじゃないの？」

「うっ……」

女子力の低さをクスクスと笑われてしまい、恥ずかしさで頬が熱くなる。

どうやら見ていたことには気づいていないみたいだけど……。

「はるくんだって忘れたくせに～」

「俺は男だし」

「はいはい！　どうせ私は女子力が低いですよーだ」

唇を尖らせ、プイッと顔を背けるとはるくんが再びクスッと息を漏らす音が聞こえてきて。

「まぁ俺は、結衣のそういうとこがいいんだけど」

――心臓が止まるかと思った。

驚いて振り向くと、柔らかく目を細めて微笑むはるくんがいた。

〝結衣のそういうとこがいいんだけど〟

ねぇ、はるくん。それって……どういう意味？

そう聞いてしまいそうになって、慌ててつま先へと視線を落とした。

鼓動が爆発しそうなくらい速い。耳まで熱い。

私ってば、何を勘違いしてるの？　はるくんは、別に深い意味を込めて言ったわけじゃないのに……。

水溜まりに雨粒が落ちて、そこに波紋が広がるのをひたすら見つめていた。

そんなに優しい顔で、そんな言葉を言うなんてずるい。はるくんにそんなことを言われたら、私はまたはるくんへの〝好き〟が膨らんじゃうのに……。

「少しだけ、おさまってきたな」

さっきまでの土砂降りだった雨は少しだけ落ちつき、しとしととした梅雨らしい雨に変わっていた。私たちと同じように昇降口で雨宿りしていた生徒たちが、今だとばかりに飛び出していく。

「俺らも行くよ」

「え？　わっ……！」

はるくんの大きな手が私に触れる。

雨から守るように私の頭を自分の胸に引き寄せ、はるくんは雨の中を走り出す。

キラキラ。キラキラ。

不思議だな。世界って、こんなにも色鮮やかに見えたっけ？

憂鬱でしかない雨も、水溜まりの水が跳ね上がる音も、はるくんと一緒なら、こんなにも素敵なものに思える。

「大丈夫?」

「……うん。大丈夫。ふふ。なんだかちょっと楽しいね」

はるくんの体温。はるくんの息づかい。こんなにも近くに感じる。

今だけは、はるくんをひとりじめ。やだな。今にも想いが溢れ出してしまいそうだ。

はるくんに〝好き〟って伝えることができたら、どれほど幸せだろう?って考えている。

だけど、私は伝えない。伝えられない。

古賀さんの言うとおりだね。きっと私はいつか後悔する。

今日のこの瞬間を思い出して〝あの時に伝えていたら〟って。この優しい手で、はるくんに大切にされる女の子を見ながら、そんなことを思うのだろう。

だから、お願いだよ。せめてもうこれ以上、はるくんを好きにさせないで。

これ以上はるくんへの想いが大きくなってしまったら、私ははるくんを手放せなくなってしまう。

はるくんへの想いを、消せなくなってしまう。

再び強くなり始める雨。どんより灰色の空は、まるで私の心の中を映しているみたいだと思った。

「今日の欠席は、尾上だけだなー」

窓の外の雨を眺めながら〝本格的に梅雨に入っちゃったなぁ……〟なんて憂鬱な気持ちに浸っていた朝のホームルーム。先生がまさかの言葉を口にした。

はるくんが……休み？

慌ててはるくんの席を確認する。

いつもなら、ダルそうに頬杖をついていたり、眠そうに大あくびをしていたり。はたまた机に突っ伏して居眠りをしていたり。

そんなはるくんが座っている席は、今日はもぬけの殻。

はるくんは昔から、滅多に学校を休まない。たしか最後にはるくんが学校を休んだのは、中学に上がってすぐくらいだったと思う。はるくんの親戚のおじさんが亡くなったとかで、遠いところまで行かなきゃならなかった時だった。

まさか、また何かあったのかな？　それとも……？

ふと、昨日の放課後の記憶がよみがえってくる。

結局あのあと、私たちはびしょ濡れで最寄りの駅についた。

私を雨から庇ってくれたはるくんは、私なんかよりずっとびしょ濡れになってしまって、水滴が滴るはるくんの顔をハンカチで拭いながら『風邪引いちゃうよ』と心配していると、

『俺は平気。結衣が風邪引かないかどうかのが心配』

はるくんは自分の袖で私の顔の水滴を拭ってくれた。

そのあとすぐにビニール傘を購入したけど、服が乾くことはなく、びしょ濡れのまま家に帰ったから。

もしかして、風邪を引いちゃったんじゃ……!!

いてもたってもいられない気持ちが押し寄せてきて、先生の話なんてまるで耳に入ってこなかった。


「あ、厚木くん!」

朝のホームルームが終わって、八木くんと話している厚木くんの元に一目散に駆け寄った。あまりに動揺しているせいか、つい大きな声が出てしまって、そばにいたクラスメイトたちが物珍しいものでも見るかのように振り返る。

〝蒔田さんてあんな声出せるんだ〟なんて囁き声が聞こえてきたけど、今はそれど

ころじゃない。

「お。蒔田さん、どーしたの？」

「あ、あのっ……はるくんて、なんで休みなのか知ってる……？」

「あぁ。あいつなんか熱出したらしいよ？　朝練の時に顧問が言ってた」

や、やっぱり……‼

「そ、それで、大丈夫なのかな？　結構ひどいのかな？」

「それが、俺もよくわからないんだよね。さっきメッセージ送ってみたんだけど既読スルーされちゃってさ」

「そ、そっか……」

厚木くんに連絡を返せないなんて、よっぽど具合が悪いのかな？

どうしよう。なんだかすごく心配になってきちゃった……。

「蒔田さん、尾上に連絡してみたら？」

「え⁉」

「尾上の連絡先、知ってるよね？　厚木だから既読スルーなのかもしれないし、連絡してみたらいいんじゃないかな」

「こらっ！　八木くん！　それはいったいどういう見解ですか！　まるで俺が悠斗にウザがられてるみたいじゃないですか！」

プンスカと唇を尖らせている厚木くんに、「別にそういう意味じゃないよ」と苦笑いを浮かべる八木くん。

連絡……か。そういえば、はるくんとメッセージでのやりとりって、あまりしたことがないかもしれない。もしも、はるくんのお母さんがそばにいたら……とか、考えると気が引けてしまって。

「あ、ねぇ。俺いいこと思いついちゃった」

厚木くんがポンと手のひらを打つ。

「俺が絶対に既読スルーされない方法、一つあったわ」

私と八木くんの肩に手を乗せ、ニッコリと微笑む厚木くん。私と八木くんは、同時に顔を見合わせて首を傾げた。

「ハーイ！ もっと寄って寄ってー‼」

「こ、こう?」

「違う違う！ もっと仲良さげにこう！」

突然始まってしまった、厚木くんによる撮影会。

厚木くんは、なぜか私と八木くんのツーショットをスマホカメラでカシャカシャ撮っていく。

「それじゃあ、八木くん！　蒔田さんの肩を抱いてみようか」

「へ⁉」

「いい加減にしなよ厚木。蒔田さん困ってるよ」

「いいからさっさとやる！　ほらっ！」

「ちょ……」

なかば強引に私たちをくっつけようとする厚木くんに、「蒔田さんごめんね」と眉尻を下げ、たじたじの様子の八木くん。

「う、ううん！　大丈夫だよ！　きっと厚木くん、何か考えがあるんだろうね」

そう言うと、八木くんは「くだらないことじゃなきゃいいけど」とため息をつく。

「ほら！　早く肩を抱く！」

「はいはい。蒔田さんごめん。このままじゃ終わらなさそうだから、失礼します」

遠慮がちに八木くんの手が肩に触れて……。

わぁ。はるくん以外の男の子とこんなに距離が近いのは初めてかも……。

はるくんに触れられると、いつもドキドキ落ちつかないけど、これはこれでなんだかそわそわして落ちつかないものだ。

「ハーイ！　ＯＫでーす！」

撮影が終わると、ワクワクした様子でスマホを確認している厚木くん。

「よし！　送信……と！」

へ？　送信？

「待って厚木。今の誰に送ったの？」

「ん？　悠斗に決まってんじゃん」

「「え⁉」」

な、なんではるくん⁉

八木くんは額を押さえ「なるほど。やられた……」とうなだれているけど……いったいどういうことですか⁉

動揺のあまり、口を金魚みたいにパクパクさせて固まっている私とは対象的に、厚木くんは、着信が来たのか手元で震え始めるスマホを確認しながら「かかったな」としたり顔。

「もっしもーし！　はよっす悠斗！　元気？　風邪大丈夫かー？　……え？　あーあれね！　あはは！　悠斗驚くかなーと思って！　……え？　ちょっいや、お前が既読スルーするから……。や……えと……はい。ごめんなさい……。はい……もう二度としません。ごめんなさい。はい。今、代わります」

涙目の厚木くんが、「蒔田さん。悠斗が代わってって……」と弱々しい声でスマホを手渡してくる。

「はるくん……？」

厚木くんてば、震えているけどどうしたんだろう？

スマホを受け取り、恐る恐る耳に当てると。

「も、もしもし？」

『バカ結衣。何やらされてんの』

「……っはるくん！　大丈夫⁉　熱出ちゃったって本当⁉　具合は⁉」

はるくんの声を聞いた途端、心配な気持ちが爆発してしまって、ついはるくんを問いただしてしまう。すると、電話の向こうのはるくんが、クスリと息を漏らした。

『落ちついて。全然大丈夫だから。ただの微熱だし。そんな大したことない』

「ほ、本当……？」

『うん』

電話ごしのはるくんの声は鼻声で、やっぱりいつもよりダルそうな声。

滅多に風邪を引かない分、本当は辛いに決まってるのに、はるくんは私に心配かけまいとしているのは明らかで。

はるくんはそうするだろうなって、なんとなくわかってはいたけど……。

実際にそうされると、なんだかちょっとだけ寂しい。こんな時なのにはるくんが甘えてくれないのは、きっと私が頼りないせいなんだ。

『写真』

「え？」

『ひっつきすぎじゃない？』

「っ！　あれは厚木くんに言われて撮ったんだよ！」

『わかってる。でも、あれ見たらすげームカついて、なんか熱が上がった気がする』

「……え？」

それって……？

『なんて。熱のせいで変なこと言ってんね、俺』

「う、ううん！」

『じゃあ、切るわ。授業中、居眠りしないようにね』

「し、しないよ！　はるくんじゃないもん！」

『ふ。言うじゃん。それじゃあね』

「うん……。お大事にね」

通話終了になったスマホ画面を確認すると、なんだか急に寂しさが込み上げてきた。

今すぐ、はるくんのところに行きたい……。何もできないかもしれないけど。甘えてなんてもらえないかもしれないけど。

はるくんのいない学校は、いつもより何倍もつまらない場所に思えてしまって。授業のことなんて、もう頭の中に一ミリもなくて。

やっぱり私は、はるくんがいないとダメな人間なのだと、つくづく痛感させられてしまった。

帰りのホームルームが終わると、私は待ってましたとばかりに立ち上がり、慌ただしく教室を出た。

「うわっ！」

まだ帰る人がまばらな廊下を一目散に駆けていたせいで、曲がり角を曲がってきた人に気づかずぶつかりそうになる。その拍子に、慌てていたせいで開けっ放しだったスクールバッグが肩から滑り落ち、中身をぶちまけてしまった。

「ご、ごめんなさい‼」

わ～！　もう！　私っていつもこう！

ぶつかってしまった人に急いで頭を下げて謝ると、散らばった物を拾うためその場に屈み込む。

「あっぶないなぁ。何をそんなに慌ててるわけ？」

だけど次の瞬間、頭上から降ってくる聞き覚えのある声に顔を上げると。

「古賀さん！」

古賀さんが怪訝な顔で私を見下ろしていた。

「古賀さん、帰りのホームルームは……」

「保健室でサボってたら寝過ごした」

堂々とサボってました宣言をする古賀さんは、廊下に散らばった教科書を拾い上げ、私に「ん」と差し出した。

「あ、ありがとう……」

「で？　何をそんなに急いでるわけ？」

「えっと……」

「尾上のとこでも行くの？」

いきなり核心をついてくる古賀さんの言葉に、つい小さく肩を揺らしてしまう。

「ううん。行くわけじゃないの。はるくんのお母さんが家にいたら大変だし……」

「ふーん。じゃあ、トイレにでも駆け込むつもりだったわけか」

わざとらしい口調でそう言う古賀さん。私は唇を引き結び、顔を俯ける。

「ち、違うの。はるくんの家に行くことなんてできないってことはわかってるんだけど……。だけど、いてもたってもいられなくて……」

そう。急いで帰ったところで、はるくんの家の階でエレベーターを止めることすらできないだろう。

わかってる。急ぐ理由なんて私にはないってこと。

だけど、今朝はるくんの声を聞いてから、少しでもいいからそばに行きたい気持ちばかり膨らんで。授業になんてちっとも身が入らなくて。

気づけば、体が勝手に動いていた。

「あんたって、なんでそういちいちこじらすわけ？　いいじゃん。家まで行ってやれば」

「そ、そんなの……っ」

「無理じゃなくない？　母親がいるか、聞いてみりゃいいじゃん。それでいないなら行きゃいいわけだし」

古賀さんは、さも簡単なことのようにあっさり言ってのけるけど、そんなの……。

「そんなの、はるくんは迷惑だよ……」

私と古賀さんの間に、少しの沈黙が訪れる。

うじうじうじうじ。

また古賀さんにそう言われてしまうかな。

本当は、自分でもこんな自分は嫌なんだ。

そばに行きたい。だけど、行けない。

何か理由をつけては言い訳して。こんなの、ただ意気地がないだけ。

そういう自分に直面するたびに、また自分が嫌いになっていく。

「あんたはそうやっていつも人の顔色ばっかり気にしてるけど、それすると、なんか得があるわけ？」

怒っているでもなく、バカにしているわけでもなく。静かな声で淡々と古賀さんは言う。

「相手の気持ちばっか優先するその癖がダメとは言わないけどさ。時には、相手に遠慮しないでとった行動のほうが、相手の心を動かすことだってあるんだよ」

「遠慮……しないで……？」

「少なくとも、私はあんたの空気読めない物言いに、何度も心動かされたよ」

「古賀さん……」

〝空気読めない〟というところは多少気にかかったものの、まさか、古賀さんがそんなふうに思ってくれていたなんて……。

ジンと目頭が熱くなるのを感じながら古賀さんを見つめていれば、「だからさっさと連絡しろ‼」とおでこをペチンと叩かれてしまった。

そっか……。そうだよね。相手にどう思われるかばかり気にしていたら、心のままに行動することが難しくなってしまう。

私は今、はるくんのそばに行きたいんだ。そばに行って、はるくんが本当に大丈夫なのか、何か困ったことはないのか、この目で見て安心したい。

私は、大きく深呼吸すると胸の前で拳を握った。

「わ、わかった‼ 連絡してみる‼」


【はるくん。調子はどうですか？】

手始めにはるくんにメッセージを送ってみた。

寝ている可能性はあるけれど、それならそれで今日はやめておけばいいだけの話。

だけど、予想に反しすぐに既読され、返信が来る。

【大丈夫。てか、珍しいねメッセージ。何かあった？】

また大丈夫だと言われてしまった……。いやまぁ、大丈夫に越したことはないのだけれど、逆に心配されてしまっているあたりがちょっと悲しい。

「ウケる。病人に心配されてるし」

私のスマホを覗き込みながら吹き出す古賀さんに、恥ずかしさまでもが込み上げてくる。

めげるな結衣！　こんなの予想していたことでしょ！

【私は大丈夫。何か困ったことはない？　おばさんは今日、お仕事お休み？】

核心に触れるのには早すぎただろうか……。いや、でもくどくどとやりとりを繰り返すのは、はるくんの体にもよくないし……。

そう言い聞かせながら、ドキドキとうるさい心臓をなだめていたら、またすぐにメッセージが返ってきた。

【おふくろは、ばあちゃんちに行ってて明日の昼まで帰ってこない】

【そうなの⁉】

【でも別に大丈夫だから。いくつだと思ってんの？】

熱の辛さに年なんて関係あるもんか。

はるくん、ご飯はどうしたんだろう？　水分はちゃんと取ってるのかな？

どうしよう……。やっぱり、どうしようもなく心配だ。

〝時には、相手に遠慮しないでとった行動のほうが――〟

ふと、古賀さんに言われたさっきの言葉を思い出す。

ここは思いのままに動いていいところなのかな？　ううん。こんなの、動くなって言われても無理な話だよ……。

「古賀さんっ‼」

古賀さんはもうすでに何かを悟ったようで、じっと私に視線を向ける。

「私、はるくんのところに行ってくる‼」

私がそう言うと、古賀さんは「はいはい。行ってらっしゃい」と言ってヒラヒラ手を振りながら、教室のほうに歩いていってしまった。

その時チラリと古賀さんの横顔が見えた。古賀さんの口元は、心なしか弧を描いている気がした。


マンションについた時には、遠くの空がほんのり赤らみ始めていた。どこかの家の換気扇からは煮物を煮込んでいるような香りが漂ってくる。

いい匂い……。

それにしたって時間がかかってしまった……。

私は、はるくんの家の前で佇んでいた。

両手に下げたスーパーの袋はパンパンに中身が詰まっていて、ここまで運ぶのに苦労した。速やかに下校したはずなのに、はるくんの家につくまでにこんなにも時間がかかってしまったのは、あれやこれや買う物を迷っていたせい。

あれだけ早くはるくんのそばに行きたいと切望しておいて、どうしてこうもノロマなんだと自分を恨めしく思う。

それにも関わらず、ここまで来てまだ二の足を踏んでいるのだから、私は本当に救いようのない意気地なしだ。

「ううっ……」

さっきからインターホンに指を伸ばしては戻すの繰り返し。このドアを隔てた向こうにはるくんがいるわけで、このボタンを押せばものの数秒で会うことができる。なのに……。

どうしてこんなに緊張してるの私‼

早鐘を打つような鼓動が、うるさいくらい鼓膜に響いてくる。

はるくんのお母さんは明日まで帰らないって言っていた。

だけど、本当に？　急に帰ってくることはない？

やっぱりやめたほうがいいんじゃないかな。……いや、だけどやっぱりはるくんが心配だし。ここまで来たのに〝やっぱりやめた〟なんてそんなおかしなことはない。

はるくんの家の階に来るのだってすごく久しぶりで、この階のボタンを押すってだけでも緊張して、なんとかない勇気を振り絞ってここまで来たんだ。

よ……よし……！

深呼吸をしたら、このボタンを押すんだから！　絶対に押すんだから！

スーパーの袋を置き、手を広げ、私は思いきり鼻から空気を取り込む。そして、口からゆっくり息を吐き出し「よし！」とインターホンに指を近づけた。

その時。

「こんばんは」

「ひゃっ‼」

――ピンポーン。

あ。あーーーーっ‼

「……こ、こんばんは……」

錆びついたロボットの如く首を回して、挨拶をしながら通りすぎるご近所さんにぎこちない笑顔で応える。

押しちゃった……。

どうしよう‼ 本当に押しちゃったぁぁ‼

深呼吸したら押すと決めていたはいいものの、どうやらまったく覚悟なんてできていなかったらしい。驚いた拍子に押してしまったインターホンの前で、私はあたふた大パニックを起こしていた。

『……はい』

「っ……」

数秒後、インターホンに出たのはさっき話した時よりも掠れた声のはるくんで……。

『どちらさまですか？』

「……ゆ、結衣です」

私は観念したようにそう告げる。

『……は？　結衣？』

「は、はるくんごめんね‼　あのっ……必要かなって思ったもの買ってきたから‼　ここ！　ここに置いておくから‼　じゃっ‼」

ここまで来た最大の目的は、はるくんの顔を見ることだったけど、もうこの際、ここまで来れただけでもよしとしよう！

こうして、水分や食料、その他諸々も渡すことができたわけだし！

とりあえず安心‼　うん‼　大丈夫‼

そそくさとその場を立ち去ろうとすれば。

ガチャッ！と勢いよく開いたドアから、はるくんが顔を出した。

「結衣‼」

「はるく……」

「……入って」

はるくんの家に来るのはいつぶりだろう？

小学生くらいの時はよくお母さんたちの目を盗んで、こっそりお邪魔することがあった。だけど、中学生にもなると男の子の部屋に入るっていう緊張感もあって……たぶん、はるくんも女子を家に上げるのに抵抗が出てきて、まったくはるくんちを訪れることはなくなった。だから、今日は本当に本当に久しぶり。

「お、お邪魔します」

玄関を上がり靴を揃えて、無言で前を歩くはるくんについていく。

はるくん、もしかして怒ってる？

やっぱり、迷惑だったかな？

はるくんの部屋の位置は以前来た時と変わっていなかった。

自分の部屋のドアノブを回すと、はるくんはスタスタと中に入っていく。

これは……私も入っていいものなのかな……。いや、でも〝入って〟って言ったのははるくんだし……。

わぁっ……！　はるくんの部屋だ‼

スーパーの袋の持ち手を一度強く握りしめ、恐る恐るその部屋に足を踏み入れた。

はるくんの部屋は、前に来た時とあまり変わっていなかった。

家具の配置はすべてそのまま。買い換えたものもほとんどなさそう。

ただ、以前は水色を基調としたまさに〝子供部屋〟という感じの部屋だったのに、今はネイビーでまとまった落ちついた雰囲気の部屋になっている。

この香り懐かしい。はるくんの香りだ……。

「結衣……」

掠れた声ではるくんに呼ばれはっとする。

懐かしんでる場合じゃなかった‼

「はるくん！　具合は……」

〝具合はどう？〟と言いかけて、私の体は固まった。

はるくんの大きな体が、私をすっぽりと包み込んだからだ。

「……っは、はるくん⁉」

はるくんの返事はない。離れようとする様子もない。

「あ、あの……あの……」

みるみる体温が上昇していき、鼓動の速さも尋常じゃなくて、はるくんに伝わって
しまうんじゃないかと気が気じゃない。

いったいはるくんはどうしちゃったの⁉

「はるくん……あのっ……」

「はぁ……っ」

ん？

「はるくん……？」

まるで力を抜いているかのようなズシッとした重みに違和感を覚える。それに、な
んだかはるくんの体がやけに熱い。

ううん！　すごく熱い‼

「はるくんっ⁉」

慌てて体を離すと、はるくんは真っ赤な顔で苦しそうに眉間にしわを寄せていた。

そのただならぬ様子に、サーッと血の気が引いていく。

恐る恐る、はるくんの額に触れてみると。

……やっぱり。すごく熱い……。

「はるくん！　ベッドまで歩ける？」

「……っ大丈夫だって……言ったのに」

「これのどこが大丈夫なの⁉」

足取りのおぼつかないはるくんをベッドまで連れていき、横たわらせる。ベッドに体を預けたはるくんは腕を額に乗せ、息が荒く、本当に苦しそう。

はるくん、嘘ついたんだ……。

微熱なんて嘘。大丈夫なんて嘘。

「私……そんなに頼りない？」

「結衣……？」

はるくんの虚ろな目が私を見上げる。はるくんに被せた毛布をギュッと握りしめれば、込み上げてくるもので視界が歪んだ。

「私になんて、甘えられない？　こんなだから、頼りない？　こんな時くらい、甘えてほしかったよ……」

「……ごめん。泣くな」

はるくんの手が私の頬に添えられる。その熱い手で、私の頬を優しく撫でてくれる。

私がその手に自分の手を添えると、はるくんは力なく微笑んで、それから、ゆっくりとまぶたを閉じた。

それからはるくんは、三十分くらい眠っていたと思う。

私はその間に、はるくんの額の汗を拭い、買ってきた冷却シートを貼って、はるくんが起きたらすぐに喉を潤せるよう、枕元にスポーツドリンクをセットした。それから、すぐにキッチンへと向かう。

キッチンで一とおりの作業を終えて戻ってきたら、物音のせいかはるくんがベッドの上でモゾッと動いた。

「まだいたの……？」

「うん。ごめんね。起こしちゃったね」

「いや」と言って、ベッドから起き上がろうとするはるくん。

慌ててその体を支えたら、さっきよりもさらに熱い体温が伝わってきて驚いた。

熱が上がりきったのかな……？

「風邪、うつるよ？　もう大丈夫だから帰りな」

そう言うはるくんに、じとっと視線を向ける。

「なんだよ……」

「今回の件で、はるくんの〝大丈夫〟は信用ならないってことがよーくわかったよ！　だから、はるくんがいくら大丈夫って言っても、私ははるくんのそばにいる。私が安心できるまで帰らない」

私がそう告げると、はるくんは驚いたように目を見開いて、それからおもむろにため息をついた。

面倒くさいヤツって思ってるよね。

いいもん。それでも。別に感謝されたくて、ここにいるわけじゃない。

私は、はるくんが元気になってくれればそれでいいんだもん。

そう言い聞かせていると、頭の上にふわりと重みが落ちてくる。

「……ありがとね」

柔らかく微笑みながら私の頭を撫でるはるくん。

その手はすごく優しくて……。胸の奥がジンと熱くなる。

頬を染めて俯くと、はるくんは私の頭を撫でながら言葉を続けた。

「結衣が頼りないとか、そんなんじゃないから」

「え?」

「かっこ悪いなって思っただけ。結衣が風邪引かないか心配しておいて、俺が引いてるし」

「……っそれは、昨日はるくんが私を庇っていっぱい雨に濡れたから……!」

「まぁ、結衣が風邪引くより、ずっとよかったけどね」

そう言って目を細めるはるくんに胸がきゅうっと苦しくなる。

どうしてはるくんは、こんなにも優しいんだろう?

これが他の人であっても、はるくんは同じことを言うの?

それともこれは、私だから言ってくれるの?

私だからなら……いいな。この先もずっと、はるくんの優しさは、私だけに向けられるものならいいのにな。

はるくんの瞳が真っ直ぐ私を捉える。

「結衣……。甘えても、いい?」

私の頭を撫でていたはるくんの手に力がこもる。

するとはるくんは自分の口元に私の頭を引き寄せて、小さく耳打ちをした。

「……やっぱり、もうちょっといてよ」

こんなふうに、はるくんが甘えられるのも私だけならいいのにな……。

ずっとずっと、私だけなら——。

お粥はさっきはるくんが寝ている間に、はるくんちのキッチンを借りて作っておいたものだ。

パクリと一口、お粥を口に運ぶはるくんを、私は固唾をのんで見守っていた。

「ど、どうかな？」

「うまい」

「本当⁉」

心の中で思わずガッツポーズ。

もしかしたらお世辞かな？　と少し不安になったけれど、あっという間に平らげそうな勢いで食べるはるくんを見て、ホッと胸を撫で下ろした。

相変わらず熱は高いみたいだけど、食欲はあるみたい。よかった……。

「ごちそうさま」

「おそまつさまでした」

お粥を食べ終わったはるくんは、私が買ってきた薬を飲んで、またベッドへと横たわった。

「食ったらまた眠くなってきた……」

「薬も飲んだし、寝ちゃってもいいよ？」

「せっかく結衣がいるのにもったいない」

「ふふ。何それ。私はいつでもはるくんのそばにいるよ」

クスクスと笑っていると、はるくんがじっと私を見つめていることに気づく。

私、何か変なこと言ったかな？

それから、パタパタと手招きされる。

「どうしたの？」

首を傾げながら近寄っていくと。

「……っ」

はるくんに手を取られ、ギュッと握られてしまった。

「は、はるくん……あのっ」

「このほうがよく寝られそう。……ダメ？」

上目づかいでそう言うはるくんに、心臓が撃ち抜かれる。

うわぁうわぁ！　甘えん坊のはるくんだ！

いつもよりどこか色っぽいはるくんの瞳は、ものすごく心臓に悪い。こんなはるくんの姿を他の子が見たら、今よりさらに人気が出ちゃうこと間違いなしだ。

「ダメじゃ……ないよ」

そう言うと、はるくんの熱い手にまた力がこもって、はるくんは安心したように目を閉じた。

全神経が、はるくんに握られている手に集中しているみたい。

ドキドキして落ちつかない。

どうしよう。手のひらが汗ばんできちゃった……。

はるくんは相変わらず苦しそうに肩で息をしている。眠ったかと思えば、寝苦しそうに眉間にしわを寄せ、目を開けて私がいるのを確認する。

熱のせいで眠りが浅いみたいだ。

大丈夫かな？　こんなに熱が高いんだもん。苦しいよね。

いつも私のことを守ってくれるはるくん。

頼りがいがあって、何事にも動じないはるくん。

そんなはるくんが、今日はすごくすごく弱々しい。

甘えん坊でかわいいはるくんもいいけど、やっぱり普段の元気なはるくんがいいな。

苦しそうなはるくんは、見てられないよ……。

「代わってあげられたらいいのにな……」

はるくんの手がピクッと動く。

「はるくんの風邪が、全部私にうつっちゃえばいいのに……。私が、全部貰えればいいのに」

はるくんに早く元気になってもらいたくて、つい出てしまった言葉。

はるくんのまぶたがゆっくりと開き、その瞳が私を捉える。

「はるくん？」

「……そういうこと、言っちゃダメだよ」

「へ？」

「男の部屋で。しかも、ベッドのそばで」

はるくんの言っている意味がいまいち理解できず、瞬きを繰り返していれば。

「さっきの八木との写真といい、結衣は隙がありすぎ」

「きゃっ……」

つながったままの手を引っ張られ、バランスを崩した私は、はるくんのベッドの上に倒れ込む。気づいた時には、はるくんに手首を掴まれ仰向けになっていて、はるくんの下に組み敷かれる体勢になっていた。

この状況は……何？

あまりに急な展開に、うまく思考が働かない。

「いくら弱ってるって言っても、俺は男だからね？」

「はるく……」

「そういう煽(あお)るようなセリフ、言っちゃダメだよ」

今の状況を理解する前に、徐々にはるくんのきれいな顔が近づいてくる。

嘘……。

これって……。もしかして……。

はるくんと私の唇の距離は一センチ。ドクンドクンと脈打つ心臓を感じながら、これからくる衝撃に備えるかのようにギュッと目をつむった。

「……っ」

しかし、はるくんの唇は、私に触れる直前で軌道が逸れる。そして、はるくんの体ごと、力なく私の横に倒れていった。

「はるくん……？」

上半身を起こし、恐る恐るはるくんを確認する。

「スー……」

はるくんは私の横で、規則正しい寝息を立てていた。

はるくん……寝てる……。

そっか、そうだよね。きっと、寝ぼけてたんだよね？

そうだよね……？

「はは……」

私はふらりと立ち上がり、はるくんを起こさないようそっと部屋を出る。それから、音がしないようにはるくんの部屋のドアを閉めると、足の力が一気に抜けて、その場にへなへなとしゃがみ込んだ。

まだ、体が熱い。

「キス……しちゃうかと思った……」

ドキドキうるさい心臓が、一向におさまってはくれなくて、私はその場にうずくまり、しばらく立ち上がることすらできなかった。

幼なじみの独占欲

蒸し暑さが日に日に増す、六月も後半。

私を含むほとんどの生徒が夏服に変わって、いよいよ夏目前といった感じだ。

だけどこの時期、私たち学生はちょっとだけ忙しくなる。

「期末テストに向けた補習ですか？」

「そうなんだよ。中間テストで赤点叩き出したヤツらを集めてな」

その日、担任の大津(おおつ)先生に呼び出された私は、職員室を訪れていた。

そこで先生は、私に補習者リストと書かれた紙をため息混じりに差し出してくる。

「どうだ。このメンツ、見覚えないか？」

「ええと……」

それを受け取り名前を確認すると……。

あれ？　これって……。

そこに明記されていたのは、見覚えのある名前ばかり。

厚木翔吾。井田雪子。尾上悠斗。古賀みずき。

「こ、これって……八木くんがいないだけで、他はみんな学年レクの時のメンバーですよね？」

「ピンポーン。正解。な？　すごい偶然もあるもんだろ？」

先生は自身のデスクに頬杖をつき、呆れた様子で苦笑する。学年レクの時といい、とんだお騒がせメンバーだと思われているのだろう。

「つーわけで、折り入って蒔田に頼みがあるんだ」

「はい……？」

「こいつらの補習に、蒔田も教える側で参加してほしいんだよ」

教える……側？

それってこの四人にテスト勉強を教えるってこと⁉

「そ、そそそそんな‼　む、無理です‼　絶対絶対無理です‼」

「え～。なんでだよ～」

「わ、私なんて、人に教えられる立場じゃありません‼」

「いやいや。蒔田はクラスでもずば抜けて成績がいいし、授業態度もいいしな。先生は信頼してるんだぞ？」

「で、でも……」

ただでさえ人と関わることが苦手なのに、人にうまくものを教えるなんてできるはずがない。とくに、はるくん以外のみんなは、まだ話すのだって緊張するのに……！

「まぁ、さすがに一人じゃ不安だと思って、八木にも頼んでおいた。あいつは快くOKしてくれたぞ？　一度は同じグループになったよしみじゃないか！　なっ！」

先生の手が思いきり私の肩を叩く。プレッシャーという重みを肩に乗せられた気分だ。だけど、八木くんが快く承諾したと聞いて私が断れるはずもなく……。

「……わかりました」

なくなく承諾すると、「ありがとう！　頼んだぞ！」と言って先生はニッコリと微笑んだ。


「てなわけで、補習の四人はこのプリントを解くように」

補習授業は、さっそく次の日の放課後から始まった。

「蒔田と八木は、この四人のわからないところを教えてやってくれ。お前たちもテスト勉強をしながらでいいからな。誰もわからない場合は、職員室にいる俺んとこ聞きに来てくれ」

「はい……」

六人の机をくっつけて、ちょっとした長テーブルのようにした私たちの席に、先生はプリントを配っていく。そして、すべてのプリントを配り終えると「じゃ！　しっかりやれよー」と言って教室を出ていってしまった。

な、なんだ。こういうスタイルだったのか。

黒板の前に立って教えるとかじゃなくてよかった。

これならわからないところを教えればいいだけだし、八木くんもいるからあまり私の出番はないかも……。

そう思って胸を撫で下ろしていたのに……。

「はーい！　はいはいっ！　蒔田先生！　八木先生！　問題が一個もわかりません！」

と厚木くん。

「す、すみません……私も……」

と井田さん。

「つか、こんなの習ったことなくない？」

と古賀さん。

あ、あれーーーー⁉

私の向かい側に座る八木くんは、額に手を当て大きなため息。

「お前ら、授業中に何やってたわけ？」

「いつも寝てばっかの悠斗に言われたくないんですけどー‼」

「あんただって補習受けてるくせに、なに偉そうなこと言ってんのよ」

はるくんを責める厚木くんと古賀さん。珍しく息がピッタリだ。

そっか……。二人は知らないんだよね。

「……あ、でも、尾上くんて、現代文以外は全部九十点以上でしたよね？」

「「……は？」」

井田さんの言葉に、厚木くんと古賀さんが同時に声を漏らす。

「わ、私、一番前の席なので、たまたま見えちゃったんですけど……。ほとんどの教科が九十点以上で、数学に関しては一〇〇点だったような……」

厚木くんと古賀さんは〝そんなバカな〟と言わんばかりに、今度こそ絶句してしまった。

そう。はるくんは、こう見えてじつはとっても頭がいい。

たとえ授業中に居眠りをしていようが、テスト期間中にゲームに没頭していようが、毎回テストは高得点。いわゆる、天才肌というやつだ。

そんなはるくんが、赤点なんか取ってしまったということは、きっと……。

「ちょ、ちょっと待てよ？　じゃあ、悠斗はなんで俺らと一緒に補習なんか受けてるわけ？」

「寝てた」

「……はい？」

「寝てて、気がついたら現代文のテストが終わってた」

「……。あー！　わかるわかる！　ちょーわかる〜！　長文とか読んでると眠くなるよなー……ってオイ‼　んなことあるか⁉」

華麗なノリツッコミが決まった厚木くんに、苦笑いの私たち。

はるくん、絶対ゲームで夜更かししちゃったんだろうなぁ。この余裕たっぷりな性格は、小さい頃から何も変わってない。

「ま、まぁとりあえず、尾上は教えなくても大丈夫ってことだよな。教えなきゃならない俺たちからしたら好都合だね。蒔田さん」

「う、うん！　そうだね！　わかりやすく教えられるよう私も頑張るので、みなさんどうぞよろしくお願いします！」

「ははっ！　蒔田さん、教える側なのにすごい律儀」

机に頭がつきそうなほど勢いよく頭を下げれば、八木くんたちにクスクスと笑われてしまった。

「蒔田さんて、思ってたよりずっと面白い人だよね」

「え⁉　そ、そうかな……？」

だけど、ただ一人。はるくんだけは、そんな私と八木くんのやりとりを頬杖をつきながらじっと見つめていた。

補習はかなり難航を極めたものの、思いのほかみんな理解が早くて助かった。

八木くんとは違い、下手くそな私の説明をみんな文句一つ言わず聞いてくれて、教えているうちに、いつの間にか私の緊張も和らいでいた。

「蒔田さんの教え方、とってもわかりやすいです！」

「え⁉　そ、そんなことないよ！」

まさか井田さんにそんなふうに言ってもらえるなんて思ってもいなくて、私は真っ赤になりながら思いきり両手を振る。

「結衣は相手の立場に立って物事を考えるのが得意だから、教えるのに向いてるんだよ」

そんな私の左隣で、自分のプリントに向かいながら柔らかく微笑むはるくんにドキッとする。

はるくん、そんなふうに思ってくれていたんだ……。

「尾上ってさ、いつもこの子のことなんでも知ってるふうな言い方するよね」

古賀さんが、はるくんにニヤニヤしながら挑発的な目を向ける。

それに対し、はるくんも……。

「……知ってるけど？」

と睨み返して……。え⁉　なんで火花が散ってるの⁉

「へ〜。幼なじみだからってやつ？　でもさ、そんなのいつかこの子に彼氏でもできれば、すぐにそいつのほうがこの子に詳しくなるんじゃない？」

古賀さんにそう言われたはるくんの瞳が、一瞬だけど揺れた気がしたのは気のせいだろうか？

「ちょいちょい！　なんでケンカが始まってんの⁉　二人とも‼　早くプリント終わらせて帰ろうぜ⁉」

「いや、一番終わってないあんたが言うな。あんたが終わらなくても私は帰るからね？」

「えー‼　古賀さん冷たい‼　でも、そんなとこも好きっ‼」

「ウザい」

厚木くんのおかげで、一瞬張り詰めた空気が和らいでホッとする。

はるくんを覗き見れば、いつもと変わらない様子でまたプリントに向かっていた。

私に彼氏……か。古賀さんは、なんであんなことを言ったんだろう？

彼氏なんてできるわけないよ。

はるくん以上に私をわかってくれている人も、はるくん以上にわかりたいと思える人も、この先、現れるはずがないんだから——。

　それから数分後。

「やっと終わったーー‼」

　ようやくプリントを解き終えた厚木くんが、だらんと机にうなだれる。

「これで、全員プリントを解き終わったね！　みんなお疲れ様でした」

「ありがとう！　あとは職員室に持ってくだけだな！」

「蒔田さん、八木くん、教えてくれて、本当にありがとうございました」

　私、厚木くん、井田さんがそんなやりとりをしている中、八木くんは眉間にしわを寄せ、何やら真剣な様子でノートに向かっている。

「八木くん？　どうかした？」

「あ！　うん。ごめん！　ちょっと解けない問題があってさ……」

　どうやら八木くんは、自分のテスト勉強のほうで苦戦を強いられている問題があるらしい。

　みんなに教えている姿を見て思ったけど、八木くんはとても頭がいい人だと思う。

　そんな彼でも解けない問題ということは、応用問題か何かかな？

「解けるかわからないけど、見てみてもいい？」

「お願いできる？　この問題なんだけど……」

八木くんが、ノートを差し出しながら私のほうへと身を乗り出してくる。

あ。この問題。昨日解いたばかりの応用問題だ。私も苦戦したから、よく覚えてる。

「八木くん。この問題ね……」

八木くんに説明をするため、私も身を乗り出そうとしたその瞬間。

「わ」

ウエスト部分に回された腕によって、私は強く後ろへ引き戻されてしまった。

「はる……くん……？」

「近い」

「え？」

「俺が教えるから。席交換して」

そう言うとはるくんは、八木くんの向かい側に座る私をどかし、自分がその席に移動する。

はるくん、なんか怒ってるような……？

「……あのさ。尾上、なんか勘違いしてない？」

「別に」

恐る恐るそう聞く八木くんを前に、無表情で答えるはるくん。何がなんだか。いまだキョトンとしている私をよそに、はるくんは八木くんに説明を始めてしまった。

はるくんてば、どうしちゃったんだろう……？

その後、職員室にいる先生にプリントを提出して、私たちはそのままみんなで帰宅することになった。

「だいぶ日が長くなったよなー！」

昇降口を出るなり、「んー！」と伸びをする厚木くんのあとをついていく。

「もう少しで梅雨明けするって、今朝の天気予報で言ってましたよ」

「今年はずいぶん早いね」

「どちらかと言うと空梅雨でしたよね」

井田さんと八木くんのそんな会話を聞いていると、突然何かを思い立ったかのように厚木くんが「あ！」と声を漏らした。

「なぁ！　みんなでさ、新しくできた駅前のたい焼き屋に行かない⁉」

「何を言い出すかと思えば……。私、さっさと帰りたいんだけど」

「えー‼　古賀さん！　そんなこと言わないでさぁ〜‼」

新しくできた駅前のたい焼き屋といえば、いつだったか、クラスの女の子たちがおいしいって噂しているのを聞いたことがある。なんでも、生地がサクサクで、いろいろな味のたい焼きがあるのだとか。

一度食べてみたいなって思ってたんだよなぁ……。

なんて、ゴクリと唾を飲み込んでいると。

「結衣、食べたいんでしょ」

「うっ……!!」

「ほんと食いしん坊だよね」

わーん！　はるくんに食いしん坊って言われちゃったよぉ！

「いいじゃんいいじゃん！　みんなで行こうよ!!　ね！　はい、決定〜!!　レッツゴー!!」

なかば強引に話を進めた厚木くんが「早く来ーい！」と手を振って、みんなを先導する。

「ったく、しょーがないな」とゴチながらもついていく古賀さん。

「たい焼き、楽しみです〜！」と楽しそうな様子の井田さん。

そんな井田さんのあとを「俺、カスタードがいいなぁ」と八木くんがついていく。

あ、あれ？　私と一緒で、みんな結構乗り気なのかな？

はるくんと私は同時に顔を見合わせると、つい一緒に吹き出してしまった。

それから私たちは、駅前のたい焼き屋でそれぞれ好みのたい焼きを買った。

「うっまー!!」

みんなでたい焼き屋の前のイートインスペースに座りそれを頬張る。

うわぁ！　本当だ‼　すごくおいしい‼

外はサクサク、中はしっとりだぁ‼

「蒔田さんは定番のあんこなんですね！　そっちもすごくおいしそうです」

「うん！　すごくおいしいよ！　井田さんのは？」

「私はチョコにしました！　中からトロっとしたチョコが出てきて最高です～」

「チョコなんてあるんだね！　おいしそう～！　古賀さんのは……」

「チーズクリーム」

「そんなのもあるの⁉」

あまりのおいしさについ盛り上がっていたら、あっという間に食べ終わった男子組が「俺ら飲み物買いに行ってくる！」と言って席を立った。

「結衣は何飲む？　炭酸じゃなければなんでもいい？」

「うん！　ありがとう！　はるくん」

そんなやりとりをしたあと、はるくんたちは自動販売機を探しに行ってしまった。

はるくん、私が炭酸苦手なの、ちゃんと覚えててくれたんだなぁ。

それを見送って再びたい焼きにかぶりつこうとすれば、隣から痛いくらいの視線を感じて思わず手を止める。

「い、井田さん？」

井田さんがどこかキラキラした目で、じっと私を見つめていた。

「蒔田さんって、すご〜く尾上くんに愛されてますよねぇ。ヤバいです。素敵です」

「あ、愛さ……!?」

「尾上くん、蒔田さんのことならなんでも知ってるって感じで、そういうところめちゃくちゃ萌えます」

「萌え……!? は、はるくんとは幼なじみだからだよ！」

井田さんてば、なんだかすごい勘違いをしている気がする。はるくんに愛されてるとか、そんなわけないのに。

「ヴィオラもそうだったんです」

「へ？ ヴィ……」

「ヴィオラもアンガス王子とは幼なじみで、お互いぜーったいに両想いなのに、なかなか自覚しなくて……」

「えーと……？」

　これは、井田さんの好きなアニメの話だろうか……。

「アンガス王子との身分違いを自覚しているヴィオラは、自分の気持ちに気づいてもなかなかそれを受け入れることができないんです。やっと受け入れたと思ったら今度はまわりにも反対されて」

ついドキッとしてしまった。井田さんが言うヴィオラが、なんだかちょっと私に似ていたからだ。

「……それで、ヴィオラはどうなったの？」

「もう伝えちゃえばいいのに～！って、すごく焦れったかったんです。お互い何よりも大切に思っていることは間違いないのに、なかなかくっつかなくて！」

「……うん」

「だけど、ヴィオラは最終的にみんなの反対を押しきって、アンガス王子との未来を選びました。それからは二人でいくつもの困難を乗り越えて、もちろん最後はハッピーエンドです！」

アンガス王子との未来を……。

「そう……なんだね」

「だから、なんだか蒔田さんを見ていたら、つい二人を思い出してしまって！　幼なじみっていいですよね！　アンガス王子やヴィオラみたいに素敵な恋をしているのかな～なんて、つい考えちゃいます！」

興奮冷めやらぬ……といった感じの井田さんとは裏腹に、私の気持ちは静かに沈んでいく。

そうだね。井田さんの言うとおり。私がヴィオラみたいに、お母さんの反対なんてものともしなければ、そんな素敵な恋もできたかもしれない。

だけど――。

「私とはるくんは、二人のようにはならないよ……」

自分でそう言っておきながら胸が苦しくなって、食べかけのたい焼きを持つ手に力がこもった。そんな私を古賀さんがじっと見つめている。

「どうして……ですか？　私には、蒔田さんは尾上くんが好きなように見えます」

悲しそうに眉尻を下げる井田さん。

古賀さんといい、井田さんといい、みんな鋭いなぁ。そんなに私の気持ちってだだ漏れなのかな？

もしかしたら、もういい加減隠しきれないほど、はるくんへの気持ちが大きくなってしまっているのかもしれない。

「私が、弱いから」

「え？」

「私が弱いから、はるくんとの未来はないの……。私は、はるくんとの未来を望む勇気がない」

「蒔田さん……」

はるくんとの未来を望めば、今以上にお母さんを裏切ることになる。私にはこれ以上、お母さんを裏切る勇気なんてない。

ただでさえ、お母さんの思いを裏切って、こうして十年間もはるくんのそばにいるんだ。このことだってもし知られたら、お母さんをすごく傷つけてしまうだろう。

私の気持ちを知ったお母さんが、はるくんやはるくんのお母さんに何か行動を起こすかもしれない。また十年前のあの日みたいに、はるくんやはるくんのお母さんを傷つけてしまうかも。

そんなの絶対に耐えられない。私がはるくんとの未来を望んだところで、誰一人として幸せになんてなれないんだ……。それなら、こんなちっぽけな私の恋心なんてなかったことにしてしまえばいい。

どんなにはるくんが好きでも、はるくんへの想いでいっぱいになってしまっても、はるくんとの未来を望まなければいいだけの話。

そうすれば、すべてがうまくいく。はるくんのそばにだって、あともう少しくらいはいられるから……。

今のままでいいの。弱虫な私は、多くを望んで、はるくんの隣にいられる今の幸せを脅かされたくない。

「尾上が望んだら？」

「……え？」

「尾上があんたとの未来を望んだらどうすんの？」

古賀さんは、相変わらず感情の読み取れない表情で私を見つめている。

はるくんが……？

「……そんなこと、ありえないよ」

私は肩をすくめ苦笑してみせる。

そんな奇跡、起こるはずがない。絶対にない。

例えば万に一つ、そんな奇跡が起きたとしても、どうすることもできないよ。

私なんて、はるくんには不釣り合いだもん。こんな私なんかが、はるくんを幸せにできるはずがない。私みたいな弱い人間じゃなく、はるくんには、はるくんを幸せにしてくれる素敵な女の子がきっといるはず。

ややこしい事情なんてなくて、みんなに祝福されて、誰の目も気にせず、手と手をつなぎ歩いていける人が……。

「おっまたせー！　って、あれ？　どうしたの？　みんな暗くない？」

飲み物を買って戻ってきた厚木くんが、私たちを見て心配そうに小首を傾げる。

「なんでもない。それより遅いんだけど。どこまで行ってたわけ？」

「あー、ごめんごめん‼　途中で急に腹が痛くなってさ！　そこのコンビニのトイレに駆け込んだのよ！　あ！　でも、大丈夫だよ！　トイレ行ったあと、ちゃんとカフェオレ買ったから！　はい、古賀さんのカフェオレ！」

「……あのさ。今の話の流れで、そのカフェオレを無性に受け取りたくなくなったんだけど、どうしてくれんの？」

古賀さんと厚木くんがそんなやりとりをする横を通りすぎ、はるくんが私に歩み寄ってくる。

「どうかした？」

「う、ううん！　ちょっと話し込んでただけだよ」

「……ふーん。それ本当？」

「……っ」

納得いってなさそうなはるくんに顔を近づけられて、真っ赤になると同時に慌てて視線を外す。こんな時ばかりは、私の考えていることがわかってしまう、はるくんの謎の能力を恨めしいと思う。

どうしよう。あんな話、はるくんには絶対に知られたくないよ……。

どうかこれ以上、何も聞かないでっ……。

スカートの裾を握り、そう心の中で願っていれば。

「ひゃっ！」

突然頬に強烈な冷たさを感じて、驚きのあまり飛び上がってしまった。状況がのみ込めないまま頬を押さえ、ひたすら困惑する。

「結衣の好きなミルクティー、コンビニに売ってたよ」

「ミ、ミル……。あ、ありがとう……」

ミルクティーのペットボトルを「はい」と言って私に手渡すと、はるくんはそれ以上何を問いただすでもなく、厚木くんたちの元へと戻っていった。

よかった……。

「あ、あの……蒔田さん……」

ホッと胸を撫で下ろしていた私に、井田さんが申し訳なさそうに声をかけてくる。

「い、井田さん‼ さっきは突然暗い話をしてごめんね‼ お願いだから、井田さんがそんな顔しないで?」

その表情は今にも泣き出しそうで、私は慌てて井田さんに謝罪する。

「私……図々しいこと言ってごめんなさい。でも……でも私、応援してますから‼」

「え?」

「蒔田さんが幸せになれるように、ずっとずっと、応援してますから‼」

「井田さん……」

「何かあったら、いつでも相談してくださいね‼」と涙目で私の手を取る井田さんに、つい私もつられて涙目になってしまった。

古賀さんに初めてはるくんの話をした時も思ったけど、人の体温て温かいなぁ……。

「うん。井田さん、ありがとう……」

その手の温もりは、冷えていく私の心までも温めてくれるようだった――。


空が茜色に染まり始めると、私たちはようやく解散することになった。

徒歩圏内に自宅がある井田さんと八木くんとは、たい焼き屋の前で別れ、私たちとは違う方面の電車に乗る厚木くんと古賀さんとは、駅の改札口で別れた。

はるくんと私は、家の最寄りの駅まで同じ電車に乗り、そこからはそれぞれ時間差で自宅へ向かうことになる。これは、万が一お母さんと出くわしても問題ないようにと、私たちの間でいつからか暗黙の了解として行われていることだった。

「今日は、すごく楽しかったね！」

電車を降り、次の電車が来るまで人がまばらのホームを私たちはいつもより時間をかけて歩く。

「たい焼きも食べられたし？」

「うん！　たい焼きもすっごくおいしかった！」

「ふ」

「あ！　はるくん、今また食いしん坊って思ったでしょ！」

「バレた？」

クククッと喉を鳴らして笑うはるくん。

もー！　はるくんの意地悪！

わざと唇を尖らせたけど、はるくんの笑顔につられてつい私も笑ってしまった。

──今日はなんだかすごく気分がいい。

茜色の空が遠くに消えていくのを見ていると、一日が終わってしまうのがもったいないなって。そう思ってしまうくらい、とっても楽しい一日だった。

はるくんとも、今日はたくさん一緒にいられたなぁ。

いっぱい喋って、いっぱい笑った。

毎日がこんな日ならいいのになぁ。

改札へ続く階段の前で、はるくんが歩みを止める。それに合わせて、私も。

……そっか。この階段を上れば、はるくんとももうさよならなんだよね。

突然、名残り惜しさが込み上げてくる。

気がついたら、階段に足をかけたはるくんを引き止めるように、はるくんのシャツの裾を少しだけつまんでしまっていた。

驚いた様子で振り返ったはるくんに「ご、ごめんなさい！」と言って、慌ててその手を離す。

何やってるんだろ私……。はるくんと一緒にいたいと思ったら、つい勝手に手が動いてしまった。

昔から、はるくんと一緒に帰った日は、いつも最後は離れがたくなってしまうけど、今日はなんだかいつも以上に、まだ一緒にいたいって思ってしまう。

はるくんは今、どう思っているかな？　はるくんも、そう思ってくれたらいいのにな……。なんて、さすがにちょっと贅沢だよね。

「少し」

「え？」

「そこのベンチで話す？」

てっきり、私の心の声がはるくんに聞こえてしまったのかと思った。

いやいや、そんなわけないでしょ。

そう思いながらも、ドキドキしている。

すると。

「もう少し、一緒にいたい」

そんなはるくんの言葉が落ちてきて、胸が鷲掴みされたように苦しくなった。

うれしい……。はるくんも、一緒の気持ちでいてくれた……。

ドキドキして、くすぐったくて。

「……私も」

なんて、柄にもなく大胆な返事をしてしまっている自分がいた。

「今日、結衣ずっと楽しそうだったね」

ホームにあるオレンジ色のベンチに、はるくんと二人肩を並べて座る。

「うん。すごく楽しかった！　こんなふうに、放課後に友達と寄り道して帰るのなんていつぶりだろう？」

〝友達〟だなんて、やっぱり図々しいかな？　もしかしたら、そう思っているのは私だけかもしれないけど。

それでも……。

「うれしかったな。もう、こんなふうに放課後に誰かと遊びに行くことなんてないと思ってたから……」

中学の頃は勉強に追われていて、付き合いの悪い私から友達はみんな離れていってしまった。

だから、どうせまた失うくらいなら、一人ぼっちのほうがずっといいって思ってた。

高校に入学しても、やっぱりその気持ちはどこかにあって、友達を作ることにどうしても積極的になれなくて。気づけば、あっという間に一人ぼっちになっていた。もう、友達なんてできないんだろうなって。それでもいいかって、諦めかけていた矢先の今日だったから、あんなふうにみんなと過ごすことができて、すごくすごくうれしかったんだ……。

——『急行電車が通過します——』

そんなアナウンスが流れるとすぐに、急行電車が駅のホームを通過していった。

「わ」

その風圧で私の長い髪が巻き上げられる。

ボサボサになった髪を慌てて手ぐしで整えていれば、はるくんの手が私のほうへと伸びてきて、顔にかかった私の髪を取り耳にかけてくれた。

そんなはるくんの仕草に、つい胸が高鳴ってしまう。

「結衣が嫌だって言っても、これからしょっちゅう誘われるよ」

「そう……かな？　そうだといいな」

「当たり前でしょ。今日であいつらみんな、結衣のいいところに気づいちゃっただろうから」

そう言って優しく微笑むはるくん。

私のいいとこなんて私には一つも見つけられないのに、はるくんはどうしてそんなふうに私を見てくれるのだろう？

ねぇ、はるくん。

はるくんの目に、私はどう映っていますか？

――ヴーヴー……。

スカートのポケットに入っていたスマホが突然震え出す。
ビ、ビックリした……。ここが駅のホームだっていうこと、一瞬忘れそうになってしまった……。
「だ、誰だろ……？」

ポケットからスマホを取り出し、ディスプレイを確認する。そこには〝真人〟という表示。

真人？　真人って誰だったたっけ……？

メッセージアプリからの着信みたいだけど、苗字が記されていないから誰だかわからない。人を下の名前で呼ぶことなんてないしなぁ……。でも、このアイコン、どこかで見たことがあるような……。

恐らく愛犬の写真だろう。チワワがこちらに向けてすました顔を向けている。

うーん。どこだったたっけ……。

どうにかして思い出そうと記憶の引き出しをあさっていると、私の画面を覗き込んできたはるくんが「八木……？」と怪訝な顔をした。

「八木……くん？」

八木くんのフルネームはたしか……八木、真人くん。

あ‼ そうだ‼ このアイコンは八木くんだ‼

見覚えがあるように感じたのは、学年レクリエーションの時、グループメッセージでのやりとりがあったから。

もう！ 私ったら、なんですぐに気づかないんだろう！

慌てて通話ボタンを押し、スマホを耳に当てる。

「も、もしもし⁉」

『あ。よかった出た。蒔田さん、突然ごめんね』

「ううん！ ど、どうかした？」

電話ごしとはいえ、男の子と二人で話すのは緊張する。しかも、なぜだか隣に座るはるくんの視線がやたら痛い。

『あのさ、さっきの補習の時、俺、間違えて蒔田さんのシャーペンも持ってきちゃったみたいなんだよね……』

「え⁉ 本当⁉ い、今確認してみるね！」

ガサゴソとカバンの中をあさり、ペンケースを取り出す。チャックを開けて中を確認すると……。

本当だ。シャーペンが入ってないや。

片づける時に、間違って八木くんの荷物の中に紛れ込んでしまったんだろう。

『ごめんね。すぐに必要なら、今から蒔田さんの家まで届けるよ』

「え⁉ ううんううん‼ 家にたくさんあるから、そんなことしなくて大丈夫だよ！」

『本当？ テスト前なのにごめんな。明日、責任持って学校に持っていきます』

「ありがとう！ こちらこそ、わざわざごめんね！ 連絡ありがとう！」

そんなやりとりのあと「じゃあ、明日ね」と言って八木くんとの通話を終了した。

一気に緊張の糸が切れたのか、震える手を胸に当て、ふーと息を吐く。

あぁ。緊張した。ちゃんとうまく喋れてたかな？

「なんだった？」

はるくんが私の顔を覗き込んで、じっと見つめてくる。

「あ！ はるくんごめんね！ なんか、私のシャーペンが八木くんの荷物に紛れ込んじゃってたみたいで！」

「シャーペン？」

「うん。家まで届けようかって聞かれたんだけど、さすがに悪いから断ったよ」

「……ふーん」

あ、あれ？　なんだった？って聞いたわりに、あんまり興味がない……？

というよりも、はるくんの表情はものすごくつまらなさそう。それに、昔からはるくんが腕を組む時は、ちょっと機嫌が悪い時。

はるくん、急にどうしたんだろう……？

ひとまず、この空気をどうにかせねばと、話を膨らませてみる。

「や、八木くんて、とっても律儀な人なんだね！」

「……」

「はるくんて、素敵な友達がたくさんいて羨ましいよ！　八木くんは、厚木くんとまた違った感じで、とっても優しい人だよね！」

「……」

「こ、これからもっと八木くんと仲良くなれるといいなぁー……なん……て……」

――ドクッと心臓が跳ねるのがわかった。

はるくんが、突然私の肩にもたれかかってきたのだ。

「は、は、はるく……!?」

「俺、最低かも」

「……え？」

そう言うはるくんの表情は、前髪に隠れてまったく読み取ることができない。

最低って、なんのことだろう……？

肩から伝わってくるはるくんの体温に、うるさいくらい鼓動が早鐘を打ち始める。

――『間もなく三番線に、各駅電車が参ります。白線の内側に下がって――』

そんなアナウンスが流れたあと、はるくんは再び口を開いた。

「……結衣に仲いいヤツができてうれしいのは本当だけど、正直ちょっと焦ってる」

焦る？　はるくんが……？

「八木みたいないいヤツがそばにいたら、いつか結衣は俺なんかいらなくなっちゃうかもって……」

その言葉に驚いて目を見張る。

「俺、結衣のことなら誰よりも理解してるつもりでいた。だけど、俺はただ幼なじみってだけで、俺なんかよりもっと結衣を理解してくれるヤツが、これから現れたっておかしくないんだよなって……」

「そう思ったら、なんか焦る」と言って、はるくんは黙り込んでしまった。

私が、はるくんをいらなくなる……？

はるくんよりも、私を理解してくれる人がこれから現れるかもしれない……？

はるくんはいったい何を言っているの？

そんなの……。

「そんなことあるはずないよっ‼」

気がつけば勢いよく立ち上がっていた。

そんな私を、はるくんが見上げる。やっと見えたはるくんの表情は、目を見張っていて驚いているようだった。

「私が、はるくんをいらなくなるなんて、そんなの絶対に、絶対にないっ‼」

「結衣……」

はるくんのバカ。いつも私の気持ちなんてお見通しなくせに。なんで、こんな時に限って、そんなおかしなことを言うの？

私は、こんなにもはるくんのことが好きなのに。

私の全部を知ってほしいと思えるのも、誰かの全部を知りたいと思えるのも、他の誰でもない。

ずっとずっと、あなただけなのに……。

「今も、これからも、私が私の全部を見せられるのは、はるくんただ一人だよっ‼」

私の心は、今も、これからも、はるくんだけのものなのに。

手を握り、唇を噛みしめ〝この想いが伝わってしまえばいいのに〟と彼を見つめる。

伝える勇気はないくせに、伝わればいい……なんて、矛盾しているにもほどがある。

だけどね、はるくん。私、この先どんなことがあっても。いつか、あなたに大切な人が現れたとしても。

きっと、この想いが消える日なんて来ないと思うんだ。

たとえこの先、あなたと結ばれることはなくても。あなたのそばにいられなくなってしまっても。私は一生あなたを――。

金属が擦れるような大きな音とともに、電車がホームへと滑り込んでくる。

電車が止まりドアが開くと、出てきた人たちが私たち二人を不思議そうに見ながら通りすぎていった。

そんなのも気にならないほど一心にはるくんを見つめていれば、ふとはるくんの表情が和らいで「結衣、おいで」と私を呼んだ。

私は表情を和らげることなく、彼の言うことに応じる。

すると、はるくんが私の両手を取って、それから「怒ってるの？」と言って首を傾げてみせた。

「はるくんが、変なこと言うから……」

「うん。ごめんね」

電車が発車したホームは、再び人気がなくなり、静けさが戻っていた。

逸らしていた視線を戸惑いながらはるくんへと戻せば、はるくんがものすごく優しい表情で私を見つめていてドキッとしてしまう。

「ごめん。ちょっと拗ねた」

「拗ねる……？」

「結衣が、八木と仲いいから」

「へ？」と素っ頓狂な声を出してしまった。

だって、それじゃあはるくんはまるで……。

「ヤキモチ……やいたの？」

私ったら何を聞いているんだろう？

はるくんが私にヤキモチだなんて、そんなのあるわけないのに。

はるくんは、私の両手を静かに自分の口元へと持っていく。

その一連の流れを、ただただ呆然と見つめていれば、私の手の甲にちゅ、とはるくんの柔らかな唇が当たって……。

「悪い？」

そう言って、伏せていたまぶたを持ち上げ私を見上げたはるくんに、一気に体温を上昇させられてしまった。

「そ、そそそうやって、からかって……‼」

いくら私の気持ちを知らないからとはいえ、今回ばかりはタチが悪すぎる‼

わかってる。はるくんが言うヤキモチは、幼なじみが誰かに取られてしまう寂しさで、決して恋愛的なものではない。

わかってはいるけど、それにしたって……‼

「でも、安心した」

「え？」

「さっきの。結衣は、ずっと俺のだってことだよね？」

私の指に自分の指を絡め、逃がさないとでも言うように手をつなぐはるくん。

不敵に片方の口角を上げ、今にも火を吹きそうな私の顔を見つめている。

……まさか、幼なじみの独占欲が、これほどまでとは。

十年目にしてまた一つ、私の知らない彼を知ってしまった気がする。

第二章

最悪の日

入道雲が浮かぶ群青色の空に、さんさんと照りつける太陽。

梅雨が終わり、いよいよ夏本番といった中、ピンチは突然やってきた。

「三者面談の日程は、プリントのとおりだ。しっかり確認して、日時を間違えないようにしろよー」

そんな先生の声をどこか遠くに聞きながら、私は手にしたプリントを前に愕然（がくぜん）としていた。

入学して初めての三者面談は、来週頭から一週間みっちり使って行われるらしい。

私は、事前に配られた希望日程のプリントに火曜日を希望して提出していた。他の日は、どうしても仕事の休みが取れないとお母さんに言われてしまったからだ。

そして今、日程表の火曜日の欄に私の名前を確認したところだったのだが……。

まさか。私の面談と同じ日に、【尾上】という名前を発見してしまうなんて……。

それを見た時は、一瞬にして背筋が凍りついた。

嘘でしょ？　三者面談は五日間もあるのに、どうしてよりにもよって、はるくんと同じ日に……？

　はるくんの面談は、私の面談から一つ空いて、そのあとの時間帯。これじゃ下手すれば、お母さんとはるくんのお母さんが鉢合わせてしまう。だからといって、取っ組み合いのケンカが始まるってわけではないだろうけど、できれば些細な波風も立てたくない。

　十年前、私たちの前でお母さんたちが揉めた日のことを思い出し、ゾッとする。あんなお母さん、もう二度と見たくない。はるくんや、はるくんのお母さんが傷つくのも絶対に嫌。

　それに、もし次に何かあったら、今度こそはるくんのそばにいられなくなってしまうかもしれない……。

　どうしよう。どうしたらいいんだろう……。

　助けを求めるように、はるくんの席に視線を移すと、まるで待ち構えていたかのように、こちらを見ていたはるくんと目が合った。はるくんは机に頬杖をつき、口の動きだけで『あ、と、で』と伝えてくる。

　それに対し、コクコクと大きく頷く私。それを見たはるくんは、柔らかく目を細めると、教卓のほうへと視線を変えてしまった。

　面談の日程、はるくんも気づいてるよね？　〝あとで〟って、はるくんには何かいい案でもあるのだろうか……。

帰りのホームルームが終わり、はるくんの言う〝あとで〟がやってきた。

このまま教室で待機していていいのかな？　それとも、どこか別の場所で待ってたほうがいい？　うーん……。

みんな下校して人がまばらになった教室で、わざとゆっくり帰り支度をしながら、うだうだとそんなことを考えていると。

「結衣」

スクールバッグと部活の荷物を肩にかけたはるくんが私に声をかけてきた。

「はるくん！」

私は慌てて立ち上がる。

「面談の日程、うまいことかぶったね」

「そうなの！　はるくんどうしよう！　お母さんたちが鉢合わせしたら……」

べそをかきながらはるくんを見上げると、はるくんの大きな手が〝大丈夫〟というように私の頭上に落ちてきた。

「結衣のことだから、あれこれ考えすぎてるんじゃないかとは思ったけど、案の定だったね」

ふ、と頬を緩めるはるくんは、私とは対象的にまったく動揺した様子はない。

昔からそう。予測できない事態が起こるとすぐに慌ててしまう私に対して、いつだってはるくんは冷静で、〝慌てたってなんにもならない〟といつも気づかされる。

まさに今日もそれで、私の頭を撫でながら優しく微笑む彼を見ていたら、さっきまで〝どうしよう〟ばかりで埋め尽くされていた頭が少しだけ冷静になってきた。

「とりあえず、今から担任のとこ行ってくるから」

「え？」

「面談の日程。うちの親は何曜日でもいいって言ってたし、日程を変えてもらえないか担任に聞いてみる」

その言葉に大きく目を見開く私。絶望に近かった心に、希望の光が射し込んでくる。

「ほ、本当⁉」

はるくんは頷きながら、期待を込めて見上げる私の頭をまたひと撫でした。

はるくんの案がうまくいけば、鉢合わせは回避できるはず。はるくんに手間をかけさせちゃうのはすごく心苦しいけど、今はその方法しか思いつかない。

絶対にお母さんたちが鉢合わせにならないようにしなくちゃいけない。今はそれが最優先だ。

「それじゃ、行ってくる」と言って教室から出ていこうとするはるくんを「あ、待って……！」と慌てて呼び止める。

「何？」

「わ、私も行ってもいいかな⁉」

「曜日を変更したい？」

私たちの担任の大津先生は数学の教科担当をしている。

さっそく面談の日程を変更してもらおうと数学科準備室を訪ねたら、忙しない様子で資料の整理をしている大津先生が私たちを迎えた。

「火曜以外なら、何曜日でもいいんで」

「なんだ尾上、用事でもできたのか？　頼むからデートよりも三者面談のほうを優先してくれよ？　なんてな！　はっはっはっ」

わぁぁ！　先生、こんな時に冗談はやめてください！　はるくんが心底面倒くさそうに半眼を向けてます！　はるくんは根っからの面倒くさがり屋なんです！

「冗談はさておき、悪いけど変更は無理だなぁ」

え？

「な、なんでですか⁉」

「お。なんだ蒔田も変更希望か？」

う……違うけれど……。

〝じゃあなんで一緒に来たんだ？〟なんて聞かれても困ると思い「まぁ……」と曖昧な返事をしておいた。

「今回の面談、この曜日じゃなきゃダメって家庭が多くて調整しようがないんだよ」

そ、そんなぁ……。

「じゃあ、今回うちの面談はなしにしてもらえませんか？」

「バカ言ってるんじゃないよ尾上。俺はお前の授業態度には前々から言いたいことが山ほどあるんだ。毎回毎回爆睡こきやがって。頭がよくてイケメンだからって先生は容赦しないぞ」

ピシャリとそう言われ、あからさまにちっと舌打ちするはるくん。

「先生の授業、子守唄みたいなんですよね」

「ちょ……そういうこと言う⁉ 先生傷ついちゃうからやめて‼」

そんな二人のやりとりは聞こえてくるものの、私の頭の中は再び〝どうしよう〟という言葉で埋め尽くされていた。

日程の変更以外に何かいい案は……。ううん。そんなのない。はなからこの案が最善なんだ。

黙り込む私を見て、落ち込んでいると思ったのか先生は「蒔田も希望に添えなくてごめんな」と申し訳なさそうに眉尻を下げた。

「いえ。こちらこそ、無理を言ってすみませんでした……」

私はペコッと力なく頭を下げ「失礼しました」と言って、はるくんと数学科準備室をあとにした。


誰もいない静かな廊下を、はるくんと二人肩を並べて歩く。

「まぁ、無理なもんは仕方ないよね」

「……うん。そうだね」

「うちの親には変に早く来ないように伝えておくから。結衣は面談が終わったらおばさん連れてすぐ教室を離れて」

「わかった……」

「幸い一コマ分空いてるわけだし、鉢合わせはそうないと思うけど。とにかく、わざわざ悪いほうに考えるのはやめよう」

「……そう……だよね……」

考えたって仕方ないのはわかってる。どうすることもできないのだから仕方ない。

大丈夫。そう簡単に鉢合わせなんかしやしない。

——そう思うのに……。

自分でもなぜかわからないけど、無性に不安でたまらない。

今までにも危機は何度かあった。だけど、必ずそのたびに回避する手立てはあった。

まるで歯車が噛み合わなくなるように、こんなにも何もかもがうまくいかないのは今回が初めて。

なんだかまるで神様に、もうこれ以上はるくんのそばにはいちゃダメって言われているみたい……。

「結衣？」

はるくんに呼ばれ、私ははっと我に返る。それからブンブンと思いきり頭を振った。

ダメダメ！　後ろ向きなことばかり考えちゃダメだ！

むしろ、この十年間、何もなかったことのほうが奇跡なんだよ。

「……不安？」

不意にはるくんが私の顔を覗き込み、そう聞いてくる。

〝不安でたまらない〟そう伝えてしまいそうになったけれど、ぐっとのみ込みそれを堪えた。

唇を噛みしめ、その場で俯く。

こんな不安定な気持ちを、はるくんにぶつけるわけにはいかないよ……。

すると、はるくんの手が私の頬に伸びてくる。ビクッと肩を震わせると「結衣」と優しく名前を呼ばれた。

「不安なことがあるならちゃんと言って。結衣一人で苦しくならないで」

「……っ」

「なんのために、俺がいるの？」

おずおずと視線を上げれば、はるくんの真剣な眼差しが私を真っ直ぐ見つめていた。

はるくんの両手に包まれた頬が温かい。その熱が、はるくんはまだここにいるんだと教えてくれる。

「……私、不安で……」

「うん」

「お母さんたちが、また揉めて……。今度こそ、はるくんと一緒にいられなくなっちゃうかもって……そう思うと、怖くて……」

たとえ何が起きなくとも、いずれはるくんから離れなきゃならないのに。どうせいつかこの熱は、誰かのものになってしまうのに。

こんなにも、覚悟ができていなかったなんて……。情けなさすぎる。

「……結衣は、俺と一緒にいたいと思ってくれてるの？」

——え？

はるくんの真っ直ぐな瞳に射抜かれ、カァッと頬が熱を持つ。

そうか……。今の私の発言は、〝はるくんと一緒にいたい〟。そう言っているのと同じなんだ。

恥ずかしさとともに、後悔の気持ちがどっと押し寄せてくる。

こんなわがまま、はるくんは困るよね？

私なんか、はるくんのお荷物でしかないのに。

──『私もはるくんと一緒にいたい』

その言葉で、秘密の関係が始まった十年前。そう望んでしまったことを、あれから何度も後悔した。

子供ながらに、なんて浅はかだったんだろうって。なんてバカなことをしたんだろうって。

私なんかと一緒にいたって、はるくんの得には何一つならないのに、私のわがままにはるくんを付き合わせてしまった上に、裏切りの共犯者にまでしてしまった。

だから、もう二度とそんな願いを口にしないと決めていた。

それなのに……。

どう答えたらいいのかわからず、はるくんの視線から逃れるように俯こうとする私を、そうはさせまいとはるくんの両手が上を向かせる。

「結衣。ちゃんと教えて」

私の大好きな、はるくんの澄んだ瞳。強くて真っ直ぐな瞳。

その中に映るのは、私だけ。

「結衣の気持ち、俺にはちゃんと一つ残らず見せて」

この瞳に……。

……嘘も隠し事もできるはずがない。

「もう一回聞くよ。結衣は俺と一緒にいたい？」

私は、恐る恐るコクンと頷く。すると、はるくんの目は見開かれ、それからすぐに
柔らかく細められた。

「あの時以来だね。こういうやりとり」

はるくんも、あの日のことを思い出しているのかな？

懐かしむような表情で、私の頬を撫でてくれる。

「なら、大丈夫だよ」

はるくんの額が、私の額にコツンと触れる。

温かい……。

「結衣がそう思ってくれてるなら、何があっても、俺が結衣を離さないから」

「……っ」

溢れてくる、この感情は何？

さっきまで私の心を埋め尽くしていた不安感が、嘘のように消えていく。

ドキドキして、ちょっぴり胸が苦しくて、すごくすごく、温かい。

「だから、絶対にそこだけはぶれないで。何があっても、どんな状況になっても、結衣は俺のそばを願ってて」

まるで大切な願い事をするように、瞳を閉じるはるくん。

額から伝わるはるくんの体温は、私のものよりほんの少しだけ熱い。

そんな願い、許されるのかな？

こんな気持ち、私のわがままでしかないのに？

私がはるくんのそばを願ったところで、誰も幸せにはなれないのに？

はるくん。はるくん。はるくん。

本当は私、ずっとはるくんのそばにいたいよ。

あなたを失いたくなんかない。

あなたのいる未来を、こんなにも願ってる。

だけど……。

だけどそれ以上に、あなたの幸せを心から願っているの。

私の幸せなんかより、あなたの幸せが大切なの。

私なんかじゃ、はるくんを幸せになんてできないのに。私といたら、はるくんは幸せになんてなれないのに。

こんな私なんかが、あなたの隣にいてもいいのかな?

〝はるくんのそばにいたい。だけど、はるくんには幸せになってもらいたい〟

そんな気持ちの狭間で私の想いは揺れ、今にも心が千切れてしまいそうだった。


「蒔田さん‼ 危ないっ‼」

バコン! と鈍い音を立てて、顔面に凄まじい衝撃が走る。

「〜〜っ‼」

激痛に顔を押さえうずくまっていると、そんな私の横をバスケットボールが転がっていった。

今日は三者面談当日。今は四限目の体育の授業中。味方からのパスを顔面で華麗に受け止めたところだ。

「あんた、何やってんの。大丈夫?」

「だ、大丈夫……」

試合は中断されあたりが騒然とする中、同じチームの古賀さんがすぐに駆け寄ってきてくれた。うずくまる私の顔を覗き込んでくる古賀さんの顔は、さすがに心配そう。

「古賀しゃん……。鼻……潰れてにゃい……?」

ただでさえ低い鼻が、これ以上低くなったりしたら大変だ。

なんだか、もはや鼻がなくなっちゃったんじゃないかっていう衝撃だったけど……。

涙目のまま顔を上げれば、古賀さんがギョッと目を剥いた。

「血ぃっ‼」

「へ？」

「鼻‼　鼻血出てるからっ‼」

「鼻……？」

衝撃が大きかったせいか、思考回路がうまく働かない。

古賀さんの言葉に促されるように鼻に触れてみると、濡れた感触がそこにあった。

何かと思い、触れた手を確認する。真っ赤なものが手についていた。

血だ……。

それと同じものがポタポタと体育館の床に滴り落ちていく。

鼻……血……？　は、鼻血⁉

「ひゃぁぁ⁉」

「あんたって、本当はバカでしょ」

誰もいない保健室。眉間にしわを寄せ、心底呆れた様子の古賀さんがビニール袋に入った氷を私に差し出した。

「あ、ありがとう」

　それを受け取り、ついさっきやっと出血が止まった鼻にそっと当てる。

　ううっ。まだズキズキする……。

　古賀さんに連れられやってきた保健室には、〝外出中〟というプレートが入り口にかけられていた。

　先生がいないとわかっていながらも躊躇なく保健室を使う古賀さんは、普段からよくここをサボりスポットとして利用しているらしい。

「いったい、今度はなんなの？」

　私の座る長イスの隣に、ドカッと腰を下ろす古賀さん。

「今日、朝からいつにも増してボケッとしてるけど」

「……そ、そうかな？」

「三者面談、尾上と同じ日程なのが原因？」

「……っ」

　古賀さん、知っていたんだ……。

　私とはるくんの三者面談の日程を見て、ずっと気にしてくれていたのかな？

　古賀さんは、まったく人に関心がないようで、じつはすごくよく人を見ている。それに加え、本当はすごく優しい人だから、じつは私が思っている以上に心配してくれているんだと思う。

古賀さんと出会って、少しずつ古賀さんと過ごすようになって知った、古賀さんの一面。

今もきっと、私の気持ちを引き出そうとしてくれているんだよね？

こうやって、寄り添ってくれる人がいるというだけでも、私は恵まれてるなぁ。

「……ついて……ないの」

古賀さんの優しさに促されるように、自然と言葉が零れ出てくる。

「は？」

「今朝から、なんだかものすごくついてないの」

ジャージの太ももあたりをギュッと握って地面の一点を見つめる私に対し、古賀さんはポカン顔。もう一度「……は？」と言う声が返ってくる。

「今朝はね、起きて早々ベッドの足に小指をぶつけてね？　そのあとは、焼いていた目玉焼きを焦がして朝食をダメにしちゃったの……」

「えーと……」

「まだあるの。家から駅までの信号が全部赤で止まらなきゃいけなくて、いつも乗る電車を乗り過ごして」

「いや、それはあんたがもっと早く家を出てれば……」

「やってきた宿題は忘れてくるし、授業中に間違ってセットしていた目覚ましが鳴っちゃうし、さっきだってボールが顔面に……」

「ちょーーっと待ったぁ‼」

何かに取り憑かれたかのように、今日起きた一連の〝ついてない話〟を語る私を古賀さんが手のひらを突き出して制止する。

「ついてないも何も、それただ単にあんたがいつにも増してそそっかしいだけだから！　てか、何が言いたいのかさっぱりわかんないんだけど！」

そそっかしい……。

「そ……うか……。そうだよね……」

「ほんとなんなの？　ボール当たって頭までおかしくなった？」

いっそ、そのほうがよかったかもしれない。それなら、こんな不安な気持ちでいっぱいになることなんてないのに。

できることなら、頭の中を空っぽにして、何も考えないでいたい。

「不安なの……。なんだかすごく、悪いことが起こる気がして……」

「悪いこと？」

「……っ古賀さん……。お母さんたちが鉢合わせちゃったらどうしよう。今度こそ本当に、はるくんと一緒にいられなくなっちゃうかもしれない……っ」
不安が一気に溢れ出して、思わず古賀さんの腕にしがみつく私。
こんなこと、古賀さんに言ったたって仕方ないってわかっているのに、自分一人では
どうにもできない感情に自分でも戸惑う。
昨日からずっと動悸が止まらないの。
考えれば考えるほど苦しくて、不安で不安で夜も眠れなかった。
〝もしかしたら今日、私ははるくんを失ってしまうかもしれない〟
そんな不安感が何をしていてもつき纏ってくる。
古賀さんはそんな私を見て、戸惑っている様子から一転、眉間にしわを寄せて。
「……ちょっと来て」
そう言って私の腕を掴んだ。
「えっ……わっ⁉」
それから古賀さんはグイグイと私を引っ張っていき、ベッドサイドにある窓の前へ。
怒られでもするのかと思いきや、古賀さんの視線は窓の外。
なんだろう……？
私もそちらに視線を向ける。そこからは、私たちのクラスと他のクラスの男子が合
同で体育をしている様子が見えた。

私たちがバスケだったのに対し、男子はサッカーをやっているみたい。

「はるくん……」

窓ガラスにそっと触れ、さらに顔を近づける。

グラウンドを駆けるたくさんの人の中に、はるくんの姿を見つけたからだ。

不思議だよね。こんなに大勢の中でも、はるくんの姿だけはすぐに見つけることができるんだ。

試合中なのか、ボールを追いかけているはるくんは、真夏の太陽に照らされそこにいる誰よりもキラキラして見えた。まるで、彼にだけスポットライトが当たっているみたい。

はるくん楽しそう……。

昔から、バスケに限らずスポーツはみんな好きなんだよね。

運動神経がよくて、足も速くて、何をやっても様になるはるくん。

天は二物を与えず……なんて言うけれど、はるくんは二物も三物も与えられていると思う。

グラウンドを駆ける彼に、つい見とれていれば。

「あ」

はるくんが、すかさず相手チームからボールを奪った。

——いけっ！

そして、ゴールに向かって鋭いシュートを放つ。

そのボールは、ゴールを阻むキーパーの手をすり抜け、見事ゴール！

まわりが一斉に彼に駆け寄り褒め称える中心で、シャツの裾をめくって滴る汗を拭う姿がすごくかっこよくて……。

キラキラ。キラキラ。

好きだなぁ……。

もうかれこれ十年間も想い続けてるっていうのに、はるくんを好きって気持ちは、どうしてこうも留まることを知らないのだろう？

「まだ、こんなに近くにいるじゃん」

「……え？」

「あんたの声が届く距離に、まだあいつはちゃんといる」

古賀さんの視線が窓の外のはるくんから、私へと戻ってくる。それから、真っ直ぐな視線が私を射抜いた。

「それを忘れちゃダメだよ。あんたたちは、まだどうにでもなる。あんたが望めば、あいつはすぐ駆けつけられる場所にいる。早くそれに気づいてやりな」

私が望む？

古賀さんの言っている意味を心の中で咀嚼してみるも、いまいち理解できない。

だけど……。

「あいつはきっと待ってるよ」

古賀さんのその言葉だけは、なぜかずっと心に引っかかったままだった。


「結衣」

「お母さん……」

ヒールの踵を打ち鳴らし、昇降口で待つ私のところに向かってくるお母さんは、仕事に行く時と同じ、フォーマルなスーツをピシッと着こなしていた。

どこからどう見ても、バリバリのキャリアウーマンといった感じで、校外でお母さんを見た人は、まさか子供の三者面談に行く母親だとは誰も思わないだろう。

あまりにも〝できる女〟の雰囲気が漂っていて、こんな内気で地味な私が娘で申し訳なくなるくらいだ。

昇降口から入り、教室がある二階までの階段を上がる。

「校内も全然変わっていないわね……」

その途中。お母さんが懐かしそうにあたりを見回しながらそう呟いた。

じつは昔、お母さんもこの高校に通っていたらしい。私がこの高校に進学したいと伝えた時、お母さんがそう話してくれた。

　お母さんは、あまり高校時代のことを話したがらないけど、お母さんにもそんな時代があったんだなって思うと、ちょっと不思議だ。この廊下を、この階段を、お母さんが私と同じ制服を着て歩いていたんだなって。

　お母さんは、どんな高校生だったんだろう？

　きっと頭がよくて、美人で、なんでも積極的にこなす、非の打ちどころがない生徒だったんだろう。

　私とは大違いだったんだろうな……。

　そうこうしているうちに、教室の前に辿りついた私は、お母さんに気づかれないようにあたりを確認した。

　大丈夫。まだはるくんのお母さんは来ていない。あとは、面談が終わったあとさえ鉢合わせなければ、何事もなく今日という日が終わるはず。

　胸に手を当て、ドクドクとうるさい心臓の音をなだめていれば、「蒔田さん。お入りください」と先生が教室から顔を出した。

　……どうか。

　どうかこのまま無事に、今日一日が終わりますように。

　そう願いながら、お母さんと一緒に教室へと足を進めた——。

「――と、いうわけで、娘さんは本当に優秀で、今のところご心配するようなことは何もないですよ」

「そうですか。安心しました。ありがとうございます。今後とも、よろしくお願い致します」

先生とお母さんが話しているのを私はどこか上の空で聞いていた。

気になるのは、教室にある時計。

始まってからもう、何度確認したかわからない。

予定の終了時間まであと十分もある……。

面談は思ったよりもサクサク進んで、予定よりも早く終わりそうな雰囲気だった。

はるくんが、面談の時間ギリギリに来るようはるくんのお母さんに伝えてくれると言っていたから、今終われば鉢合わせはまずないだろう。

やっぱり私、心配しすぎだったかな……。

「それでは、今日の面談は終了させていただきます。本日はお忙しい中、ありがとうございました」

思ったとおり。そのあとすぐに面談が終わった。

深々と頭を下げる大津先生に、私とお母さんも立ち上がり深くお辞儀をする。

次の面談に向け準備を始める大津先生を残して教室を出ると、廊下では次の面談の人がパイプイスに座って待っていた。

はるくんのお母さんの姿は……。よかった。見当たらない。

あとは、はるくんのお母さんが来る前にお母さんを校内から連れ出すだけ。

お母さんに見つからないよう、はるくんに【今、面談が終わりました】とメッセージを打って送信した。すると、すぐにはるくんから返信が来る。

【了解。こっちはもうすぐ学校につくらしい。急いで】

急がなくちゃ……。

「お、お母さん。今日は来てくれてありがとう」

「ええ。しっかりやっているようで安心したわ。勉強のほうもこの調子で頑張りなさい。まだ一年生だからって気は抜かないようにね」

「うん。これからもしっかり頑張ります。それじゃあ、昇降口まで送るね。私はちょっと図書室に寄りたいから、先に帰ってもらうことになっちゃうけど」

「わかったわ」

そうしてお母さんと二人、昇降口へと続く階段に足をかけた時だ。

「あっ！　蒔田！　まだいてよかった！」

慌てた様子で駆け寄ってくる大津先生に呼び止められ、私とお母さんは足を止める。

「どうかしましたか？」

何かと思い尋ねると。

「蒔田、尾上と連絡取れるか？」

「え……」

まさかの言葉が降ってきて、ドクン、と心臓が跳ねた。恐る恐るお母さんの様子を確認する。思ったとおり。さっきまでとは違い、お母さんの眉間には深いしわが刻まれていた。

先生はそんなお母さんの様子に気づいていないのか、さらに話を続ける。

「面談の前に、ちょっとあいつに伝えてほしいことがあってな。あいつと仲いいお前なら連絡が取れると思ったんだが……。ん？　蒔田、どうかしたか？」

真っ青になっている私に気づいたのか、先生が心配そうに目を瞬かせている。

そんな……。こんなことって……。

「……先生。それは、どういうことですか？」

ゴクッ……という音を立てながら唾が喉を落ちていく。

あと……少しだったのに。あと少しで、はるくんとの日々を、はるくんの隣を、守り抜くことができたのに……。

「それは、うちの娘が、尾上悠斗と仲がいいということでしょうか？」

「え……と……？　えぇ。いつも仲良くしていますよ。たしか、幼なじみと伺っています。何かあるたび助け合っている感じで、とてもいい関係で……」

「先生っ‼」

――神様は、なんでこんなにも意地悪なの？

「結衣。これはいったい、どういうこと？」

ゆっくりゆっくり。先生から、私へと視線を移したお母さんの目は、静かな怒りで満ちていた。

「結衣」

「……っ」

すべてが終わる時って、こんなにも呆気ないものなの？

十年という長い月日は、こんなにも脆いものなのだろうか。

「結衣！　答えなさいっ‼」

黙っている私に、お母さんはついに声を荒らげ、それと同時に私の体がビクッと揺れる。それを見た先生は、何事かと目を見張り、その視線は私とお母さんを行ったり来たり。

「結衣っ‼　あなたまさか、あれほど言ったのに、あの子と……」

「ごめんなさい‼　私……」

もう、隠し通すなんてできない。

お母さんの言いつけを守らず、十年もの間、秘密にしてきたはるくんとの関係。

ここで否定をすれば、私はまたお母さんを裏切ることになってしまう。そうすれば、
またさらにはるくんが悪者になってしまうだけだ。

もう私に残された選択肢なんて一つしかなかった。

〝お母さんに本当のことを伝える〟

そして、はるくんと私の秘密の関係は……今日でおしまい。

握りしめた手が震える。声を出そうにも、唇がわななきうまく言葉が出てこない。

その間も、十年前のあの日と同じお母さんの鋭い視線が、私を咎め続けていた。

はるくん……。

「……私は……お母さんに、十年間ずっと嘘をついてきた……」

はるくん。はるくん。

「お母さんに隠れて……はるくんとたくさん話した。笑ったり、時にはケンカもしたりした……」

はるくん。はるくん。はるくん……。

「そんなはるくんとの日々が、大切だったの。お母さんを裏切ってでも、はるくんのそばにいたいと思った。失いたくなかった……」

「な……にを……バカなことを……っ」

怒りで歪むお母さんの表情に、一瞬にして背筋が凍る。

あ。と思った瞬間、お母さんの手が勢いよく振り上げられた。

「目を覚ましなさいっ‼」

「ちょ……っ蒔田さん……‼」

先生が止めるのも虚しくそれは振り下ろされ、バチンッ！という激しい音があたりに響き渡る。だけど……。

……あれ？

今、たしかにお母さんに叩かれたはずなのに、まったく痛みを感じない。

え？　じゃあ、さっきの音は……？

ギュッとつむっていた目を恐る恐る開けると、そこには――。

「はる……くん……」

「彼女をそそのかしたのは、俺なんで」

お母さんの平手を受けたのは私ではなく、はるくんだった。

はるくんは、お母さんから庇うように私を自分の背に隠して、打たれた衝撃で背けた顔をそのままにお母さんへと視線を向ける。

「責めるのは、俺だけにしてください」

「……っ」

違う……違う……。

そんなの、違うじゃない。

私は私の意思で、お母さんを裏切った。

はるくんと一緒にいたいから、ずっとずっと秘密にしてきたの。

そそのかした……だなんて、そんなの違う。

はるくんを巻き込んだのは、私のほうだ。

はるくんの口の端には血が滲(にじ)んでいた。きっとお母さんに叩かれた衝撃で唇が切れたんだ。

なんで、はるくんがこんな目に遭わなきゃいけないの？

やっぱり、間違っていたんだ。私なんかが、はるくんのそばにいること自体が間違いだった。

「……っはるくん……血が……」

「悠斗っ‼」

はるくんに触れようと背中に手を伸ばすと、はるくんのお母さんが慌てた様子で階段を駆け上がってくるのが見えて、触れる寸前でピタリとその手を止める。

はるくんのお母さんは、はるくんの元までやってくると、はるくんの姿を見て目を見開き、痛々しく顔を歪めた。

はるくんのお母さんのそんな様子に、苦しいくらい胸が締めつけられる。

私のせいではるくんも、はるくんのお母さんも傷ついてる……。

私が、はるくんのそばにいることを望まなければ。

お母さんに秘密にしなければ。

お母さんを裏切らなければ。

はるくんを……。

はるくんを好きにならなければ、こんなことにはならなかったのに……。

「あなた、本当にどうかしてる‼　いい大人が何も関係のない子供にこんなことして、恥ずかしくないの⁉」

「母さん。いいから」

「でもっ……」

「何を言っているの？　元はと言えば、あなたの息子がうちの娘をそそのかしたのがいけないんでしょう？　あれほどうちの子に関わらないでと言ったのに！」

やめて……。

「あなたたちが現れるまで、結衣は私に隠し事をしたり、嘘をついたりするような子じゃなかった‼　この子がこうなったのは、全部、あなたたちのせいよっ‼」

お願い。やめて。

はるくんを悪く言わないで。

なんだなんだと集まり始める生徒たち。お母さんは、まわりの目も気にせずヒステリックに喚き続ける。

あの日と……。十年前のあの日と同じ。

もう二度と見たくないと思っていたお母さんの姿。

私が……いけないんだ。私がお母さんを傷つけたから……。

「今度こそ、もう二度とうちの子に近づかないで‼ 今度近づいたら、私は絶対にあなたたちを許さない‼」

はるくんを、まるで汚いものでも見るかのように睨みつけるお母さん。私の頬を一筋の涙が伝って落ちていく。

「結衣‼ こっちに来なさい‼ 帰るわよっ‼」

怒鳴り散らすお母さんの声にも、もう何も感じなくなっていた。

「結衣……」

ふらり、お母さんのほうへと歩き出す私の手をはるくんの手が引き止める。

つながれた手のひらはやっぱり温かくて、やっぱり優しい。

大きくて大好きな、はるくんの手。

本当はずっとずっと、願ってた。

この手を取り、あなたと一緒に歩く未来。
大好きなあなたと、ずっとずっと一緒にいる未来。
はるくん。はるくん。はるくん。
……あなたの存在は、私のすべてでした。
はるくんを振り返ることなく、私はまた歩き出す。
するり、私の手が、彼の手をすり抜けていく。
冷たくなっていく指先。
もう二度と戻れないその場所。
もう二度と縮まることのない私たちの距離。
「結衣っ‼」
大好きなあなたの声は、もう聞こえない。
私の声は、もう届かない。
何もかも色を失った灰色の世界に、私は堕(お)ちていく——。

さようなら。太陽

あれはたしか、いつまでもはるくんのそばにいられるのだと、私がまだ疑うことすら知らなかった、ある夏の日のことだったと思う。

たしかその日の前日、私は仲がよかったクラスメイトのミサキちゃんに、彼女の家で開催されるという誕生日会に誘われたんだ。

クラスの大半の女子が参加するらしく、豪華な食事やゲームなどもあるからと、彼女は『結衣ちゃんもぜひ！』と言って、満面の笑みを浮かべながら誘ってくれた。

だけど、その頃の私は、お母さんに言われて始めたたくさんの習い事をかけ持ちしていて、ミサキちゃんの誕生日会をやるというその日も、夕方から塾の予定が入っていた。

だけど、どうしても参加したかった私は『休んでもいいか、お母さんに聞いてみるね！』と言って、その返事を保留にしてもらった。

もちろん、社交辞令なんかではなく、〝恐らく参加できると思うけど……〟という意味合いを込めた前向きな返事だった。

〝きっとお母さんは承諾してくれる〟

なぜ、そんな根拠のない自信があったのかは、今となってはもうわからない。

そして、その日の夜。さっそくお母さんに話すことにした。

『あのね！ ミサキちゃんちで誕生日会があるんだって‼ それでね、ミサキちゃんが私も誘ってくれたの‼』

『へぇ……』

仕事から帰ってきたばかりで疲れた様子のお母さんに、空気を読まず一方的に話を続ける私。今の私なら、絶対にそんなことはしないのに……。

『だからね、お母さん！ その日は塾を休んで行ってもいーい？』

お母さんの眉がピクリと上がる。

しまった――。そう思った時には、冷ややかなお母さんの目が、私を蔑むように見下ろしていた。

『誕生日会？ 何を言っているの？ そんなもののために、塾をサボっていいわけがないでしょう』

〝口答えなど許さない〟と言いそうなお母さんの威圧感に、私はそれ以上何も言えなくなってしまった。

その日の夜は、眠れなくなるほど落ち込んだのを覚えている。

大好きな友達の誕生日を祝うことすらできないことが、すごくすごく悲しかった。

そして、さらにその次の日。その旨を伝えた時のミサキちゃんのなんとも悲しい表情は、追い打ちをかけるかのように私の心をえぐった。

もう二度と、ミサキちゃんが私を何かに誘うことはないだろうと、私は子供ながらに悟ったんだ。


『何やってんの？　帰んないの？』

その日の放課後。私は土砂降りの雨の中、マンションの近くの公園にいた。

はるくんと私の間では、〝秘密基地〟の名で通っていたトンネル型の遊具の中で、ランドセルを放り、膝を抱えうずくまっていた。

『はるくん……。なんで？』

『結衣が公園に入ってくの見えたから』

私の異変にいち早く気づくはるくんのセンサーは、あの時からもう健在だったよね。

『だ、大丈夫だからほっといて！　お母さんに一緒にいるところを見られたら大変だよ』

入り口からトンネルの中を覗いていたはるくんは小さくため息をつくと、傘を閉じ、私のいるトンネルの中へと入ってくる。

『ちょっ……』

『ほっとかないよ』

『……っ』

『ほっとけるわけ、ないでしょ』

そう言って、私の隣に腰を下ろすはるくん。触れた肩からはるくんの温かい体温が伝わってきて、冷たくなっていた心が温められていくようで。

我慢していた涙が、一気に溢れ出してしまった。

今思えば、あの時、はるくんは私がそうなることをわかっていたのかもしれない。

はるくんは泣きじゃくる私を見ても顔色一つ変えず、静かに寄り添っていてくれた。

優しく、私の頭を撫でながら……。

『……私、どんどん一人ぼっちになっていくの』

『一人ぼっち？』

『……うん。お父さんは小さな頃からいないし、田舎のおばあちゃんとももう全然連絡を取ってない。それにね。引っ越してきてから、お母さんは仕事ばかりで、私のことなんて全然見てくれなくなったんだ。友達にもね、習い事があるからって断ってばかりいたら、遊びに誘われなくなっちゃったの……』

『……』

『はるくん……。もしこのまま……私のそばから誰もいなくなっちゃったらどうしよう……？　一人ぼっちは……寂しいよ……っ』

あの時の私は、ミサキちゃんの件が引き金で、ずっとずっと溜め込んできた思いが溢れ出してしまったんだ。

見て見ぬふりをしてきた不安と寂しさは、口に出した途端に堰を切ったように流れ出し、自分じゃどうすることもできなかった。

誰かの前であんなにも涙を流したのは、あれが初めてだった。

その間もはるくんは、ずっとずっと私の頭を優しく撫で続けてくれて……。それがうれしくて、余計に涙が止まらなくなった。

すべてを吐き出し、ようやく私が少しだけ落ちつくと、はるくんはゆっくりと言葉を紡ぎ始めた。

『ならないよ。結衣は、絶対に一人になんてならない』

『はるくん……？』

『俺──』

あの時、はるくんはなんて言ったんだっけ？

あの時の私にとって、そして、今の私にとって、とてもとても大切な言葉だったと思うのに、どうしても思い出すことができないの。

あの日のはるくんの声が、私にはもう聞こえない――。

「おはよー！　今日も暑いねー！」

「あ！　ねぇねぇ！　今日の小テストのやつさー！」

「キャハハ！　ウケるー！」

いつもと変わらない朝。

いつもと変わらない学校。

いつもと変わらない教室。

いつもと変わらないクラスメイトたちの話し声。

すべてがいつも通りすぎて、昨日の出来事がまるで嘘みたいに感じる。

みんなにはなんの変哲もない夏の日の早朝で、なんの変哲もない時間が流れていて。

まるで、私の時間だけが、はるくんの手を離したあの瞬間から止まってしまってい

るみたい……。

本当は、学校なんて休んでしまいたかった。

どうせこんな状態で、授業なんて頭に入るわけがないし。泣きすぎて腫れぼったく

なった目を変に思われてもいけないし。何より、はるくんと顔を合わせなければなら

ないのが、考えただけでも辛くて、苦しくて……。

だけど、学校を休んでしまえばお母さんの怒りに火に油を注ぐようなものだから、休むわけにはいかないと思った。

昨日のあの出来事から、お母さんとは一言も話していない。家につくとお母さんは何か言いたげに口を開いたけれど、私はすぐに自分の部屋へと逃げ込んだ。

またはるくんのことをあれこれ悪く言われるに違いない。そう思ったから。

そんなのは、絶対に嫌。もうほっておいてほしい……。

どのみちもう、私がはるくんと一緒にいることなんてないんだから。


いつもより少し早めに学校についた私は、教室の前につくとピタリと足を止めた。

恐る恐る教室の中を覗き込み、はるくんが登校しているかどうかを確認する。

よかった……。まだ来ていないみたいだ。

厚木くんの姿もないから、もしかしたら部活の朝練に出ているのかも。それならきっと、もうすぐ教室にやってくるはず。

私は、足早に自分の席へと向かう。席につくと手早く朝の用意をすませ、いつはるくんが登校してきてもいいように、自身の席で息を潜めていた。

こんなにも、クラスの空気になりたいと願ったのは初めてかも……。

はるくんが登校してきたらどうしようとか、どんな顔をしていればいいんだとか、そんなことばかりで頭がいっぱいだった。

……こんなんじゃダメだなぁ。

これからも毎日学校で顔を合わせなくちゃいけないっていうのに、これじゃ私の心がもつかわからない。

はるくんの手を離すって、自分が決めたことなんだから、もっとしっかりしなくちゃ……。

そう自分に言い聞かせるけど、ちっとも前向きな気持ちになれないのはなんでなんだろう?

しっかりするって……何?

はるくんがいないことに、慣れるってこと?

はるくんのことを考えても、こんなふうに胸が痛くなることも、苦しくて息ができなくなることも、いつかなくなる日が来るのだろうか……。

早くそうなってほしいと思う反面、そんな自分を想像して、また胸が苦しくなった。

「こらー。そこのバスケ部二人ー。ネクタイちゃんと締めなさーい」

「先生〜今だけ勘弁して〜！　俺らこのあっつい中、朝から汗だくになるまで走り込みさせられたの〜！」

廊下のほうから、厚木くんの声が聞こえてきてはっとする。

「厚木はともかく、尾上〜。お前まで、そんな格好して。無駄に女子たちを悩殺するんじゃないよ」

「厚木はともかくって言った‼　今、厚木はともかくって言った‼」

……はるくんたち、教室の前の廊下にいるんだ。

　廊下から聞こえてくる楽しげな話し声に気づいたクラスメイトたちが、なんだなんだと廊下の様子を窺いに出ていく。

「まーいいか。二人とも今は見逃してやるから、授業までにはしっかりネクタイ締めとけよ〜」

「はーい」

あ。入ってくる。そう思った時にはもう遅くて。

「はよーっす！」

元気に挨拶をする厚木くんに続いて、はるくんが教室へと入ってきた。

「……っ！」

そんなはるくんの姿を見たクラスの女子たちが、一斉に息をのむ。もちろん私も。

それから、みんな頬を染めてどよめき始めた。

はるくんは、いつもしている制服のネクタイを外し、Yシャツのボタンを第三ボタンまで外していた。そこからは、はるくんのシミ一つないきれいな肌が露わになっている。

髪も汗のせいか、いつもよりちょっとだけペタンとしていて。男の人なのに、こんなことを思うのは変なのかもしれないけど、〝色っぽい〟。そんな言葉がピッタリだと思った。

はるくんが来たら、とにかく視界に入れないようにしようと決めていたのに、こんなのいきなり大失敗だ。

他の女子と同様、私も無意識に目が釘づけになっていた。

すると。

あ……。

そのせいで、はるくんとバチッと目が合ってしまう。

慌てて顔を背ける私。

しまった……。あからさまに目を逸らしちゃった……。

小さく震える手でスカートを掴み机の上へと視線を落としていれば、カタン、と机が揺れて。

「結衣」

はるくんの声が頭上から降ってきた。

恐る恐る見上げると、私の机に片手をついたはるくんが私を見下ろしていた。

「……っ」

思いのほか距離が近くて、大げさに心臓が跳ね上がる。

「話があるんだけど」

はるくんだ……。はるくんが、こんなに近くにいる……。

真っ直ぐと私に落とされる視線は、少しもぶれずに私を映し出していた。

途端に泣き出したい気持ちが湧き上がってきて、唇を噛んでぐっと堪える。

はるくんの、この真っ直ぐな瞳が大好き。

だけど今は、私の心をすべて見透かされてしまいそうで、少し……怖い。

私とはるくんの様子に気づいたクラスメイトたちの視線が刺さる。

どうしよう……。今すぐこの場から逃げ出したい。

「あ……私……」

「結衣」

「わ、私、先生に呼ばれてたんだった！　ご、ごめんねっ……」

はるくんを押しのけ、バタバタと教室を飛び出す私。

じきに先生が教室にやってくる。そうすれば、こんなの嘘だってすぐにわかってしまうのに……。

何やってるんだろう私……。

だけど、はるくんのあの瞳を前にすると、抑え込んでいる本当の気持ちが溢れ出してしまいそうになるんだ。

ダメだよ。私はもう、はるくんから離れなくちゃいけないんだから。

もうはるくんとは、一緒にいられないんだから……。


それからというもの、私は事あるごとにはるくんを避け続けた。

その間も、はるくんは何度も私に話しかけようと近寄ってきたけれど、気づかないふりをして距離をとった。

最低なことをしてるってわかってる。だけど、こうでもしないとはるくんから離れるなんてできっこない。

いっそこのまま、はるくんに嫌われてしまえば諦めがつくかもって……。

本当に私って、自分勝手でどうしようもない人間だな。


「何？　あんたたち、鬼ごっこでもしてんの？」

「古賀さん……」

その日の昼休み。売店でパンを買って裏庭に行く途中、ばったり古賀さんに出くわした。

皮肉混じりにそう言う古賀さんは、恐らく私たちの異変に気づいているのだろう。はるくんのそばにいられなくなってしまったことを古賀さんに伝えるべきか否か迷っていれば。

「なんか、いろいろあったみたいじゃん」

先にそう言われてしまい、キョトンとしてしまう。

古賀さん……。ひょっとして昨日、何があったか知ってる……？

言いたいことが顔に出ていたのか、私が言葉を発する前に古賀さんが話し始めた。

「あんたと尾上のこと、生徒たちの間でいろいろ噂になってるよ。昨日、親同士が修羅場ったって？」

それを聞いて、サッと血の気が引いていくのがわかった。

嘘……。噂になっているなんて知らなかった。

お母さんたちが揉めている時、まわりにチラホラと生徒がいたのを思い出す。

そっか……。あれだけのことがあったんだもん。噂にならないわけがないよね。

「それで、どうしてあんたは尾上から逃げてるわけ？」

「……っ」

「尾上のそばにいること、とうとう諦めたんだ？」

古賀さんの鋭い瞳が私の心臓までも貫いてくる。

諦めた……？　ううん。違う。

「諦めたんじゃ……ないよ。そもそも初めから、私なんかがはるくんのそばにいたいと思うこと自体が間違ってたの……」

はるくんの隣にいると世界がキラキラして見えた。

まるで、そこに自分の居場所があるかのように勘違いをして、はるくんの瞳に映る自分を見るたび幸せな気持ちになって。

だから、いつの間にか忘れてしまっていたのかもしれない。

はるくんのそばにいられることは、奇跡なんだということ。

私が諦めなかったからって、どうにかなるようなことじゃない。

諦めようと、諦めなかろうと、運命には逆らえない。

「〝私なんかが〟……ね」

古賀さんが小さく苦笑する。

「もう少しまともなヤツだと思ってたけど、そうでもなかったかな」

「古賀さ……」

「私、やっぱりあんたのこと嫌いだわ」

古賀さんは冷ややかな目を向けながら嘲笑まじりに言うと、私に背を向け廊下の向こうへと歩いていってしまった。

ポツンと一人取り残される私。古賀さんを追いかけようにも、地面に足がへばりついてしまったみたいに動くことができなかった。

追いかけたところで、弁解する言葉も浮かばない。

こんな私、古賀さんに嫌われて当然だ。

私だってこんな私、大っ嫌いなんだから……。


そして、その日の放課後。

帰り支度をすませ、とぼとぼと下駄箱に向かっていた私は、その手前でピタリと足を止めた。下駄箱の前の柱に背を預け、スマホをいじりながら誰かを待っている様子のはるくんを見つけたからだ。

どうしよう……。はるくんの前を通らないと下駄箱から靴を取り出せないし……。

でも、前を通れば何かしら声をかけられてしまうかも。

いや、今日一日散々避けていたし、それに気づいているなら、もう声なんてかけてくれないよね。それはそれで傷つく自信があるんだから、本当に私ってどうしようもない。

ひとまず図書室で時間を潰そう……。

そう思って引き返そうとしたその時。

「結衣」

「……っ！」

私に気づいたはるくんが、もたれていた壁から背を離し、こちらに向かってこようとしていた。

……う、嘘……。はるくんもしかして、私を待ってたの？

動揺した私は、とっさに。

「こ、来ないでっ‼」

そう叫んでしまい、はっとする。

さすがのはるくんも、それには驚いたように目を丸くし、ピタッと足を止めた。

「あのっ……ごめんなさい……。えっと……私……」

「……結衣さ、朝から俺のこと避けてるよね？」

「……っ」

「それって、なんで？」

そうだよね……。鋭いはるくんのことだもん。あんなあからさまに避けていたら、気づかないはずがないよね……。

地面に落としていた視線を恐る恐る上げる。

はるくんのポーカーフェイスからは何も読み取れない。だけどたぶんこれは……

怒っている時のはるくんだ。

その証拠に、はるくんは腕を組んでいた。

〝なんで？〟と理由を尋ねているけれど、はるくんはきっと気づいてる。

私の〝弱さ〟に。

そう思った途端、体が勝手に逃げるように回れ右をしていた。

私は、足早にその場を立ち去ろうとする。

何も言わずこんな行動をとるなんて最低だ。だけど、はるくんの〝なんで？〟に対する適切な答えが浮かばない。

はるくんのそばにいれば、お母さんを傷つけてしまうから？

はるくんや、はるくんのお母さんを傷つけてしまうから？

私には、はるくんの隣にいる資格なんてないから？

私がそばにいたら、はるくんは幸せになれないから？

全部が本当で全部が嘘。

本当は、〝私が傷つきたくない〟。ただ、それだけなんだ。

お母さんに嫌われたくない。

はるくんや、はるくんのお母さんが、私のせいで傷つくのは耐えられない。

はるくんの隣にいる自信がない。

私がそばにいたせいで、はるくんが幸せになれなかったらと思うと怖い。

はるくんは、前に言っていたよね？　私は、自分のことよりも人のことばかり考えているって。

違う。違うの。

私は、いつだって自分のことばかり。

自分が傷つくのが怖いだけなの。

誰にどう見られようがいい。だけど、はるくんにだけは、こんな私を見られたくなかった。

こんな醜い私なんて――。

はるくんの前から立ち去った私は、図書室へと向かおうとしていた。

だけど……。

「ひっっ⁉」

なんと、その後ろからはるくんがすごい形相で私を追いかけてきていることに気づき、思わず悲鳴を上げてしまう。

はるくん、目が据わってる‼

間違いなく、すっごくすっごく怒ってる‼

追いかけられたら、逃げてしまうのが人間の心理なのか。私は慌ててスピードを上げる。〝廊下は走るな！〟なんてポスターは完全に無視で、全力疾走。

だけど、私が全力で走ったところで、昔からつねにリレーの選手に抜擢されているはるくんに、かなうはずがない。

どうしよう。このままじゃ追いつかれちゃうよ！

日頃の運動不足が祟(たた)ってか、少し走っただけで酸素不足の不甲斐なさといったら。

ヨロヨロと廊下の角を曲がると、物置として使われている空き教室が目に飛び込んできて、私は思わずそこに駆け込んだ。

この場所は以前、担任の大津先生に頼まれ事をした時に知った場所だ。この教室の鍵が壊れているのも、その時に確認ずみ。

角を曲がってすぐの教室だから、もしかしたら教室に入ったことは気づかれないかもしれない。

空き教室の中にあるガラクタになっている壊れた教卓の下に隠れ、息を潜めることにした。

どうか……どうか、気づかれませんように……。

静かな教室内。

私を探しているのか、廊下を歩くはるくんの足音が止まる。

息をするだけでも気づかれてしまいそうで、上がった呼吸を必死に整えるものの、苦しくて肺が潰れてしまいそうだ。

　それに加えて、はるくんから隠れている緊張感。心臓が、耳の奥で脈打っている。

　そういえば、前にもこんなことがあったな……。

　こんな切迫した状況で変かもしれないけれど、思い出したのは小さい頃、はるくんと毎日のようにしていた〝かくれんぼ〟。

　どんなに上手に隠れても、なぜかはるくんはいつも私を見つけ出してしまうんだ。

　——ガラッ。

　教室の扉が開き、はるくんの足音が徐々に近づいてくる。

　そう。はるくんは、簡単に私を見つけ出し、いつもこう言う——。

「俺から隠れようなんて、一〇〇万年早いよ」

　その言葉は、私の頭の中で再生されたものなんかではなく、教卓に隠れた私を見つけたはるくんから発せられたものだった。

　はるくんは、ギッという音とともに教卓の位置をずらすと、私の前に屈み、〝観念しろ〟と言うように首を傾げ見つめてくる。

「……ごめん……なさい……」

「それは、逃げたことに？　それとも、もう俺と一緒にいられないことに？」

　空き教室は、埃っぽいせいか窓が開け放たれていた。そのせいで、カーテンが風で膨らんだり萎んだり。教室内には、外で鳴くセミの声だけが響いている。

「結衣は、もう俺と一緒にいたくなくなった？　前に〝いたい〟って言ってくれたのは、何かの間違い？」

〝結衣は俺と一緒にいたい？〟

三者面談の数日前、はるくんにそう問われたことを思い出す。

私は、あの時自分の気持ちのままに頷いた。あの時の気持ちに、一ミリも嘘はない。

もちろん今だって、許されるのであれば、はるくんと一緒にいたいよ。

だけど……。

「……あれは、間違い。とっさにああ言うしかなかった」

「なんで、そんな嘘つくんだよ」

「っ嘘じゃない！」

「……じゃあなんで、そんな泣きそうな顔するわけ？」

大切な人を裏切ってでもあなたのそばを願った、十年前の無邪気な私はもういない。

はるくんのそばを願うということがどういうことなのか。誰を傷つけ、誰を苦しめて、自分自身もどれだけ傷つかなきゃならないか、今の私は全部知っている。

それでも、無邪気にあなたのそばを願うなんて、できるはずがない。

まるで壊れ物にでも触るように私の頬に触れるはるくんの手から、逃れるように顔を俯ける。

「もう、はるくんとは一緒にいられないの」

「……なんで？」

私にとって、はるくんは出逢った日からずっと太陽みたいな存在だった。

陰に紛れて、今にも消えてしまいそうな私を、いつだって照らしてくれる存在。

迷ったり、立ち止まって動けなくなってしまった時も、いつだって進むべき道を照らしてくれた。

お母さんが、私を見てくれない時も、友達が次から次に離れていってしまった時も、いつだって、はるくんだけはそばにいてくれた。冷えていく私の心を、温め続けてくれた。

気がつけば、この世界にとって太陽という存在がそうであるように、私にとってははるくんは、どうしてもなくてはならない存在になっていたんだ。

だけど、こんなのフェアじゃないじゃない。

いつだって、私は貰ってばかりで、私ははるくんに何をしてあげられた？

何を与えられた？

私なんかが、これから何を与えられる？

私には……何もない。

「はるくんと一緒にいると、私が辛いの」

こんな関係を続けていたらいけない。

こんな私じゃ大切な人たちを傷つけてしまうばかりで、何一つ守ることができないから……。

だから、今の私にできる唯一のことは、これしかないの。

今の私が、唯一あなたにできること。

それは——。

「だから、お願い。もう、ほっといて……」

——あなたの手を離すこと。

嘘で固めた言葉をすべて吐き出しても、はるくんの顔を見ることはできなかった。

膨らむカーテン。途端にセミの声が消え、重たい沈黙が訪れる。

その沈黙がしばらく続くと、それまでずっと黙っていたはるくんが、ようやく口を開いた。

「……わかった」

その言葉に、はっと弾かれたように顔を上げる。

わかった……？

今、そう言った？

だけど、その驚きは、飛び込んできた目の前の光景により、さらなる驚きに変わる。

やっと見ることができたはるくんの顔は、想像していたものとは違った。

今にも消えてしまいそうに儚げで、泣いているんじゃないかと思うほど切なげで。

私の大好きな真っ直ぐな瞳は、私を見ていない。

そこにはもう、私は映っていない。

十年間一緒にいて、初めて見たはるくんの表情だった。

「今まで、辛い思いさせてごめん。もう、結衣には関わらないから……」

呆然とする私の前から、ゆっくりと立ち上がるはるくん。

ゆっくりゆっくり、手の届かない場所へと離れていってしまう。

はるくんは教室の扉に手をかけると、一度ピタリと足を止める。

だけど、私を振り返ることはなく。

「じゃあね。結衣……」

その言葉を残し、教室を出ていってしまった。

はるくんが出ていった扉を見つめながら、はるくんの足音が次第に小さくなっていくのを放心状態で聞いていた。

「……はる……くん……」

あんなに近くにいたのに。

いつだって隣にいたのに。

「はるくん……」

もう、声すら届かない。

「はる……ふっ」

歪んでいく視界。頬を熱いものが幾筋にもなって滑り落ちていく。

「……っう、はるくん~……っ」

膝に顔を埋め、声を押し殺して泣いた。

どうか。

どうかはるくんの未来が、幸せなものでありますように。

何度も何度もそう願って。

――その日。

私の世界から、キミという太陽が消えてしまった。

二度と届かぬ想い

どんなにつまらなくても、どんなに憂鬱でも、学校に行きたくないなんて思ったことは一度もなかった。

むしろ、夏休みのような長い休みなんて、なくなればいいと思ってた。

だって、休みの日は、はるくんに会えない。

同じマンションに住んでいるのに。すぐに会いに行ける距離なのに。

もしも、風の噂でお母さんの耳にでも入ったら大変だから。

八階と四階の少しの距離も、宇宙のように遠くに感じた。

だからこそ、私にとって学校は、唯一はるくんに会える大切な、大切な場所だったんだ。

だけど今は、夏休みという制度に感謝しかない。

まるで私なんて見えていないかのように、私の横を通りすぎていくはるくん。目すら合わないはるくん。そんなはるくんに、毎日会わなくてすむから。

もう〝幼なじみ〟ですらなくなってしまったんだなぁって、悲しい気持ちにならなくてすむから。

「うん。完璧！　それじゃあ、今日のところは終わりにしよっか」

「ありがとうございました」

学校が夏休みに入ると、すぐに家庭教師の先生が家に来るようになった。

先生の名前は、相田茜（あいだあかね）さん。夏休みに入ってから、もうかれこれ二週間、週に三回のペースで私の勉強を見に来てくれている。

茜先生は、ここらへんでも有名な国立大学の学生さんらしい。

優しくて、美人で、頭がよくて、オマケに教え方もすごくわかりやすくて。才色兼備とは、まさしく茜先生みたいな人のことを言うんだと思う。

私のまわりって、どうしてこうもキラキラした人ばかりなんだろう？　私自身は、こんなにも冴（さ）えなくてつまらない人間なのに……。

今日の授業は午前中の一時間ほどで終わった。

茜先生を見送るためノートや参考書を片づけていると、茜先生が「あ！　そうだ！」と手のひらを打った。

「ねぇねぇ、結衣ちゃんさ、こういうのって興味ある？」

茜先生は、カバンの中をガサゴソあさりながらそう言うと、小さなコンパクトのようなものを手に取り、私の前へと差し出した。ペットボトルのキャップくらいの大きさのそれは、何かのお花がモチーフになっているようで、サイズ感といい見た目といいとってもかわいい。

「えっと……これは？」

「リップチークっていうんだけどね。頬や唇に色づけることができるメイクグッズだよ」

「リップチーク……」

普段メイクなんてほとんどしたことがない私には、使い方なんてさっぱりで。どう使うんだろう？　と考えながら、手のひらに乗っているそれをまじまじと眺めていたら、「つけてあげるよ」と茜先生にニッコリ微笑まれてしまった。

「え⁉　いや、えっと……」

「はい！　ちょっと顔貸して～」

グイッと私の顔を引き寄せた茜先生は、手際よく私にメイクを施し始める。

うぅ。人に顔をいじられるのなんて初めて。

なんだかちょっと恥ずかしい……。

「でーきた！　うん！　やっぱり結衣ちゃんとってもよく似合う！　地がきれいな顔立ちしてるから、似合うと思ったんだよね」

「ハイ」と言って、茜先生が私に手鏡を差し出した。

恐る恐るそれを覗き込めば。

う……わぁ！

手鏡の中で、いつもよりほんのりピンク色の頬と血色のよい唇をした私が、目を丸くしていた。

すごい……！　なんだか一気に表情が明るくなったみたい！

「それ、結衣ちゃんにあげるよ」

「え⁉　で、でもっ」

「いーのいーの！　買ったはいいものの、私にはちょっと色がかわいらしすぎてね。結衣ちゃんみたいに女の子らしくてかわいい顔立ちの子に使ってもらいたいなーって思ってたの！」

か、かわいい……⁉　茜先生ってば、いくらなんでも無理がある。

そんなことを言うなら、茜先生のほうがきれいな中にかわいさを兼ね備えていて、つねに眠たそうで覇気のない私の顔なんかより一〇〇倍このリップチークが似合うと思う。

そんなことを考えながら戸惑っていたら。

「ぜひ、彼氏とデートの時に使ってね」と言って、いたずらっ子のような笑みで微笑まれてしまった。

「か、彼氏なんていません！」

「あれ？　そうなの？　結衣ちゃんかわいいからてっきりいるものだと思ってたよ」

「ぜ、全然そんなことありません‼」

「え～？　あ。じゃあさ、好きな人は？」

――ドクン。

茜先生にそう尋ねられ、浮かんだのはたった一人の顔。だけど、すぐにそれを振り払い、茜先生の言葉にかぶりを振った。

「……いま……せん」

「……んー、そっか！　じゃあ、もし結衣ちゃんに好きな人ができて、その人に自分を見てもらいたいって思った時にはぜひ使ってみて？　結衣ちゃん、本当にとっても似合ってるから」

茜先生によって、再び手に戻されたそれをキュッと握る。

自分を見てもらいたい？　そう思える人が、この先現れるとは到底思えないけれど。

「……ありがとうございます」

遠慮がちに私がお礼を言うと、茜先生は両方の口角を目一杯上げてニッコリと微笑んだ。

茜先生を見送ったあと、私は自身のベッドの上で仰向けになり、真っ白な天井を見つめていた。

茜先生に施してもらったメイクは、茜先生が帰ったあと落としてしまった。茜先生には申し訳ないけど、今の私に見せる相手なんかいないし、ただ虚しい気持ちになってしまうだけだから。

……はるくん、今頃何してるかなぁ……。

ぼんやりとそんなことを考えて、はっとする。

「もぉ～！　隙あらば考えようとするんだからこの頭は！」

ペチンッと両手で額を叩く。

「はぁ……」

もう、癖になっているんだ。

部屋で一人になった時に、ついはるくんのことを考えてしまったり。

うれしいことや楽しいことがあれば、はるくんに伝えたくなってしまったり。

悲しいことがあれば、心の中ではるくんを呼んでしまったり。

いつだって、心の中にははるくんがいた。

そんな日常が当たり前だったから、彼との関わりがなくなったからといって、すぐに割り切れるわけがない。

時間がたてば、こんなこともなくなるのかな？　私の心から、はるくんが消えることはあるのだろうか。そうなったら、私の心はどうなってしまうんだろう？

私の心の中のほとんどを占めていたはるくんが消えてしまうのだから、私の心なんて、なくなったも同然なんじゃないだろうか。

——ヴーヴー。

机の上に置いたままのスマホが振動する音が聞こえてきて、覆っている手の下で眉を寄せる。

なんだろ？　迷惑メールかな？

そう思ってそのままにしておくものの。

——ヴーヴー。

振動がやむ気配はない。

着信……？

ベッドから起き上がり、とくに急ぐこともせず机に歩み寄ってスマホを確認する。

「……え？」

すると、ディスプレイには、思いもよらない人物の名前が表示されていた。

——古賀みずき。

嘘……。古賀さんからの着信？

いや、これは何かの間違いじゃ……。

だって、『私、やっぱりあんたのこと嫌いだわ』と、はっきり古賀さんに宣言されてしまったあの日から、古賀さんとは一度も話していない。

終業式の日も私なんかには目もくれず、古賀さんはさっさと帰ってしまったし。

いったいどうして……？

震える指でスマホの通話ボタンを押して、恐る恐る耳元へと持っていく。

「……もしもし？」

『Y駅西口の交番前に来て』

「え？　な……」

『一時間以内に』

「こ、古賀さん！　あのっ……」

——ピロン。

え？　ピロンて……。

耳からスマホを離し、ディスプレイを確認すると……。

「切れてる……」

古賀さんとの通話が終了になっていた。

Y駅西口……交番前……一時間以内……。

混乱している頭を一つひとつ整理していく。

……え。これって、ひょっとして待ち合わせ？

「……っ！」

ようやく古賀さんの言葉の意味を理解できた私は、慌ててクローゼットの扉へと飛びついた。今から準備をして、Y駅までバスで三十分はかかる。

古賀さん、一時間以内って言ってたよね？

い、急がなきゃ‼

バタバタと準備をして、財布とスマホだけ入れたバッグを片手に、飛び出すように家を出た。

エレベーターが一階に下りるのを足踏みしながら待ち、一階につくなり猛ダッシュでエントランスを駆け抜ける。

途中、何度も転びそうになりながら走って、最寄りのバス停についた時には、恥ずかしいくらい汗だくになっていた。

真夏の太陽は、午前中にも関わらず容赦ない。

すでに三十度は超えているだろう気温のせいで多少目眩(めまい)を覚えつつも、グッドタイミングでやってきたY駅行きのバスになんとか乗り込んだ。

そうして、ようやく西口についた時には、古賀さんの電話からすでに五十分近くたっていた。

古賀さん……もしかしてもう帰っちゃったかな……？

不安になりながら、キョロキョロとあたりを見回す。

駅構内は、夏休み真っ只中ということもあってか、家族連れやカップルたちが行き交っていて、普段よりどことなく和やかな雰囲気に包まれていた。

えっと、たしか交番は……。

古賀さんに言われたとおり、待ち合わせの交番を探していると。

「あ！　蒔田さん！　こっちです～‼」

見覚えのある人影が、こちらに向けて大きく手を振っていた。

「い、井田さん⁉」

「お久しぶりですー！」

なんで井田さんがここに？

さっきは、たしかに古賀さんからの連絡だったはずなのに……。

頭の中がクエスチョンマークでいっぱいになりながらも、井田さんに駆け寄っていくと。

「あ」

井田さんがいるすぐそばの柱の影に、古賀さんの姿があった。

スマホに向けていた視線を、ゆっくりとこちらに向ける古賀さん。そんな古賀さんと視線がぶつかって、つい反射的に目を逸らしてしまう。

何やってるの私！

目を逸らすなんて感じ悪いでしょ！

だけど、嫌いと言われてしまっている手前、やっぱり少し気まずい。

「遅い」

「え！　あ！　ご、ごめんね！　き、今日は突然どうしたの？」

「行くよ」

「え⁉　ちょ……古賀さん⁉」

私の問いを無視して古賀さんは先を行ってしまう。

行くって、いったいどこへ……？

助けを乞うように井田さんを見ると、井田さんはニッコリと微笑んで「とりあえず、ついていきましょ！」と私の背中を押した。

「えっと……これは……」

ついたのは、複数の洋服店が立ち並ぶ、とあるビルのファッションフロア。そこには私が着たこともないような、オシャレでかわいい洋服がたくさんディスプレイされていた。

その中でショッピングを楽しむ女の子たちもみんなオシャレで、自分のみすぼらしさが途端に恥ずかしくなってくる。

せめて、もう少しマシな服を着てくるんだった……。

と言っても、しばらく新しい服なんて買っていないし、自信を持ってオシャレと言える服なんて一着も持ってはいないのだけど。

でも、なんで洋服店なんかに……？

古賀さんは颯爽と店内に入っていくと、オロオロとしている私のことなど気にも留めずに洋服を物色し始めた。

そして数分後、戻ってきた古賀さんは、なぜかたくさんの洋服を抱えていた。

「これ着せて」

「へ……？」

井田さんに抱えてた服を押しつける古賀さん。

着せて……？

着せるって誰に？

「了解しました！」と言ってそれを受け取った井田さんは、私の手首を引っ張りどこかへと先導していく。

そうして連れてこられたのは、店の奥にある試着室。

井田さんは、入るのを躊躇する私をなかば無理やりそこに押し込めると、さっき古賀さんが選んだ服を手渡してきた。

「あの……井田さん……」

「着替えたら声かけてくださいね！」

「井田さん、これって……」

「それじゃ、閉めまーす！」

シャッ！　という音とともにカーテンを閉められてしまい呆然とする。呼び止めるために伸ばした手はそのまま……。

ま、まだ、質問の途中なのに……。

二人とも、いったい何を考えてるんだろう？

井田さんが置いていった何枚もの洋服に目を落とす。

……とりあえず、古賀さんが選んでくれたこの服たちを着ないことには、わけのわからないこの状況からは逃れられなさそうだ。

仕方……ないよね。

諦めにも似た大きなため息を一つついて、私はしぶしぶ着替え始めることにした。

「……ど、どうかな？」

着替え終わると、私は恥ずかしさでモジモジしながら試着室のカーテンを開けた。

そこには、井田さんと一緒にいつの間にか古賀さんもいて、二人は出てきた私を品定めするように顎に手を置き眺めている。

「うん！　やっぱり蒔田さん、こういう系統の服、似合います！　スタイルも抜群です‼」

「あの……ちょっと恥ずかしいから……あんまり……」

恥ずかしいのもそのはず。古賀さんが選んでくれた服は、今まで私が着たことのないかわいらしい系統のものばかり。

何はともあれ、露出が多い！　スカートがとっても短い！

普段は露出度低めのパンツスタイルが基本の私にとって、この心もとなさといったら……。

「も、もう……着替えてもいいでしょうか……」

「足はきれいだから、スカートはいいね。でも、これは却下。はい。次これ着て」

「え、えぇ～」

「え～じゃない。さっさとして」

古賀さんにまた別の服を渡された私は、抗議を試みようとしたものの、さっさとカーテンを閉められ遮られてしまった。

……古賀さん、さっきから私の声が聞こえてますか？

トホホと肩を落とし、また言われたとおり着替え始めた。

それから私は、着せ替え人形にでもなったかのように、古賀さんが次から次へと持ってくる服に着替えた。古賀さんの「よし。ＯＫ」と井田さんの「か、完璧です！」の言葉をいただいた時には、もう何着着たかもわからなくなっていたほど。

今の私は、恐らくげっそりという言葉がピッタリだと思う。

よ、ようやく元の服装に戻ることができる。

みすぼらしいなんて言ってごめんね。やっぱりキミたちが一番落ちつくよ。

なんて、心の中で元の服に話しかけながら着替えようとしていた。

だけど。

「あ！　そのまま着て帰ってＯＫなので、着替えないで待っててくださいね」

と、何やらスタッフの人と話し込んでる井田さんに制止されてしまう。

「え？　でも……私、お金……」

「ここのブランド、井田の父親が経営してるんだと」

「経営……えぇぇ⁉」

驚く私に、古賀さんはさらに追い打ちをかけてくる。

「だから、月に一回優待券的なのが貰えるらしいんだけど、井田はこういう系統の服は着ないからって余りに余ってたらしい。これからも使う予定がないから、あんたに使いたいって」

「な、なんでっ……」

「さぁね。そんなの自分で考えな」

古賀さんは素っ気なくそう言うと、「飲み物買ってくる」と言って試着室の外へと出ていってしまった。

「井田さん、本当にいいの?」

「いいんですいいんです! 使わなきゃ捨てるだけなんですから! かえって、使う機会を与えてもらって助かりました! いつも〝なんで使わないんだ!〟ってお父さんにグチグチ言われてウンザリしてたんですよ～」

「それならよかったけど……。本当に本当にありがとう」

「どういたしまして!」

なんでも、このあと井田さんは用事があるらしい。

井田さんを見送るために再び駅まで来た私は、改札前で井田さんに今日のお礼を伝えたところだった。古賀さんは、そんな私たちを離れたところから見守っている。

「蒔田さん。本当によく似合ってます。蒔田さんは、とってもかわいいです。自信を持ってください」

井田さんは、柔らかい笑み浮かべながら諭すように言う。それから、コソコソ話をするように口の横に手を当てながら、私に小さく手招きした。

なんだろうと耳を近づけると。

「今日のことを計画したの、じつは古賀さんなんですよ」

そう耳打ちをされる。

「こ、古賀さんが……？」

「はい。優待券のことを提案したのは私なんですが、それも元はと言えば、もっと蒔田さんに自信を持ってもらいたいって古賀さんが言っていたからなんです」

驚きのあまりとっさに古賀さんを見れば、古賀さんはそれに気づくことなくスマホ画面に夢中になっていた。

……信じられない。古賀さんがそんなことを思ってくれていたなんて。

「古賀さん、蒔田さんが〝私なんか〟というのがすごく引っかかっていたみたいなんです」

〝私なんか〟

古賀さんに嫌いだと言われてしまったあの日、たしかに私はその言葉を口にした。

それはもう、自分でも気づかないうちに口癖になってしまっていた言葉。

「少なくとも、蒔田さんのそばにいる人たちは、みんな〝蒔田さんだから〟そばにいるんです。それなのに蒔田さんが〝私なんか〟なんて言ったら、自分たちの想いまで否定されているようで悲しくなっちゃいます。古賀さんも、きっとそうだったんだと思うんです」

悲しく……？

「蒔田さんは、〝なんか〟じゃないですよ」

「井田さん……」

「蒔田さんは、素敵な人です」

私の手をそっと握り、井田さんは魔法をかけるように言う。メガネの奥の瞳が、そっと優しく細められていた。

「蒔田さん、もっと自分に自信を持ってみてください。自信は、きっと恐れているものに立ち向かう勇気になります。すごく難しいことなのかもしれないけれど、大切な人を諦めてはダメです」

そっか……。井田さん、私とはるくんのことを知っているんだ。

だから今日も私を元気づけようとして、用事があるにもかかわらずこうして付き合ってくれたんだね。そして、それは古賀さんも一緒。

古賀さんに自分で考えろと言われた理由が、わかった気がした。

私って、本当に幸せ者だ。自分に自信が持てないのは今も変わらないけれど、自分を卑下して、この人たちを傷つけちゃいけないよね。

少しでもいい。せめて、こんな私のことを心配してくれるこの人たちのことを傷つけない強さが欲しい。

強く……なりたい。

――自信は、立ち向かう勇気に。

井田さんを見送ったあとも、ずっとその言葉が頭から離れなかった。

「古賀さん……。あの、どこに行くか聞いてもいい？」

「……」

井田さんを見送ったあと、古賀さんに『ついてきて』と言われ、私は今、ガタゴトと揺れる電車の中にいた。

「あの〜、古賀さん……」

「うるさい」

「うっ……ごめんなさい」

どうやら古賀さんは、行き先を教えてくれるつもりはないらしく、さっきからずっと黙ったまま。話しかけても、今みたいに軽くあしらわれてしまう。

今日はことごとく質問を無視されている気がするなぁ……。

でもなんだか、古賀さんのこういうところにも不思議と慣れてきちゃった。

古賀さんが、本当は優しい人だって知っているから、どこかで安心しているのかも。

今まで私から離れていった子たちは、私の知らないところで私に不満を持ち、私の知らないところで陰口を言っていた。だから、私自身も何が彼女たちの気に触ったのかわからなくて、対処が遅れてしまったんだと思う。

そして気づいた時には、みんなとの間に大きな溝ができていた。

だけど、古賀さんは何も言わず離れていったりしない。

いつも私のダメなところをちゃんと言葉にして、向き合う機会をくれる。

古賀さんの言葉はズバリ直球だから、もちろん落ち込むこともあるけど、何も言わず離れていかれるよりずっといい。

いつの間にか窓の外には見慣れた景色が広がっていた。

今乗っている電車は、私が学校に行く時に使っているローカル線。普段登校する時は、学生や通勤中のサラリーマンでかなり混み合っているけれど、この時間帯は比較的空いているようだ。

今も、ガラガラの座席に古賀さんと二人、人一人分のスペースをあけて座れるくらいには空いていて、斜め前の座席には二歳くらいの子供を連れた家族が、和やかに会話を楽しんでいた。

この電車の、このほのぼのした感じが好きなんだよなぁ。

自然と頬が綻ぶのを止められずにいれば「ねぇ」と呼ばれ、慌てて古賀さんに視線を戻した。

「あんたはさ、未来がわかる能力が欲しいって思ったこと、ない？」

古賀さんは、どこか心ここにあらずといった様子で斜め向かいの家族を見ている。

「未来がわかる能力……？」

「そう。例えば、一年後、五年後、十年後。自分がどうなっていて、誰と一緒にいるかわかるの」

未来がわかる能力……。私は古賀さんのように欲しいと思ったことはとくになかったように思う。それは恐らく、未来に希望を持ったことなんて一度もないから。

私の未来は、〝はるくんがいない〟ということが大前提だったから、未来のことなんて考えたくもなかったんだ。

「……古賀さんは、あるの？」

「ある。……違うな。正しくは、〝あった〟か」

あ。また、この顔だ。

いつも、迷いがなく、真っ直ぐな古賀さんの瞳にチラつく暗い影。

これ以上、古賀さんの心に立ち入っていいものなのか躊躇してしまう。

話を変えるべきかな……。

だけど古賀さんは、そんな私の心配に反して、言葉を続けた。

「前に、あんたに話したことあったでしょ？　あんたと昔の私が似てるって」

「……うん」

学年合同レクリエーションの日、古賀さんと遭難した時に言われた言葉だ。

古賀さんと私なんて、見た目も中身もまったく正反対だから、あの時は似ていたと言われてもいまいちピンとこなかった。だからか、その言葉はやけに鮮明に私の記憶に残っている。

「あれマジなんだ。中学までの私は、自信なんてものが皆無だった。内気で、卑屈で、心が弱くて、そんな自分を見られるのが怖くて、いつも人と距離を置いてた」

「古賀さんが……？」

「いや。自分がどうしようもないヤツだって気づいていない分、今のあんたよりタチが悪かったかもね」

そう言って古賀さんは苦笑する。

信じられない。古賀さんにそんな過去があったなんて。

古賀さんの言葉や行動は、誰に何を言われようが絶対にぶれることがなく、いつだって揺るぎない自信が感じられた。

そんな古賀さんが、内気？　卑屈？　心が弱い？

そんなの、一ミリも想像ができないよ……。

だけど、古賀さんはこんな嘘をついたりしない。つまりこれは、紛れもない事実。

古賀さんは、どこか遠い昔の記憶を呼び起こすように、そっと目を閉じる。

「だけど、一人だけ……一人だけいたんだ。そんな私なんかのそばにいてくれるヤツが……」

古賀さんの話によると、古賀さんには近所に住む幼なじみがいた。

二つ歳上の男の人で、名前は優(ゆう)さん。彼と古賀さんは物心つく前からずっと一緒にいて、家族同然のように育ってきたという。

「私なんかよりも私のことをわかってて、気がつけばいつも隣にいた。うれしい時も、楽しい時も。苦しい時も、悲しい時も」

「それって……」

「うん。あんたにとっての尾上と似てるね」

私の心を読み取ったかのように言う古賀さん。

古賀さんにも、そんな人が……？

「尾上みたいに男臭いタイプではなかったけど、優しくて、穏やかで、真っ直ぐで。本当は気が弱いくせに、何かあればいつも私の前に立って守ってくれた」

もしかして、古賀さんは……。

「……古賀さんは、その人を好きだったの？」

私にとって、はるくんがそうであるように古賀さんも……？

「……好きだったよ。気づいた時には、どうしようもないくらい」

やっぱり……。じゃあ、古賀さんがこんなふうに強くなれたのは、彼がそばにいてくれたからなのだろうか。でも、ならどうして？

どうして古賀さんは、そんなに悲しそうな顔をしているの？

「……でも、伝えられなかった。自信がない私は、自分は彼の……優の足でまといでしかないと思っていて。優との未来まで望むなんておこがましくて。嫌われたらどうしようって、そう思うと怖かった」

……同じだ。

古賀さんの優さんへの想いは、今私がはるくんに抱いているものとよく似ていた。

だからこそ、その時の古賀さんの気持ちが痛いほどわかる。

大切な人を大切に想うあまり、前に進むことができないもどかしい気持ちが。

「このまま好きでいられるのなら、私の想いなんて届かなくてもいいって、そう思ってた」

「……古賀さん……」

怖いよね。大切な人の未来を背負うのは。

傷つかない保証も、傷つけない保証もなくて。自分が彼の人生を台無しにしてしまうかもしれなくて。

『隣にいたのがこいつじゃなければ』なんて、いつかもし思われてしまったら、もう二度と、私たちは自分を許すことなんてできないから。だったら多くは望まずに、ただただただそばにいたかった。

「だけど……古賀さんは私とは違う。古賀さんは、こうして変わることができた。今なら自信を持って、優さんに伝えることができるでしょう?」

そう。古賀さんは変わったんだ。

昔の古賀さんがどうだったかなんて知らない。

だけど今、私の目の前にいる古賀さんは、間違いなく強くてぶれない心を持っている。真っ直ぐな瞳を持っている。

古賀さんは、もう昔の古賀さんじゃない。

いつまでも弱いままの私なんかとは違って、古賀さんは紛れもなく〝強い人〟だ。

「伝えられないんだよ」

「なぜ……？」

聞いてすぐに後悔した。古賀さんの表情が一瞬にして曇り、今にも壊れてしまいそうだったから。

「いないからだよ。もう。この世に」

……え？

後頭部を鈍器で殴られたような衝撃だった。

……いない？

「私が、中三に上がってすぐに優は事故で死んだ」

息が……できない。

「その日の前日、優に言われた。『ずっと好きだった』って。だけど私は、その時に自分の気持ちを伝えられなかった。頭の中でくだらないごたくばかりを並べて、二度と優に気持ちを伝えられなくなるとも知らずに……逃げたんだ」

古賀さんの目には、涙が溜まっていた。だけど古賀さんは、それを零すようなことはしない。瞬きをせず、ただ真っ直ぐ前を見据えて、唇を噛みしめて。

「だから私は、たとえどんなことであろうともう自分の気持ちを誤魔化さないって決めた。伝えるべきだと思ったら、絶対に躊躇はしない。もう、あの時のような後悔は絶対にしたくない」

強く変わったわけじゃない。古賀さんは、強く変わろうとしたんだ。

きっと今もそう。弱さを必死に押し込めて、彼のために強くあろうとしている。

優さんの存在が、古賀さんに力を与えているんだ。

それなのに、優さんは、もうこの世にはいないだなんて……。

今なら自信を持って想いを届けられる。

古賀さんは優さんに好きだと伝えられる。

なのに……。

そんなのって……ないよ……。

スカートを握る両手の甲に、ボタボタと大きな涙が落ちていく。

「もしもあの時、私に未来がわかる力があったら、私は優に間違いなく気持ちを伝えてた。私がゴチャゴチャ考えていたことは、その程度の障害でしかなかったんだ。優がいなくなることに比べたら、バカみたいにくだらないことだった」

「……古賀さっ……」

「だから、あんたたには伝えずに後悔するようなバカなことだけはしてほしくない。後悔するなら、伝えてからにして。それに私にはもうないけど、あんたたちには、まだああいう未来だって、あるかもしれないでしょ？」

古賀さんの視線は、斜め向かいの家族に向けられていた。

幸せそうな家族の形とともに、古賀さんが失った未来がそこにあった。

「可能性は、ゼロじゃないんだ」

生きてさえいれば、可能性は無限なのに。失ってからでは遅いのに。

なぜ私たちは迷うのだろう――。

気づけば、向かいの家族の両親の間に座っている男の子が、私の顔を見て目を丸くしていた。

涙でぐしゃぐしゃだから驚かせちゃったかな？

慌てて涙を拭おうとすれば、その男の子は座席からぴょこんと飛び下りて、まだどことなくおぼつかない足取りに電車の揺れも相まってか、フラフラしながらこちらに歩み寄ってくる。

お父さんお母さんが慌てて止めるも見向きもせず、男の子は私のところまでやって来て。

「たいの、たいの、とでけー！」

そう言って、小さな手で私の膝を撫でてくれた。

それから男の子は、私に「ん」と手を差し出す。慌ててそれを受け取ると、そこには何かのキャラクターをかたどったラムネらしきものが一つ乗っかっていた。

「……私……に？」

そう尋ねると、零れるような満面の笑みを浮かべる男の子。

「あげゆ！」

あ。はるくんの笑顔にちょっと似てる……。

そんなことを思ったら、また涙が溢れてきてしまった。

「たいの、たいの、とでけー！」

……会いたいなぁ。

はるくんに、会いたい。

あの笑顔に会いたいよ。

この気持ちすらも、伝えられなくなってしまうことがあるのだということに、なぜ私は気づかなかったのだろう。

もう声が届かない？　何を言ってるの？

そんなの、勇気を出すのが怖い私の言い訳じゃないか。

届かないんじゃない。届けるんだ。

ありったけの勇気を振り絞って。どんな柵も乗り越えて。

「……っありがとう！」

男の子は満足そうにもう一度笑うと、両親の元へと戻っていく。

小さな小さな男の子。

小さな小さな勇気をありがとう。
古賀さんを見ると、古賀さんも優しい笑みを浮かべながら男の子を見つめていた。
逃げてちゃダメだ……。
大切な人にこの気持ちを伝えられなかった、古賀さんのためにも。
古賀さんのことを大切に思っていた、優さんのためにも。
背中を押してくれた、みんなのためにも。
そして、私のためにも。
たとえはるくんとの未来がなくとも、伝えなくちゃいけない想いがある。
はるくん。ごめんね。
やっぱり、諦めるなんてできそうにないや。
私は、はるくんが好き。
これからもずっと、はるくんが大好き。

どこに向かっているのか、無言を貫く古賀さんに連れられ、ついた先は学校だった。

駅についた時点で、なんとなく予想はしていたけど、なんで学校なんかに……？

古賀さんは、正門前を通りすぎて学校の東門へと回ると、人気のない駐輪場脇の門から学校の敷地内へと入っていく。

「こ、古賀さん！　校内に入るの？　私たち私服だし、先生に見つかったら怒られちゃうよ……」

「だから、見つからないようにわざわざ人気の少ないとこから入ったんでしょうが。夏休み中の学校なんて、教員の人数も少ないんだからそうそう見つからないっての」

「で、でも……！」

「四の五の言うなら置いてくね」

「ちょっ……古賀さんっ」

古賀さんは、私の呼びかけに見向きもせず、スタスタと歩いていってしまう。

リスクを冒してまで、いったい学校になんの用事があるのか、せめて理由だけでも教えてくれればいいのに。もし見つかって怒られるにしたって、これじゃ言い訳もできないよ。

なんて、ゴチてる場合ではなさそう。

古賀さんの背中が小さくなり、ついには角を曲がって消えてしまった。

躊躇する気持ちと、古賀さんが学校に来た目的を知りたいという興味の狭間で迷ったあげく。

「こ、古賀さん……！　待って！」

私は古賀さんのあとを追うことにしたのだった。

夏休み中の学校は、普段と違って時間の流れがゆっくりしてるように感じる。

生徒たちが少ないせいか、どことなく静かで、風の音や木々の葉の擦れ合う音がいつもより鮮明に聞こえる気がした。

校舎近くを通れば、どこからか吹奏楽部の音色が聞こえ、グラウンド近くを通れば、野球部のかけ声とバットにボールが当たる独特の金属音が聞こえてきた。

そして、セミの声とじりじりと肌を焼くような太陽。

……夏だなぁ。

まぶたを閉じて大きく深呼吸をすると、頬を撫でる風から夏の匂いがした——。

古賀さんのあとをついていくと、体育館へと続く階段に差しかかり〝まさか〟という思いがよぎってピタリと足を止めた。そんな私の様子に気づいた古賀さんが、無表情で私を振り返る。

「あの……古賀さん、もしかして、今向かっているのって」

「体育館だけど？」

「なんで……っ」

だって今、体育館は……。

「あんたさ、尾上に会いたくない？」

「え」

「会ってないんでしょ？　夏休みに入ってから」

やっぱり……。古賀さんは、はるくんが部活をしている体育館へと向かってるんだ。

「会いたくない……わけじゃないけど……」

むしろ、会いたい。すごくすごく会いたい。

でも、恐らくはるくんは、もう私の顔なんか見たくないだろうし……。

きちんと自分の気持ちを伝えようと決意したものの、さすがに今日の今日では、まだ心の準備ができていない。

「別に、今日告白しろってんじゃないんだけど。構えすぎじゃない？」

「え？　じゃあ、何をしに……」

そう言うと古賀さんは、ため息を零しながら私のところまで戻ってきて、目を瞬かせる私の前で止まり、つんと顎を上げた。

「私、腹立ってんだよね。あいつに」

あいつって……。

「はるくん……？」

「そう」

なぜ古賀さんがはるくんに腹を立てているのか……私にはまったく見当もつかなくて。相変わらず目を瞬かせていれば、古賀さんの表情がふっと和らいで、私の頭にふわりと手を乗せた。

「今日のあんた、見間違えるくらいかわいいよ」

「……っ！」

「だから、あんたに突き放されたくらいで拗ねてる根性なしのあいつに、目に物見せてやりな」

「古賀さん……」

「間違いなく、今日のあんたを見たらあいつは、あんたを手放そうとしてることを死ぬほど後悔するよ」

私の頭上で、古賀さんが優しく手を動かす。

目を細め、優しい表情を向ける古賀さんは、女の私から見ても目を奪われるほどきれいだった。

私の弱さが原因で、きっとはるくんをたくさんたくさんガッカリさせてしまった。

あの優しいはるくんが、私の元を去っていってしまうくらい、私が彼を傷つけたのは明確だ。はるくんはもう私の顔なんて見たくもないと思う。

夏休み前、彼と目すら合わなかったことを思うと、胸がキリッと痛んだ。

だけど……だけど私は、許されるならもう一度、彼の瞳に映りたい……。

「それにしてもさ、あんたって普段からノーメイク？」

「え？　あ、う、うん。そうだけど……」

「元は悪くないんだけど、服が派手な分なんかパッとしないんだよなぁ」

顎に手を置き、まじまじと私の顔を観察している古賀さん。

「せめて色つきリップくらいあれば……」

その言葉を聞いて、ハッ！　と今朝のことを思い出す。

そうだ！　たしか〝あれ〟のしまっておく場所に困って、このショルダーバッグの中に入れておいたはず‼

「何やってんの？」

ガサゴソとショルダーバッグの中身を引っかき回す私を見て、古賀さんが怪訝な表情を浮かべる。

「あった‼　古賀さん、これ‼」

古賀さんの目の前に突き出したのは、今朝茜先生に貰ったリップチーク。

――〝もし結衣ちゃんに好きな人ができて、その人に自分を見てもらいたいって思った時にはぜひ使ってみて？〟

そう言ってこれをくれた茜先生の言葉と笑顔がよみがえってきて、私はキュッと唇を結んだ。

これを使うなら、今しかない。

私はもう一度、はるくんの瞳に映りたい。

今も、これからも、一生ずっと。

私が自分を見てもらいたいと思うのは、はるくんただ一人なんだ。

「古賀さん、コレのつけ方を教えてください！」

私が意気込んでそう言うと、古賀さんは大きな目をさらに見開いて、それから吹き出すように笑った。

「あんたのそういうとこ、嫌いじゃないよ」

そう言って。

体育館のそばまでやってくると、シューズの擦れる音やドリブルの音が響いてきて、同時に私の心臓も高鳴り始めた。

外から続く入り口のほうに回り込み、私たちは換気のために開け放たれた扉からこっそりと体育館の中を覗き込む。

「あ」

「いた？」

「……うん。あそこ」

体育館では、バスケ部とバレー部が半々で場所を使っていた。ネットを挟んで向かって右側のコートが、はるくんたちのいるバスケ部だ。

はるくんたちは、何やら練習試合のようなものを行っているようで、体育館の床とバッシュが擦れる激しいやりとりの音があたり一帯に響き渡っていた。

どちらも譲らない激しい攻防戦の中、滴るような汗を流し、普段なかなか見られない真剣な表情を浮かべるはるくんの一面に、胸の奥がキュウッと疼く。

久しぶりのはるくんだ……。

夏休みに入って、まだたった二週間程度なのに、もう何年も会っていないみたい。

「……っ」

鼻の奥がツンとしてきて、少し気を緩めたら泣いてしまいそうになった。

やだな。突き放したのは私なのに。

私ってば、どれだけはるくんに会いたかったんだろう?

「あれ? なんか練習終わったっぽくない?」

古賀さんの言うとおり、はるくんも含め、今まで練習していた部員全員の動きが止まった。

何か話をしているみたい……?

かと思えば。

「ひぃっ!」

今度は一斉に「うおおぉ」という雄叫びを上げながら、すごい勢いでこちらに向かってくるではないか。

「こ、古賀さん! どどどどうしよう⁉」

「ちょ……いいからこっち!」

襟足を掴まれ引きずり込まれたのは、体育館脇の茂みの中。

ついさっきまで私たちのいた場所を駆け抜けていく部員たちに、なんとか気づかれずに身を隠すことができた。

「い、いったい何が起きて……」

「しっ」

古賀さんに口を押さえつけられ、モガッと言葉が封じられる。

「見て」と古賀さんが指さす先は、体育館横にあるプールのフェンス。はるくんをはじめ、バスケ部のみんなが楽しそうにそこをよじ登っていた。

「何やってんだあいつら……」

さすがの古賀さんも怪訝な表情を浮かべている。

はるくんは、いったいどこで登り方を覚えたんだろう？　というくらいスイスイ登っていくとあっという間にフェンスの一番上まで到達してしまった。

はるくんの汗が、夏の太陽に反射して煌めく。

眩しさで目を細めた瞬間。

――あ。

トン、とまるで鳥が飛び立つようにフェンスから身軽に飛び下りた。

その姿は、まるで一枚の絵を切り抜いたかのように美しくて、フェンスごしにもかかわらず、見とれてしまった。

あんなに高いところから……すごい……。

フェンスから人がいなくなったあと、古賀さんと一緒にそっとフェンスの外から中を覗いてみる。はるくんたちはプールサイドで楽しそうに水遊びを始めているところだった。

ホースで水をかけ合ったり、服を着たままプールに飛び込んだり。

キラキラ舞う水しぶき。

どこか懐かしい塩素の匂い。

楽しそうな笑い声。

はるくんの……笑顔。

全部が、まるで夏の太陽みたいに眩しい。

この一瞬のこの光景を少しでも目に焼きつけたくて、瞬きさえするのを忘れてその光景に目が釘づけになってしまった。古賀さんはそんな彼らを見て「男子って本当バカ」と呆れたように笑っている。

はるくんキラキラしてる。

眩しいなぁ……。

彼みたいな素敵な人に想いを伝えるなんて、本当におこがましいことなのかも。伝えたからって、この先はるくんのそばにいられるわけじゃないのに。ただ、困らせてしまうだけかもしれないのに。

だけど、もうこの溢れる気持ちはどうすることもできないから……。

伝えよう。ありったけの想いを込めて。

いつか後悔することのないように。

どんな未来でも、はるくんを好きになってよかったと思えるように――。

「コラーーッ!!」

大きな怒鳴り声がして「ひっ!」と言う悲鳴とともに思わず背筋がピンと伸びた。

見れば体育館の入り口から、眉をつり上げた一人の女子がこちらに向かって駆けてくる。

栗色のサラサラのポニーテールに、文句のつけどころがないほど整った顔立ち。首からホイッスルを下げて、いかにも快活な印象のその子は、フェンスにガシャンと両手をついた。

「まったく! いくら今日がプールの清掃日だからってハチャメチャやって!! さっさと戻ってきなさーーい!!」

彼女がそう叫ぶと「ヤべっ! マネージャーがキレてる!」と男子たちがまた慌ててフェンスを登り始める。

「あんたら明日、グラウンド十周追加だからねっ!!」と憤慨している彼女は、どうやらバスケ部のマネージャーらしい。

その迫力に圧倒され、思わずその場に立ち尽くしていると。

「あれ!? 古賀さん!?」

たった今、ぴょんとフェンスから下りてきた厚木くんに見つかってしまった。

「え──!? なんで古賀さんがここにいるの!? もしかして、俺の練習を見に!?」

「は？　んなわけないでしょ？　頭沸いてんじゃないの？」

「くあ──っ！　久々に会ったってのにその毒舌!!　でも、そんなとこも好きっ!!」

「……滑って頭打ちゃよかったのに……」

「古賀さん、それ死ねって言ってる!?」

相変わらずの二人のやりとりに、思わずあははと声を出して笑っていたら、厚木くんの視線が私へと向いて「ん？」と目をすがめられてしまった。

「え？　え!?　まさか、蒔田さんっ!?」

厚木くんは、心底驚いたように目を見開く。

「う、うん。厚木くん久しぶりだね」

「うわー！　うわー！　蒔田さん久しぶり！　一瞬誰だかわからなかったよ!!　てか、蒔田さん、私服だと全然感じ変わるんだね!!　めっちゃいいよっ!!」

「そ、そうかな？　あ、ありがとう」

どうしよう。すごく恥ずかしい……。

だけど、はるくんの親友の厚木くんに褒めてもらえたのは、ちょっとうれしい。

はるくんにも、少しは見直してもらえればいいんだけどな……。

「おーーい！　悠斗‼　蒔田さん来てるぞー！　見て見て‼　めっちゃかわいいんですけどーー‼」

「ひゃあ‼　あ、厚木くんっ……⁉」

厚木くんは、まだプールサイドにいるはるくんに大きく手を振りながら呼びかける。

まさかこんな展開になるとは思っていなかった私は、大慌てで厚木くんを止めるも。

……あ。

こちらに気づいたはるくんとフェンスごしに目が合ってしまった。

私を見たまま、目を見開き固まっているはるくん。そういえば、はるくんの前でこんな格好ほとんどしたことがないかもしれない。

色つきリップもチークも初めて。きっと、すごい違和感だろうな。

もしかしたら、変だって思われてしまっているのかも……。

そんなネガティブな思考が襲いかかってくるのを思いきり頭を振って振り払った。

ダメダメ！　もっと自信を持たなくちゃ！

井田さんにも背中を押してもらったんだから！

そんな葛藤をしていると。

「お。なんだ厚木の彼女か？」

たった今フェンスを下りてきた二人組の男子が、こちらに近寄ってくるなりまじまじと私の顔を覗き込んでくる。この人たち、先輩かな？　一年生では、見たことがない顔ち、近い……近すぎる。

だけど……。

「や。俺の彼女じゃないっす」

「マジ？　じゃあ、この子フリー？　てかキミ、めちゃくちゃかわいいね！　一年？」

「えっ……あ、いや……はい」

「あはは！　どっち！　てかさ？　結構俺、タイプかも。連絡先交換しない？」

「えとっ……あの……その……」

二人の先輩のうちの一人にそう迫られ、戸惑う私。

どどどどうしよう!?　こんな状況初めてだ。

先輩は、なんで私の連絡先なんか聞くんだろう？

ううっ。どうするのが正解なのか全然わからないよ。

別に、悪い人ではなさそうだし。先輩だし。はるくんと同じバスケ部だし。

連絡先くらい教えても、問題はないよ……ね？

断るほうが失礼かもだし……。

「あの……えっと、連絡先は……」

慌ててショルダーバッグからスマホを取り出そうとすると……。

「先輩」

トン、と地面に着地する音がしたかと思えば、取り出したスマホが背後から伸びてきた手にさらわれていく。

「すいません。この子、俺のなんで」

見上げれば、私の肩に手を置き、ピッタリと私に体をくっつけたはるくんが、先輩に鋭い視線を向けていた。

「はるくん……」

先輩たちは「な、なんだ、お前の彼女か。悪かったな」と言ってはるくんの肩をポンと叩き、そそくさと体育館へ戻っていく。

行っちゃった……。

その様子を見て、ホッと胸を撫で下ろす私。

ダメだな私。やっぱりまだ、男の人からあんなふうに話しかけられると、緊張してしまう。うまく話せなくて、先輩たちを嫌な気分にさせてしまったかも……。

だけど……。

気づかれないよう、目だけ動かしはるくんを見上げる。

そこには、相変わらず整った顔立ちのはるくんが、ため息をつきながら去っていく先輩たちの背を目で追っていた。

……先輩たちには申し訳ないけれど、今はそれどころじゃない。

だって……はるくんがこんなに近くにいる。

どうしよう。すごくうれしい……。

肩に置かれたままのはるくんの手から伝わる体温。それだけで、みるみる鼓動が加速していく。今、はるくんの思考の中にちょっとでも私がいるのだと思うとまたうれしくて、涙が出そうになった。

恋をしている人は、みんなそうなのかな?

好きな人に触れられることがこんなにもうれしかったり、好きな人を見つめているだけで涙が出そうになったり。恋をしている人は、みんなこんな気持ちになるの?

こんなの、心が一つじゃ到底足りないよ……。

はるくんのきれいな横顔を見つめていれば、ふいにはるくんの視線が私へと落ちてきて、思わず心臓が跳ね上がった。

感情の読み取れないはるくんの瞳の奥に、戸惑う私が映し出されている。

「ん」

「あ、ありがとう」

はるくんが差し出した私のスマホを、恐る恐る受け取ると。

「何してんの?　こんなとこで」

「……っ」

そう問われ、またしても心臓が跳ね上がってしまった。

そ、そうだよね。不思議に思うのも当たり前だよね。

どうしよう。なんて答えたらいいんだろう？

〝はるくんに会いたくて〟そんなことを言ったら、はるくんはどう思うのだろう？

はるくんを突き放したのは私なのに、呆れられてしまうだろうか……。

「……なんで、そんな格好してるわけ？」

「……え？」

はるくんは苦しそうに顔を歪めると、おもむろに私から目線を逸らす。それから片手で目を覆うようにして、大きなため息をつきながらうなだれて。

「……本当、勘弁して」

かの鳴くような小さな声で、そう呟いた。

「……っ」

その様子を見た途端、顔が熱くなるほどの恥ずかしさに襲われた。それと同時に激しい後悔も襲いかかってくる。

やっぱり……こんなの迷惑だったんだ……。

はるくんの瞳に映りたいからってこんな格好して、みんなにおだてられて調子に乗って。こんなの、私なんかが似合うわけないのに。

「ご……ごめんなさい……」

どうしよう。今すぐ、消えてなくなってしまいたい……。

じわりと目尻に涙が溜まっていくのがわかって、慌ててつま先に視線を落とせば。

「はる！　はるも早く中に入って！　みんな着替えに行ったよ！」

さっきのマネージャーさんが、はるくんを手招きしながら呼んだ。

はるくんは、一度も私を見ることなく、体育館のほうへと戻っていってしまう。

そんなはるくんを呼び止める勇気なんて私にはもうなくて、ただその場に佇むことしかできない。

もう……遅かったのかもしれない。

きっとはるくんは、もうとっくに切り替えてしまっているんだ。

はるくんがそばにいないことが苦しくて、立ち止まったまま動き出せないでいる私とは違い、私が隣にいない未来をはるくんは着々と進んでいっている。

はるくんは強い人だから、私なんかが一人いなくなったところで、きっと大した問題じゃないのだろう。

……ダメだね。こんな、今さらはるくんの優しさが恋しいだなんて、勝手にもほどがあるよね。突き放したのは私なのにね。

——何があっても、俺が結衣を離さないから。

そう言ってくれた、はるくんの温もりが恋しい。私を見る、優しい瞳が恋しい。

古賀さんと厚木くんが心配そうに見守る中、私はその場に立ち尽くし、地面を見つめたまま動くことができなかった。

それから、二週間がたとうとしていた。

八月も下旬に突入して、夏休みも残すところあと僅か。

海に、プールに、お祭りに。

学生たちが夏休みのラストスパートを謳歌(おうか)する中、私は予備校に家庭教師にと忙しい毎日を送っていた。

普通、高校一年生の夏休みっていったら、もうちょっと楽しいものなんじゃないかなぁ……。

予備校からの帰り道、ビルの合間から覗く藍色の空を見上げながら、苦笑する。

でも、かえってよかったかもしれない。こうして忙しくしていれば、はるくんのことを考えなくてすむし、私に向けられたあの冷たい瞳やそっけない態度を思い出して、胸が苦しくなることもない。

「もう、どうしたらいいのかわからなくなっちゃったな……」

はるくんに、想いだけは伝えようと決心したあの日から、私の気持ちは変わってはいない。

だけど……すごく怖いんだ。

はるくんとずっと一緒にいたけど、この間のような冷たい態度をとられてしまったのは初めてだった。

私がもし想いを伝えたら、今度はいったいどうなってしまうのだろうって……考えただけで不安が込み上げてくる。

どうやら私は、想いを伝える決心はできていても、傷つく覚悟がまだできていないみたいだ……。

駅にほど近い横断歩道に差しかかり、信号待ちをしていると、突然スカートのポケットに入れていたスマホが震えた。

ポケットから取り出し確認する。その送り主は、厚木くんだった。

厚木くんからメッセージなんて珍しいな。どうしたんだろう？

不思議に思いながらも、メッセージ画面を開く。

【莳田さん、こんばんは！　あのさ、明日って予定空いてる？　学年レクの時のメンツでどっか遊びに行かない？】

「っ！」

その内容を見て、さっきまで沈んでいた気持ちが一気に浮上して、だけど、またすぐに沈んでいった。

学年レクの時のメンツ……。

ダメだよ。はるくんにどんな顔をして会えばいいかわからない。

それに、きっとはるくんも私がいたら嫌なはず。

明日は予定なんか入っていない。だから厚木くんからのお誘いも、本当はすごくすごくうれしい。みんなでたい焼き屋に行った日のことを思い出すと、涙が出そうになってくる。

だけど……。

【ごめんなさい。明日も予備校があって、私は行けそうにありません】

スマホ画面にそう打ち込み、送信ボタンを押す。

「嘘ついて……ごめんね」

そう呟いて、真っ暗な空を見上げた。湿り気のある風が私の髪を揺らす。

私、このままでいいの？　はるくんから、逃げ続けていていいの？

勇気が……欲しいよ。

まわりの人たちが一斉に歩き出し、横断歩道の信号が青になったのだとわかった。

私も慌てて歩き出す。横断歩道を渡りきると、駅はすぐ目前。

すると、駅の入り口に見覚えのある人影が見えて思わず足を止めた。

「はるくん……」

はるくんはこちらに気づいておらず、誰かと話しているようだ。

人混みがはけ、その相手が見えた時、私の心臓が大きく脈打った。

相手はたしか……古賀さんと学校に行った時に見たバスケ部のマネージャーの先輩。

この間はジャージ姿だったから雰囲気は違うけれど、あのサラサラのポニーテールときれいな顔立ちは間違いない。

他にバスケ部の部員らしき人たちはいないから、たぶん二人きり。

……はるくんが、女の人と二人きりになるなんて珍しいな。

もともと、一人でいるのが好きなはるくんは、女の人なんて近寄られるだけで嫌な顔をすることがあった。中学の時から異常なまでにキャーキャー言われてきたから、正直ウンザリしている部分があるんだと思う。

だから、今目にしている光景は、私にとって衝撃以外の何物でもなかった。

部活仲間なんだから……仲良くて当たり前だよね……？

だけど、仲がいいだけでこんな繁華街に二人で来たりする？

ううん。何か用事があったのかもしれないし……。

そもそも、どちらにしたって私には関係のないことだ。

だけど、その次に目に飛び込んできた光景で、今度は心臓が止まってしまったかと思った。

マネージャーの先輩が、はるくんの腕の中に飛び込んだのだ。

「……っ」

反射的に目を背けると、私は来た道を駆け足で引き返していた。

頭の中が混乱してる。

心臓がドクドクと脈打ってる。

何が起きたのか、頭の中がぐちゃぐちゃで整理ができない。

はるくんは……あの先輩と……？

それは、いつか訪れるとわかっていた未来。

もしも、はるくんに大切な人ができたその時には、笑顔で〝おめでとう〟を言おうって、私は決めていた。

もしかしたら……、とうとうその時が、やってきてしまったのかもしれない――。

最終章

キミしかいらない

もしキミが、ただひたすらに俺との未来を望んでくれるのなら、俺は俺のすべてをかけて、キミも、キミとの未来も全部、守るくらいの覚悟はできていたんだ――。

【悠斗side】

――ガガンッ！

「おーいっ！　マジ尾上どうした⁉　ノーマークから決められねぇんじゃ話になんねーぞっ⁉」

バスケットボールが、ゴールリングに跳ね返されると同時に、飛んでくるキャプテンからの怒号。

怒られるのも無理はない。自分でもアホみたいなプレーをしてるのはわかってる。

「……すいません」

「お前、最近どうかしてるぞ？　ちょっと外行って頭冷やしてこい」

「……はい」

キャプテンは、気合いを入れろとばかりに力強く俺の背中を叩くと、元のポジションへと戻っていく。みんながプレーを再開する中、俺は一人で外に出て、体育館の裏手へと回った。

日陰が多く、比較的涼しいそこは、部員たちが休憩時間によく使う場所だ。幸い今の時間は誰もいなくて、俺はその場所につくと夏風にサラサラと揺れる木の下で、ドサッと仰向けに寝転がった。

木漏れ日を遮るように目の上に腕を乗せる。

「……セミ、うるせぇ……」

夏休みに入ってからというもの、より一層激しさを増したセミの鳴き声。普段は大して何も思わないのに、今はそれすらも煩わしく感じる。

というか、見るもの聞くものすべてが煩わしい。

何にも心が動かない。何もかもがどうでもいい。

最近の俺は、たしかにどうかしてる……。

俺の思考回路は、あの日のあの時で停止したまま、今も動き出せないままでいるみたいだ。

『はるくんと一緒にいると、私が辛いの』

『だから、お願い。もう、ほっといて……』

あの日、結衣が言った言葉が、頭の中でずっとリフレインしている。

……同じ気持ちだと思ってたんだ。

たしかにたくさんの柵はあるけれど、一筋縄ではいかないかもしれないけれど。

俺と結衣の気持ちが同じ方向さえ向いていれば、どんな柵も乗り越えていけるって。

そう信じてた。

だから、どんなことがあろうと、結衣の手だけは離すつもりなんてなかったんだ。

手さえ離さなければ、いつかすべてを乗り越えて、結衣と二人、笑顔で寄り添える日々が来ると信じていたから。

だけど……すべては俺の願望にすぎなかった。俺は、知らず知らずのうちに結衣を傷つけていたんだ。

十年前、俺が結衣のそばを願ったせいで、結衣は俺と母親との狭間でずっと一人で耐えていたのに。それを言い出せずに、きっとずっとたくさん苦しんできたのに。

俺は、俺の願望ばかりを追いかけて、結衣も同じ気持ちでいてくれてると疑うことすらしなかった。結果、結衣にあんな言葉を言わせてしまうまで、結衣の気持ちに気づいてやることができなかった。

結衣のことが好きだと自覚した日から、結衣を守るって決めていたのに。結衣を苦しめていたのは、紛れもなくこの俺だ。

「……最悪だな俺……」

「相当やられてんな」

聞き覚えのある声がして、目を覆っていた腕をどかせば、冷ややかな表情で俺を見下ろす翔吾が立っていた。

「……補欠がサボりかよ」

「なっ……！　あのなぁ！　お前を心配してわざわざ練習抜けてきたんだぞ!?　つか、一年でスタメンのお前が特殊なんだからな!?　俺がショボイみたいに言わないでくれる!?」

「別に頼んでない」

「つかー！　かわいくねー!!」

そう言って翔吾は、俺の隣にドカッと腰を下ろす。

「座んな」

「別にいいだろ」

「よくない。悪いけど、一人にしてくんない？」

ごろっと寝返りを打って翔吾に背を向けると、背後からあからさまにでかいため息が聞こえてきた。

ウゼェ……。

「お前、何を拗ねてんだよ」

「拗ねてない」

「拗ねてるだろーが。じゃあなんでこの間、蒔田さんをあんなふうに突き放したりしたんだよ？」

翔吾には、結衣とあったことの詳細は話してない。男同士で、いちいちそういう話をしたくないってのもあるけど、なんとなくこいつには情けないとこを見せたくないから。でも、察しのいいこいつのことだから恐らく、だいたいどんな状況かは悟っているんだろう。

その証拠に、夏休み前から顔を合わすたび、何か物言いたげにじと目を向けてくる。

気づかないふりしてやり過ごしていたけど、そろそろ潮時らしい。

「蒔田さん、あんなかわいい格好して、あれ……お前に会いに来たんだろ？」

「……うるさい」

「お前、そんな鈍いヤツじゃないだろが。蒔田さんの気持ちに気づいてないはずないよな？　蒔田さんは、お前のこと……」

「うるせぇっつってんだろ‼」

思わず感情的に言葉を吐き出すと、近くの木に止まっていたセミがジジッと音を立てて飛んでいった。それからゆっくりと体を起こすと、立てた膝に腕を乗せ、気持ちを落ちつかせるように息を吐く。視界の端で、翔吾が驚き固まっているのがわかる。

「お前が思ってるほど、簡単なことじゃないんだよ」

「悠斗……」

結衣は十年前、たしかに俺と一緒にいたいと言ってくれた。自惚れかもしれないけど、十年間、ずっとその気持ちだけは変わらずにいてくれたんじゃないかと思う。

恐らく、俺が結衣に好意を抱いているように、結衣もまた、俺に好意を寄せてくれているのは、十年も一緒にいればなんとなくわかった。

だけど、結衣はいつもどこか諦めているんだ。

いつか、俺から離れるつもりでいる。

気づいてたよ。そんなの。

そんな結衣に、俺の気持ちを伝える勇気なんて、とてもじゃないけどあるわけがなかった。

今はまだ、このままの関係でもいい。一緒にいればいつか、結衣が俺との未来に手を伸ばしてくれる日が来るかもしれない。そうしたら、十年間温め続けたありったけの俺の気持ちを全力で伝えればいいって。そう思ってた。

障害はたくさんあるけれど、結衣が俺との未来を望んでくれるのなら、結衣も結衣との未来も全部、俺のすべてを賭けて守る覚悟はできていたんだ。

だけど……。結局、結衣が俺に手を伸ばすことは一度もなかった。

そして、最後の最後で、焦って伸ばした俺の手を、結衣は振り払ったんだ。

「結局、結衣に俺は必要なかったんだよ。好き合ってればいいってもんじゃない。いつか離れるのが前提で手に入れたって仕方ないんだ」

俺じゃなければ違ったのかな？

結衣の母親が、なんで俺の母さんと仲が悪いのかなんて知らないけど、俺が母さんの息子じゃなかったら、ずっと隣で笑っててくれたのか？

だったら俺たちは、出逢うことすら間違っていたってことじゃないか。

「じゃあ、悠斗は蒔田さんのことを諦めるんだな？」

「……」

「本当に、それでいいんだな？」

真剣な眼差しで真っ直ぐ俺を見据えてくる翔吾。

「……しつこい」

翔吾の視線から逃れるように顔を背けると、ため息混じりに翔吾が「……わかった」と呟いた。

いいんだ。それで。きっとそれが、結衣のためなんだから。

俺は結衣に、笑っててほしい。

たとえそれが、俺に向けられたものではなくても……。

「じゃあお前、部活のあと付き合え」

そう言って、ポンと両肩に手を置いてくる翔吾。

キリッと眉尻をつり上げ、わざとらしく真剣な顔を向けてくる。

「……は？」

「男子会するぞ！」

「……意味わかんねぇ」

「失恋っつったら男子会だろうが！　あ！　言っとくけど、お前に拒否権はないからな！　さ！　俺、もーどろー！」

有無を言わさず、軽快な足取りで体育館に戻っていく翔吾。

なんだ男子会って。嫌な予感しかしない……。

その予感は、このあと見事的中することになるわけだけど……。

「つーか正直ぃ！　俺ぁ、この間のあの態度だけは、同じ男としてどうかと思うわけぇ！」

「厚木、それコーラだよね？　なんで酔っ払ってんの？」

……ウゼェ……。

部活のあと、俺は無理やり翔吾に連れられ、学校から二駅ほど離れた場所にある、繁華街の中のファミレスを訪れていた。

そこで、先に待っていた八木と合流して、翔吾の言う男子会ってやつが始まったわけだけど。

「てか、なんで八木までいんの？」

「それがさぁ、今日の生徒会の集まりで学校に行ったら、たまたま厚木と出くわして。〝今日は女子会ならぬ、男子会をするぞ！〟って誘われてさ。有無を言わさず強制参加」

「なるほどね」

八木も被害者の一人ってわけか。

「いいかぁ⁉ 俺がいつまでも黙ってると思うなよぉ⁉」

ファミレスのテーブルにバンッと手をついて凄んでくる翔吾は、まるで取り調べ中の刑事気どりだ。

なんだこの謎の状況……。

「だいたいな！ どうしてお前みたいなヤツがモテるのか、俺にはさっぱりわからん！ 顔か⁉ やっぱり世の中顔なのか⁉」

「厚木、ちょっと落ちつきなよ」

「これが落ちついていられるかっての‼　こいつ、せっかくかわいい格好で会いに来てくれた蒔田さんに〝勘弁して〟とか言い放ったんだぞ⁉　蒔田さん、めちゃくちゃ傷ついた顔してたんだからな⁉」

これじゃ男子会どころか、俺への鬱憤を晴らす会だろが……。

翔吾はふんっと鼻息を吐くと、グラスに入ったコーラを一気に飲み干す。それから、袖でグイッと口元を拭った。

「俺は、悠斗と蒔田さんが一緒にいるとこを見んのが好きだったんだ。お互いがお互いを信頼してて、いつもお互いを一番に想ってる。俺もいつか誰かと想い合うんなら、こうなりたいってずっと思ってた。なのに、あんなの悲しすぎるだろ。お前が蒔田さんをあんなふうに突き放すとこなんて、俺は見たくなかった……」

今にも泣きそうに顔を歪める翔吾。

こいつって本当お節介だよな。

まるで、自分のことのように人のことに一生懸命になるこいつのこういうとこ、本当ウザったいなって思う。

……けど、不思議と嫌いではない。

「……別に突き放したかったわけじゃない」

「突き放しただろうが！」

「違う。あれは、余裕がなかっただけだ」

翔吾と八木が、同時に首を傾げる。俺が何を言わんとしてるのか、わからないといった様子だ。

「こっちは、十年分の想いを必死で諦めようとしてんだぞ？　それなのに突然、あんなめちゃくちゃかわいい格好で現れたら、覚悟もなんも全部ぶっ飛ぶ。危うく抱きしめて、もう二度と離せなくなるところだった」

「なっ……」

「そんなの、勘弁してくれって言いたくもなるだろ？」

目を見開き、真っ赤になった翔吾が俺を凝視している。八木はその隣で、ピューと口笛を鳴らしてる。

「そ、そういう意味での〝勘弁して〟かよ⁉　おっまえ、紛らわしいわっ‼　絶対に蒔田さんは悪いふうに勘違いしてるぞ⁉」

「それならそれで、別にいい。今さら、俺の本意を知ってもらおうなんて思ってないし」

「〜〜っ！　なんでお前はそうやって、なんでもかんでも諦めるんだよ……」

歯を噛みしめ、悔しそうにそう零す翔吾。

俺が感情的になれない性分なだけに、こいつがこうやって感情的になってくれるのは、なんだか少し救われる気がする。

「しかし、夏休み前から蒔田さんも尾上も様子がおかしいとは思ってたけど、まさか二人の間にそんな事情があったとはね。一緒にいることすら許してもらえないとか、キツイよな……。何も知らないのに、〝早くくっつけばいいのに〟とか〝じれったいヤツらだな〟とか思っててごめんな」

「思ってたのかよ」

「あはは！　だって俺、散々牽制されてたしね〜」

「……悪かったな……」

正直俺は、八木のことが羨ましかったんだ。

未来の結衣の隣に、俺以外のヤツがいるのだとしたら、きっと八木みたいなヤツがピッタリだと思った。こいつなら、間違いなく結衣のことを傷つけることはないし、きっと結衣もすぐに心を開くことができる。結衣と八木が次第に仲良くなっていくのを見ていて、柄にもなく焦った。

そして何より、なんの柵もなく結衣と恋愛できる立場にいるこいつが、俺は羨ましくて仕方なかった。

「あのさ。尾上はもう蒔田さんのことを諦めるんだよね？」

「そう言ってるんだよこいつ！　なんとか言ってやってよ八木っち！」

諦める……。

そうだよ。今はまだ、すぐには消せないかもしれない。

十年もの間、積もりに積もった想いを、そう簡単に消せるわけがない。

だけど、いつか。きっといつか。

結衣との十年間も、結衣への想いもすべて、思い出にできる日が来るはずだ。

来る……はずなんだ。

「じゃあ、俺が蒔田さんを貰っても問題ないってことだよね？」

翔吾が、パスタを食べようと持ったフォークを手から滑らせる。かくいう俺も、八木のその言葉に一瞬心臓が止まったかと思った。

「……は？」

「だってそういうことでしょ？　蒔田さん、一生一人ってわけにもいかないんだし、尾上が諦めるってことはいつか誰かのものになるんだから、別に俺だっていいわけでしょ？」

「や、ややややや八木！　お前、本気か⁉」

八木の隣でアワアワと慌て出す翔吾とは対照的に、八木は落ちついた様子。俺の真意を窺うように、じっと俺の目を見つめてくる。

一方、八木に見つめられている俺は、八木の言葉に対する返答が出てこなくて、口を開いたにもかかわらず、またすぐに閉じるハメになった。

もしもこの先、結衣が俺以外の誰かを想う日が来るのなら、他の変な馬の骨よりも、八木のが安心だ。

八木の人間性の高さはよく知ってる。

顔よし、頭よし、性格よし。結衣の相手としては、一〇〇人中一〇〇人が見ても、みんな口を揃えて申し分ないと言うだろう。

結衣を諦めるのなら、俺はここで承諾するのが正解なはず。

なのになんで……〝いいよ〟のその一言が、出てこないんだ。

冷や汗が、こめかみから滑り落ちる。

すると、黙ったままの俺を見つめていた八木の表情が一変、ふっと息を漏らして和らいだ。

「冗談だよ」

「ややや、八木くん！　優しい顔してブラックジョークがキツイ‼」

「あはは！　ごめんね。まぁ、でも、これでよくわかったよね」

「え？」

「尾上が蒔田さんを諦めるなんて、絶対無理ってこと」

説得力のある笑みを向けられ、返す言葉を失う俺。

手元のアイスコーヒーへと視線を落とすと、八木の言葉がさらに追い打ちをかけてくる。

「そんな簡単な想いじゃないことくらい、本当は尾上が一番わかってるんだろ？」

「……」

けど、それじゃダメなんだ。

だって、俺の存在は結衣を苦しめるばかりで、何もしてやれない。

こんなに好きなのに、何もしてやれない。

「……どうしろっていうんだよ……」

思わずそう呟いた時だ。

「新しい恋をするってのはどうかな？」

翔吾のものでも、八木のものでもない声が落ちてきて、声のしたほうへとゆっくり顔を向ける。

そこには、よく見慣れた顔が立っていた。

「やっほー！　悩める部員たち！　お疲れ！」

「一ノ瀬（いちのせ）先輩！」

ニカッと笑いながら俺たちを見下ろしていたのは、俺たちが所属するバスケ部のマネージャーの一ノ瀬先輩。

「お疲れっス！　先輩、こんなとこで何してるんすか？」

「そこの席で勉強してたら、君たちが入ってくるのが見えてさ」

「あ！　そっか！　一ノ瀬先輩、受験生ですもんね！」

「まーねー！」

「家よりもここのが勉強が捗るんだよね！」と言ってはにかむ先輩は、部活の練習が終わってすぐにここに来たという。

翔吾と話していた一ノ瀬先輩の視線が、今度は俺を捉えた。

「てか何！　はる、失恋したんだ？」

「……立ち聞きとか、悪趣味ですよ」

「あはは！　ごめんね？　聞こえてきちゃってさ！　部員じゃない子も一緒にいるとこ悪いけど、私も一緒にいい？」

それから俺たちは、一時間くらい他愛もない会話で盛り上がった。といっても、俺は翔吾と八木と一ノ瀬先輩の会話を聞いていただけで、その間も結衣のことで頭がいっぱいだった。

新しい恋……か。

そんなので結衣を諦められるんなら、今すぐにでもしたいくらいだ。

結衣以外の人を好きになれたら、どれだけ楽になれるだろう？

そうなれたら、結衣への想いも消えてなくなるのだろうか。

ファミレスからの帰り道は、バスで帰る八木と翔吾と別れ、先輩と二人になった。

駅までの道のりを、先輩と肩を並べて歩く。結衣以外の女子と歩くことなんて普段ほとんどないからか、なんとなく居心地が悪い。

「はるって、意外に歩くのが遅いよね」

「……そうですか？」

「うん。まるで、誰かの歩調に合わせ慣れてるみたい」

「……」

〝誰か〟なんて、そんなの結衣しかいない。結衣は昔から歩くのが異常に遅いから、俺は自分でも気づかないうちに、結衣の歩調に合わせる癖がついてしまっているんだろう。

先輩はなぜか寂しそうに笑って、「ねぇ」と言葉を続けた。

「はるが失恋した子ってさ、この前、私服で学校に来てた背の小さい子？」

先輩は小首を傾げ、俺の顔を覗き込んでくる。

この間、結衣が突然現れた時、たしか先輩も見ていたはず。となれば、先輩の言う背の小さい子というのは、まさしく結衣のことだ。

黙っている俺を見て肯定ととったのか、先輩は「あの子かわいかったもんね！」と一人納得している。

「最近のはるの不調は、あの子に失恋したのが原因だったのか」

「一ノ瀬先輩、ちょっと楽しんでません？」

じゃなきゃ、俺の失恋話とか掘り下げて、いったい何がしたいんだかわからない。

「ううん。そうしたいところなんだけど、困ったことに全然楽しくないんだな」

「？」

そう言って足を止めた先輩を振り返ると、先輩が真剣な表情で俺を見つめていた。

ギュッと固く握られている手が、心なしか震えている。

「先輩？」

「さっきのあれ、考えてみてくれないかな」

「あれって……？」

「新しい恋をするってやつ」

――『新しい恋をするってのはどうかな？』

さっき、先輩がファミレスで言っていたことだ。

けど、考えるって何を？

そう疑問に思った刹那、先輩が意を決したように俺に駆け寄ってきて。

――は？

俺の胸に飛びついてきた。

「私、はるの新しい恋の相手になりたい！」

あまりに突然の申し出に、思わず目を見開いたまま固まってしまう。

これはつまり、先輩が俺のことを好きだということで合っているだろうか？

となると、これは告白……？　いや待て。同じ部活内でよく顔を合わせてるってのに、まったくそんな素振りなかったぞ？　何かの間違いじゃ……？

そもそも、普段どちらかといえばサバサバしていて、俺たちが着替えのためにパンツ一丁になっていたって気にしないような人なのに。今俺の胸にしがみつく先輩は、耳まで真っ赤に染めて、まるで別人に見えた。

「私、はるのこと中学の時から知ってたんだ！　中学時代バスケ部でさ、ＯＢとして中学の大会のほうにも応援に行ってたから」

俺の胸に額を擦りつけ、先輩はどうにでもなれというように言葉を強く吐き出す。

「そこで、はるのこと知って一目惚れした！　だから、うちの高校に入学してきてくれて、しかも、うちのバスケ部に入部してくれた時、飛び跳ねるほどうれしかった！」

「先輩……」

「はるが、まだあの子のことを好きなことはわかってる！　でも、いつか私が忘れさせるから！　だから、私と付き合ってくれないかな⁉」

小刻みに震える先輩を見て、さっきの先輩の言葉が頭をよぎった。

先輩の言う〝新しい恋〟ってやつができれば、結衣を忘れられるかもしれない。

しかも、先輩はすぐに忘れろと言っているわけじゃない。今、まだ俺の中に結衣がいると受け止めた上で、こうして俺に想いを伝えてくれているんだ。

俺にとっては、これほどありがたい話はないじゃないか。

今まで、俺を好きだと言う女子の告白を散々断ってきた。それは、いつだって結衣のことしか見えていなかったから。

でも、これからはそういうわけにはいかない。

だったら、これは結衣以外に目を向けるチャンスなんじゃないか？

いつまでも、立ち止まっているわけにはいかない。俺は結衣を諦めなきゃいけないんだから……。

「はる……？」

不安げに俺を見上げる先輩。

先輩には失礼かもしれないけど、先輩と付き合えば、何か変わるかもしれない……。

「俺……」

〝俺でよければ〟

そう言おうと、先輩を真っ直ぐ見つめ返した。

──なのに。

「……っ」

──〝はるくん！〟

不貞腐れた顔の結衣。いたずらっ子のような顔の結衣。

怒った顔の結衣。涙を流す結衣。

花が咲いたように笑う……結衣。

結衣との思い出が次々と溢れてくる。

なんでこんな時まで、俺の中は結衣でいっぱいなんだ。

「……っ、すいません……。俺、先輩とは付き合えません」

額に手を当てて今にも消えそうな声で言うと、先輩の体がゆっくりと離れていく。

「俺には、彼女……結衣のいない未来が想像できません」

解こうとすればするほど絡まり合う糸のように、忘れようとすればするほど、俺の中は結衣でいっぱいになる。

「結衣以外を好きになる未来が、どうしたって想像できないんです」

いつだって、俺が思い描く未来には結衣がいた。

結衣がいない未来なんて、いらないと思った。

「俺は一生、結衣しか見えないと思います」

俺が結衣を、諦められるはずがないんだ。

だったら、俺が今できることは結衣から目を逸らすことじゃない。

一％の可能性だっていい。結衣を俺の手で幸せにできる可能性があるのなら……。

俺は、その可能性に賭けたい。

俺が結衣を、幸せにしたい。

「そっか……」

先輩の目には涙が溜まっていた。

だけど先輩は。

「ちゃんと返事をくれてありがとう！　伝えられてよかった！」

そう言って、笑ってくれた。

伝えよう。今まで躊躇して言えなかった、自分の気持ちを。

俺は結衣が好きだ。

この先もずっと、一生、キミしかいらないと——。

キミへの想いを強さに変えて

「はぁ……」

さっきからもう何度目のため息だろう？

いつもどおり、家の自室で予備校の授業の復習をしていた私は、無意識に漏れるため息を数分おきに吐き出していた。

困ったことに、ちっとも勉強に集中できない。

それもこれも、予備校の帰りに見た光景が頭に張りついて離れないからだ。

私の見間違いでなければ、間違いなくマネージャーさんは、はるくんの胸に飛び込んでいった。

二人は、いったいどういう関係なんだろう……？

この間学校に行った時、マネージャーさんははるくんのことを〝はる〟と呼んでいた。部活内で名前で呼び合うのはよくあることだろうし、それほど気にすることではないとわかっていながら、どうしてもモヤモヤしてしまう。

自分からはるくんの胸に飛び込んでいったということは、あのマネージャーさんははるくんのことが好きなんだよね……？

はるくんはどうなのだろう？

もしかして、二人はもうすでに……？

グルグルと考えていても答えなんて出るはずがないのに、考えないようにしようとすればするほど負のサイクルにはまっていく。

せっかく自分の想いだけは伝えようと決心したのに、はるくんとマネージャーさんの関係次第では、その決心も無駄になってしまう。もしもはるくんがマネージャーさんの隣に幸せを見つけたというなら、私が想いを伝えることで二人の幸せに水を差したくはない。

もっと……早く伝えるべきだったんだ。

あれほど古賀さんに〝後悔するな〟と言われていたのに、今の私は間違いなくその状況だ。

うだうだと躊躇してばかりいるから、こういうことになるんだよね……。

はるくんがもしマネージャーさんと付き合ってしまっていたら、消化しきれない私の想いはいったいどこに行くのだろう？

あの時にああしとけば。あの時にこうしとけば。そんな思いが次々に後悔となって押し寄せてくる。このまま後悔に囚われて、二度とこの場所から動き出せなくなってしまいそう。

古賀さんも、ずっとこんな思いをしてきたのかな？

今なら、古賀さんが伝えようとしてくれていたことの意味が、痛いほどよくわかる。

これじゃ、とてもじゃないけど、古賀さんに顔向けできない。

「私は……どうしようもないバカだ……」

ノートの上に力なく突っ伏していると、部屋のドアをノックする音がして、慌てて顔を上げた。

「はい……」

「入るわよ」

開いた扉から、スーツ姿のお母さんが顔を出した。どうやら私が気づかないうちに、仕事から帰宅したらしい。

「お帰りなさい」

「ただいま」

「気づかなくてごめんね。どうかしたの？」

私のいる机のそばまで、無言で歩み寄ってくるお母さん。

そういえば、お母さんとまともに顔を合わせるのは、はるくんとのことを知られてしまった時以来だ。

妙な緊張感を覚えながらそんなことを考えていたら、お母さんが大きな封筒を私に差し出してきた。

「これは……？」

眉をピクリとも動かさないお母さんに見下ろされ、私は恐る恐る封筒を受け取ると、その中身を確認する。

「高校生……海外留学プログラム……？」

そこには、高校生の留学のあれこれについて書かれた資料が入っていた。

留学……？　これって、どういうこと……？

「お母さん、これ……」

「結衣、あなた留学をしなさい」

お母さんの口から放たれた言葉に、一瞬頭の中が真っ白になった。

「今の時代、早くから英語を身につけておいて損はないわ。お母さんの職場に、実際にお嬢さんを留学させている方がいてね。詳しく話を聞かせてもらったの」

「で、でも……そんな急に……」

「あなたの将来のためよ。今いるちっぽけな世界なんかじゃなく、もっと広い世界を見たほうがいい」

「ちっぽけな……世界……？」

なんでそんなふうに決めつけるの……？

たしかに、つい数ヶ月前の私だったらどうかわからない。

友達も、伝えたい想いも、大切な人との未来も。すべてを諦めてしまっていた私の世界は、たしかにひどくちっぽけなものだった。

だけど、今は違う。

諦めたくない人たちがいる。

古賀さんや井田さん。厚木くんや八木くん。そして——はるくん。

私はみんなと離れたくなんかない。

「お母さん……。私、留学なんてしたくない」

意を決してそう言えば、お母さんが驚いたように目を見開いた。

「私は、この場所にいたい」

今まで、私がお母さんに食ってかかることなんてほとんどなかった。お母さんの言うことは、いつだって絶対だったから。

だけど、今回ばかりは黙って頷くことなんてできない。

ここで頷いてしまったら、私はみんなと離れ離れになってしまう。

そうしたらきっともう二度と、みんなと笑い合う日なんて来ないかもしれないんだ。

そんなの……絶対に嫌！

一心にお母さんを見つめていれば、お母さんは大きなため息とともに私から目を逸らす。

「あなたの気持ちなんてどうでもいいの」

「……っ」

「留学はしてもらう。これはあなたのためなの」

なんで、そんなことを言ってのけられるんだろう……？私は、お母さんの所有物じゃないのに。私には私の意思があるのに。

「……私のためとか言って、お母さんは、全部自分のためじゃない……」

憤りからか、握りしめた手が小刻みに震えていた。

「お母さんはただ、私とはるくんを引き離したいだけじゃない‼」

私がそう叫ぶと、お母さんの眉間に深いしわが刻まれたのがわかった。だけど、私の思いは堰を切ったように留まることを知らない。

「なんでそこまでするの？　はるくんが、お母さんに何かした？　お母さんがはるくんのお母さんと何があったかなんて知らない。だけど、私とはるくんには、私とはるくんの世界があるの！」

「……あなたたちの世界……？」

お母さんは、ゾッとするような低い声でそう呟く。

思わずたじろいでしまいそうになったけれど、ここで怯むわけにはいかない。

私は、みんなと——はるくんと、離れたくなんかないんだ。

握っている手に、さらに力を込める。

ずっと、弱虫な自分が嫌いだった。

本当は、初めからこうしてお母さんと向き合っていれば、十年もの間、はるくんとの関係を秘密にする必要なんてなかったかもしれないのに。それなのに、弱虫な私は、お母さんに立ち向かう勇気がなくて、それをいつも人のせいにばかりしていた。

お母さんを傷つけたくないから。はるくんやはるくんのお母さんに傷ついてほしくないから。そうやって理由をつけて、逃げてばかりいたんだ。

だけど、そんなの違う。

本当は、傷つく勇気がなかっただけ。

大切な人を、失うのが怖かっただけ。

だけど、それじゃダメなんだ。

失う覚悟がなくちゃ、本当に大切なものなんて守れるはずがないんだ。

「お母さん……。私、はるくんにそそのかされて、お母さんを裏切っていたんじゃないよ」

三者面談の日はるくんは、私を庇うためお母さんに自分がそそのかしたと言った。

あの時、きちんと否定することができなかったことを、私はずっと後悔している。

本当は違うのに。

はるくんがそそのかしたなんて全然違うのに。

本当はあの時、はるくんやはるくんのお母さんの前できちんと伝えるべきだった。

ちゃんと向き合うべきだった。

「私は、初めてはるくんに出逢った日から、はるくんのことが好きだったの。ずっとずっと、大好きだった」

「な……っ」

「だから、はるくんのそばにいられるなら、大切なお母さんを裏切ってもいいって、そう思ったの」

もう、自分の気持ちに嘘はつきたくない。

この想いを隠したくなんかない。

この気持ちを押し込めて、誰にも見つからないように蓋をしておくなんて……もう、できない。

真っ直ぐ見つめた先のお母さんの顔は、怒りで真っ赤に染まっていた。唇が小刻みに震えている。

「……あれほど……言ったのに……」

「お母さ……」

「……裏切者」

下手すると聞き逃してしまいそうな小さな声で言うと、お母さんはすぐに、はっとした顔をした。顔面蒼白(そうはく)な私に気づいたんだと思う。

「結……」

「ごめん……なさい……」

「結衣!」

気づけば家を飛び出していた。

夏の夜の熱気が顔にかかり、ずっと我慢していた涙が零れてくる。

〝裏切者〟

お母さんのその言葉が頭に焼きついて離れない。

大丈夫。覚悟はしてた。

だけど、ちょっとだけ思ったよりもショックが大きかっただけ。

ひとしきり走って、息を切らし辿りついた先は、昔はるくんとよく遊んだ公園。

夜ということもあってか、人っ子一人見当たらず、夏の虫の声と街灯に虫がぶつかる音だけが聞こえてくる。

ふと鼻先に小さな衝撃を感じて空を見上げた。

星一つ見えない真っ黒な夜空から、ポツリポツリと雨粒が落ちてきて、次第にまとまった雨が降り始めた。

そういえば、夕方に見た天気予報で、気象状態が不安定なため、局地的に急な雨が降るかもしれないと言っていた。もちろん、何も考えず飛び出してきたせいで、雨具なんか持っていない。

……ついてないな。

「はは……」

もう、ここまで不運が続くともはや笑えてくる。

どうして私ばかりこうなるんだろう?

ただ、普通の人と同じように恋をして、普通の人と同じように幸せになりたいだけなのに。

大切な人たちに幸せでいてほしいだけなのに。

私が何をしたって言うんだろう?

「きっと、お母さんに嫌われちゃったな……」

はるくんも失って、お母さんも失って。大切なものをみんな失ってしまった。

留学の話を押し進められれば、友達すらも失ってしまう。

今度こそ、本当に一人ぼっちだ……。

途方に暮れ、いつの間にか土砂降りになった雨の中を佇んでいた。

すると──。

「結衣‼」

ふいに私を呼ぶはるくんの声が聞こえた気がして、肩が震えた。

「やだなぁ私、ついに幻聴まで聞こえてきちゃったかな……」

はるくんが、もう私の名前を呼んでくれるわけがないのになぁ。

「結衣‼」

──グイッ！

力強く腕を引かれ、よろめいた体が温かいものに受け止められる。

驚いて顔を上げれば。

「はる……くん……」

心配そうにも、怒っているようにも見えるはるくんが、私の体を支えるようにして立っていた。

なん……で……？

「何やってんだよ！　この雨の中」

「はるくん……こそ」

「コンビニ行って帰ってきたら、走っていく結衣が見えたから」

だから、追いかけてきてくれたの……？

呆然とはるくんを見上げていると。

「とにかく、この雨ひどいな。雨宿りするよ」

そう言って、私の手を引き歩き出すはるくん。

私はただ手を引かれるがまま、力の入らない体でついていった。


はるくんに連れてこられたのは、小さい頃はるくんとよく遊んだトンネル型の遊具の中。昔は二人で入っても広く感じたのに、今は二人入るのでやっとの広さのそこは、それでも、雨宿りするのには十分だ。

「寒くない？」

膝を抱えて座る私の顔を、確認するように覗き込んでくるはるくん。

遊具の中が狭いせいで、必然的に近くなる距離に胸が高鳴る。

久しぶりに聞く優しいはるくんの声に思わず泣きそうになるのをぐっと堪えていると、「結衣？」とまた優しい声で呼ばれた。

「だ、大丈夫。夏だから寒くはないよ」

「夏だって、それだけ濡れりゃ低体温になる。とりあえず、これ着といて」

はるくんは、自分が羽織っていたシャツを脱ぐと私の体にかけてくれる。

「は、はるくんだって濡れてるのにっ……」

「俺は、体温高いから平気」

「……っ、あり……がとう」

どうしてそんなふうに優しくするの？

ずっと目すら、まともに合わせてくれなかったのに。

この間だって、素っ気ない態度だったのに。

もう、私のことなんて、嫌いになったんじゃなかったの？

「雨が上がったらすぐ帰ろ。そんな格好じゃ風邪引く」

「……うん」

もしかしたら、これは夢なのかな？

自分に都合のいい夢を見ているだけ？

それならどうか、夢から覚めないで……。

はるくんとの間に、沈黙が流れる。はるくんの横顔を覗き見れば、整った輪郭を伝って水滴が滴り落ちた。

トンネルの外の街灯が薄く照らすその横顔が、男の人だというのにもかかわらずきれいだと思った。

そんな私の視線に気づいたはるくんが「ん?」と優しく微笑む。

「あ……ご、ごめんね。はるくんまで巻き込んじゃって」

「結衣が謝ることじゃないでしょ。俺が勝手にほっとけなかったんだから」

はるくんは、濡れた前髪をかき上げながら壁に寄りかかり、今にも頭がぶつかりそうな低い天井を見上げる。

本当だったらうれしいはずのはるくんの優しい言葉が、今は胸に刺さって苦しい。

ねぇ、はるくん。……あの人にも、こうやって優しくするの?

そんな私の気持ちとは裏腹に、はるくんはくっと喉を鳴らして笑った。

「なんか、結構前にもこんなことあったよね」

「え?」

「前はたしか、ほっとけって怒鳴られたけど」

はるくんは、昔私がクラスメイトの誕生日会に参加できず、このままでは一人ぼっちになってしまうと、ここで泣いた日のことを言っているのだろう。

「ど、怒鳴ってはないよ‼」

「あれ?　覚えてるんだ?」

「覚えて……るよ」

覚えてるに決まってる。

あの日、不安にのみ込まれそうな私を、はるくんが救い出してくれた。

『ほっとけるわけ、ないでしょ』ってはるくんがそばにいてくれたから、私は今でも笑うことができるんだ。

忘れるわけないよ……。

「あの時からだよね。泣きたい時いつも一人になろうとする、結衣のその癖」

優しく目を細めたはるくんの視線が、私をとらえる。思わずビクッと肩を揺らすと、伸びてきた手に後ろ髪を優しく撫でられた。

なんで……。

「もう関わらないって言ったけど、ごめんね。たぶん、あれ無理。俺もさ、結衣をほっとけない癖がついてるみたいなんだよね」

そう言って、申し訳なさそうに眉尻を下げて笑うはるくん。

なんでそんなことを言うの……？

はるくんの隣には、もう他の人がいるのに。

私なんかよりずっと素敵で、なんの柵もなくて。

堂々と手をつないで歩ける人がそばにいるのに。

そんな優しい言葉で、もうこれ以上私の気持ちをかき乱さないで。

私の頭を撫でるはるくんの手を取り、制止する。

「結衣……?」

「ダメだよ。こうやって誰にでも優しくしちゃ。はるくんにはもう、大切な人がいるのに」

声が震えないように、喉に力を込めて必死に言葉を紡いでいく。

「もう、私は大丈夫だよ！　今までいっぱい心配かけたけど、これからは、一人で泣いたりしないし！　だからもう、こうしてそばにいてくれなくても大丈夫だから！　はるくんがいなくても、大丈夫だから……」

思ってもない言葉を吐き出すって、こんなにも苦しいんだ。

喉の奥がザラザラして気持ちが悪い。はるくんの顔を見ることができない。

だけど、こうでもしなきゃ、私はまたはるくんの優しさに甘えたくなってしまうから。もう、私にはそんな権利ないから……。

「そっか……」

はるくんはそう言うと、私に伸ばしていた手をしまった。

「雨、上がってきた。そろそろ帰ろ」

窮屈なせいで触れていた肩の温もりも離れていく。

このまま、はるくんの背中を見送ってしまったら、今度こそ二度とはるくんに声が届かなくなってしまう。はるくんの優しさに触れることも、もうないだろう。

はるくんに大切な人ができたら、はるくんの手を離すって、ずっと決めていたんだ。

これで……いいんだよね?

納得しようとする気持ちに反して、勝手に脳がはるくんとの十年間をフラッシュバックしてくる。

はるくんと過ごした日々は、いつだってキラキラ輝いていた。

私にとって、はるくんと過ごす一分一秒が、宝物だった。

どんなに辛いことがあったって、はるくんがいてくれる、ただそれだけで、私は幸せだったんだ。

本当に……いいの?

はるくんとの未来を諦めて、本当にいいの?

そう思った時、突然脳裏に古賀さんの声がよみがえってきた。

『まだ、こんなに近くにいるじゃん』

『あんたの声が届く距離に、まだあいつちゃんとはいる』

『それを忘れちゃダメだよ。あんたたちは、まだどうにでもなる。あんたが望めば、あいつはすぐ駆けつけられる場所にいる。早くそれに気づいてやりな』

今ならまだ……間に合う?

「……っはるくんっ!!」

衝動のままに遊具から飛び出すと、私は背を向け立ち去ろうとするはるくんの背中に、しがみつくように飛びついていた。

「結衣……?」

目を大きくして、驚いた様子で振り返るはるくんの瞳に私が映って、途端に涙が込み上げてくる。

——お願い。

「やだ……。行っちゃやだっ……」

どうか、届いて——。

「誰かのものになんてならないで。私のそばにいてっ……」

はるくんのシャツを掴む手に、ギュッと力を込める。雨で湿った地面に大粒の涙がいくつも落ちていった。

「本当は、ずっとずっとはるくんの隣にいたいっ……。はるくんがいなくちゃいや!」

ずっと、伝えたかった言葉がある。

はるくんに、大切な人がいるかもしれないということはわかってる。だけど、もうこれ以上後悔はしたくないの。

ごめんね。はるくん。

どうか、この想いだけは伝えさせて。

キミに出逢ったあの日から、今も膨らみ続けているこの想い。

「はるくんが……好き。大好きなのっ……」

――リーン。リーン。

雨がやみ、再び夏の虫が音色を奏で始める。

「……ごめん」

少しの沈黙のあと、旋毛の先からそんな言葉が落ちてきて、目をつむり、唇を噛みしめた。

覚悟はしていた、と心の中で受け入れる。

だけど、その刹那。

「……もう、限界だわ」

切ない表情で紡がれたその言葉が先か、頬に手を添えられ、上向かされたのが先か。

次の瞬間、落ちてきたはるくんの唇に、目を閉じる間もなく固まった。

「……っ」

唇に触れる、柔らかくて温かい感触。

なんで……？

なんで私、はるくんとキスしてるの……？

まるで、時間が止まっているかのような長いキスのあと、小さな吐息と一緒に、はるくんの唇が名残り惜しそうに離れていった。

真っ赤な顔で固まったまま、はるくんを凝視する。そんな私を見て、はるくんは申し訳なさそうに笑うと、私を自分の腕の中にすっぽりと包み込んだ。

「あーあ。十年間、必死で我慢してきたのに」

「なん……で……」

「でも、今のは結衣も反省して。あんな顔であんなこと言われて理性を保てるほど、俺はできた人間じゃないよ」

そう言うと、私を拘束していたはるくんの腕の力が緩む。まだ混乱している頭の中、私がそっと体を離してはるくんを見上げれば、そこには優しく微笑むはるくんの姿があった。

「やっと、手、伸ばしてくれた」

はるくんが指の背で、愛おしそうに私の頬を撫でる。

「てか、誰かのものって、何？」

「っ……そ、それは……」

「もしかして、この間のマネージャーとのやつ？」

「え……」

もしかして……はるくん、あの時に気づいてたの……？

「結衣が何を見たのか知らないけど、俺は、誰かのものになんかならないよ。今もこれからも、全部結衣だけのものだ」

ボロボロボロボロ。止まったと思った涙が、また溢れ出してくる。

嘘だ……。こんなの、夢に決まってる。

「これからもずっと、俺は結衣のそばにいる。俺が、結衣のそばにいられなきゃ嫌なんだ」

私の涙を一粒一粒拭いながら、はるくんが「結衣」と優しく呼んだ。

「俺は、結衣が好きだよ」

私の大好きな、強くて真っ直ぐな瞳に私を映しながら、はるくんは極上に優しく微笑んだ。

「……っ」

……信じられない。

ずっと、私たちに未来なんてないと思ってた。

はるくんと手をつないで歩ける未来。そんなのは、夢のまた夢だって。望むことすらおこがましいって。

だけど……。本当は、ずっと願っていた。

もしも奇跡が起こるなら、ずっとずっと、はるくんと一緒にいたいって。

「私で……いいの？」

「結衣がいいんだよ」

「だ、だって！　もしかしたらこの先、ずっとお母さんに認めてもらえないかもしれないんだよ？　私といたら、はるくんは幸せになれないかもしれない」

「～っあ～も～！」

「ぶふっ‼」

苛立ちの声を上げたはるくんの胸に、思いきり顔を押しつけられた私は危うく窒息しそうになる。ぷはっと顔を上げると、耳まで赤く染めたはるくんが、手の甲で口元を押さえ、そっぽを向いていた。

「こういうこと言うの、小っ恥ずかしくて苦手なんだよ」

「へ？」

「本当、ずるいよね」

意味がわからず目を瞬かせていれば、腰に回されたはるくんの手に強く引き寄せられる。

あまりの至近距離に、心臓が甘く鼓動を打った。

すると、そんな私の様子に気づいたはるくんがふっと笑い、私の額に自分の額をコツンとくっつける。

「俺はね、結衣に一生分の恋を捧げるってずっと昔に決めてたんだよ」

「一生分……？」

「そう。一生分。昔、俺がここで言ったこと、覚えてない？」

そう問われ、頭の中でずっと鍵がかかっていた扉が開く音がした。

昔、はるくんがここで私に言った言葉。

ずっと、ずっと、思い出せなかった大切な大切な言葉。

――『ならないよ。結衣は、絶対に一人になんてならない』

――『俺が、一生結衣のそばにいる。一生結衣のそばで、結衣を大切にする』

「……っ！」

はるくんは、こんなにも前から未来を誓ってくれていたというのに。私はいつから、はるくんとの未来はないと決めつけ、見失ってしまっていたんだろう？

本当は、手を伸ばせば、声をあげれば、いつだって届く距離にキミはいたのに……。

「思い出した？　だから、たとえ認めてもらうのに一生かかったって、俺はへでもないわけ」

はるくんは、私に額をつけたままそっと目を閉じる。

「結衣がここにいてくれるだけで、俺は幸せ。だから、四の五の考えず、一生俺に愛されてて」
溢れてくる涙をそのままに、私は何度も何度も強く頷く。
はるくん。はるくんはるくん。
こんなの幸せすぎて、どうにかなっちゃいそうだよ。
私、バカなのかな？　自惚れてるのかな？
だって、なんだかこれじゃまるで……。
「……プロポーズ……みたい……」
つい言葉が漏れてしまい、慌てて口を押さえる私。すると「言わないで」と言って
はるくんの顔がまた赤く染まった。
そんなやりとりがおかしくて、私たちは同時にぷっと吹き出してしまう。
私、余計なことばかり考えすぎてたのかもしれないな。
答えなんて、いつだってたった一つしかなかったのに。
〝はるくんと、ずっとずっと一緒にいたい〟
ただそれだけだったのに。
今ならわかる。私がこれからすべきこと。
「はるくん！　私、はるくんとの秘密はもう終わりにする‼」
「え？」

そう。終わりにするんだ。
「私、お母さんにはるくんと一緒にいることを認めてもらえるよう、説得してみる‼」
もう逃げるのは終わり。
今度は、キミへの想いを強さに変えて、キミとの未来を掴んでみせる番。
キミと、手をつないで歩いていける未来を――。
はるくんは大きく目を見開くと、すぐに力強く頷いてくれた。
今にも溶けそうな優しい笑みを浮かべて――。

本当は、ずっと

——なんで、こんな事態になってしまったんだろう？

はるくんのお母さんは眉をつり上げ「いったいどこのコンビニまで行ってたの？」と言いかけたところで、手に持っていたマグカップをダイニングテーブルの上にゴトッと落とした。大きな目をさらに大きく見開いて、ポカンと口を開けたまま固まっている。

驚くのも無理はない。

買い忘れた夕飯の材料の調達をまかせた息子が、びしょ濡れの女の子を連れ帰ってきたあげく、さらにそれが、自分の天敵ともいえる相手の娘だったのだから。

「す、すみません。お邪魔します……」

私は、蚊の鳴くようななんとも頼りない声を出しながら、へなへなと頭を下げた。

事の発端は数分前。

私は、ついにはるくんと想いが通じ合い、はるくんの腕の中で、今までに味わったことのないような幸福感で満たされていた。

私の体を、すっぽりと包み込む大きな体。

熱い体温。

固くて広い胸板。

ゴツゴツした腕。

どれも私とは違って、男の人に抱きしめられるのってこんな感じなんだ……。と、いつまでたっても鼓動が鳴りやまない。

もう、どれくらいこうしているだろう?

はるくんに抱きしめられているのはすごくうれしいけど、このままでは心臓がもちそうにない。

「……さすがに離れるか」

「……う、うん。そうだね」

そう返事をすると、ゆっくりと私たちの間に空間ができる。

こんなにくっついていたのに、離れるのが名残惜しい、なんて思ってしまう私は、どれだけ欲張りなんだろう。

なんだか照れくさくて、俯いたまま顔を上げるのを躊躇していると、旋毛の先ではるくんが「んんっ」と小さく咳払いをした。

「……まいったね。思った以上に離れがたい……」

眉間にしわを寄せ、バツが悪そうにあさっての方向へと視線を流すはるくんに、同じことを思ってくれていたんだ、とうれしくなる。

上目がちにはるくんを見上げて、頬の火照りを感じながら「……うん」と答えた。

「このまま離れないでいるのも、それはそれでいろいろまずいけどね」

「う……ん？」

首を傾げながら見上げる私を、はるくんは「こっちの話」と言って頭をポンポンと撫でた。

いろいろってなんだろう……？

「だからといって、このまま家に帰すわけにもいかないし。おばさん、もう帰ってきてるんでしょ？」

「う、うん……」

「そんな格好で帰ったら、またややこしいことになりそうだよね」

なんでお母さんが帰ってることを知っているんだろう？

一瞬そんな疑問が浮かんだけど、そんなのはすぐに消えた。

私のことなら、なんでもお見通しなはるくんのことだ。私がこの公園で佇んでいた原因が、なんとなくお母さんであることくらい予想がついているのだろう。

私が言い淀んでいると。

「……まぁ、いい機会か」

「え？」

額に手を当てたはるくんは、ひとり言のように呟いて「ついてきて」と言うと、私の手を引いて歩き出した。

そして、今に至る。というわけなのだが……。

はるくん、この状況は聞いてないよ～‼

はるくんのお母さんは、リビングダイニングの入り口に立つ私たちを交互に見て、何かを悟ったのかため息をつきながらおでこに手を当てて、うなだれた。

「話があるんだけど」

その様子を気にする素振りもなく、いたっていつものトーンで話を切り出そうとするはるくんに、はるくんのお母さんは手のひらを前に突き出して制止する。

「先に二人とも、シャワーを浴びなさい。話はそのあとでね」

「あのっ……シャワー、ありがとうございました！」

ダイニングテーブルに向かい合って座る、はるくんとはるくんのお母さんに声をかけると、二人は同じタイミングでそっくりな顔を向けた。

「ちゃんと、温まった？　夏でもあれだけ濡れていれば体温が奪われるんだからね」

言う言葉まで、はるくんにそっくりだ。

思わず緩みそうになる頬を、慌てて引きしめる。

「はい！　ありがとうございます！　あ、あと、洋服まで借りてしまって……」

「いいのよ。おばさんの服だけど、着てきた服は乾燥機にかけているから、乾くまで我慢してね」

「ありがとうございます」と再び頭を下げれば、はるくんのお母さんは優しく笑みを浮かべた。

もっと拒絶されてしまうと思っていたから……いや、そうされてもおかしくないと思っていたから、ずっと身構えていた肩の力が少しだけ和らいでいく。

「悠斗もシャワー浴びてきなさい」

「……」

「そんな顔しなくても大丈夫よ。取って食いやしないから」

ニヤニヤとはるくんを見るはるくんのお母さん。何か言いたげに、じっと目を向けるはるくん。はるくんは私とお母さんを二人にするのを躊躇(ためら)っているみたい。

「はるくん。先にシャワーありがとう。風邪引いちゃうから、はるくんも入ってきて？」

私がそう言うと、はるくんはしぶしぶイスから立ち上がり「すぐ入ってくるから待ってて」と、まだ湿っている私の髪をくしゃりと撫でてリビングダイニングを出ていった。

「息子が好きな女の子にデレてる姿を見ることになるなんて。なんだか年を感じるなぁ……」

テーブルに頬杖をつき、わざと遠い目をしてみせるはるくんのお母さんに、いたたまれない気持ちで赤くなっていれば、ふふっと笑ったはるくんのお母さんに「とりあえず、座って？」と促された。

さっきまではるくんが座っていた場所に、緊張しながらおずおずと座る。

「そんなに緊張しないで。だいたいのことは、さっき悠斗から聞いたよ。悠斗の気持ちはなんとなく気づいていたけど、結衣ちゃんも悠斗のこと好いてくれてたんだね」

「……っ、はい。すみません……」

「なんで謝るの？　悠斗のいいところに気づいてくれて、母親としてはとってもうれしいよ」

はるくんのお母さんは、優しく目を細めてそう言う。嘘とかお世辞とかじゃなく、大切な息子への好意を単純にありがたいと思っている。そんな顔で。

本心を言ってくれていると思う。

だけど、すぐにその顔から笑みが消えて〝あぁ、やっぱり……〟と申し訳ない気持ちになった。

「うれしいけど、困ったね……」

はるくんのお母さんは口には出さないけど、〝困った〟とは、恐らくお母さんとのことだろう。テーブルに両肘をつき、組んだ手に顎を乗せて考え込んでいるはるくんのお母さんに「あのっ……」と声をかける。

「この間は……いえ、今までずっと。お母さんが、すみませんでした！」

額がテーブルにつきそうなくらい頭を下げると、はるくんのお母さんが慌てて止めに入る。

「結衣ちゃん。顔を上げて？　結衣ちゃんが悪いわけじゃないんだから」

はるくんのお母さんはそう言ってくれるけど、とてもじゃないけどそんなふうには思えなかった。

きっとお母さんのせいで、はるくんのお母さんをたくさん傷つけてしまったはず。

はるくんやはるくんのお母さんを異常なまでに毛嫌いするお母さんと向き合い、止めようとしなかった私も同罪といえば同罪なのだ。

こうしてはるくんのお母さんは優しくしてくれるけど、本当ははるくんに関わらないでほしいのが本音なのだと思う。きっと、私がはるくんのお母さんの立場でも、同じことを思うだろうから。

いくら言っても頭を上げない私に、はるくんのお母さんは「正直言うとね」と話し始めた。

「悠斗と結衣ちゃんがこういう関係になるのは、あまりよく思っていなかったんだ。たとえそうなったとしても、先の道は険しいでしょ？　悠斗が傷つく可能性だってある。親バカと言われてしまうかもしれないけど、悠斗には、幸せな普通の恋愛をしてもらいたかったの」

「……はい」

はるくんのお母さんの気持ちはもっともだ。誰だって大切な人に、わざわざ辛い思いなんてさせたくない。私だって、はるくんの幸せを願っているからこそ、離れることを決意したんだから。

はるくんのお母さんは「ごめんね」と言って申し訳なさそうにしていたけど、私にはるくんのお母さんを責める気持ちなんて一ミリも湧いてこなかった。

「だけど、さっき言われちゃったわ」

「……？」

「俺の幸せを勝手に決めないでくれって」

目を丸くする私に、諦めを含んだ笑みを浮かべるはるくんのお母さん。

「いつか、たとえ普通の恋愛をすることになったとしても、俺にとってそれは幸せな恋愛なんかじゃない」

はるくん……。

「結衣じゃなきゃ、幸せになんかなれないって」

「……っ」

鼻の奥がツンと痛んで、下まぶたに涙が溜まっていく。歪む視界の奥で、はるくんのお母さんが優しく微笑んでいるのがわかった。

「悠斗は、昔から欲のない子だったの。その部分の感情だけが欠落して生まれてきてしまったんじゃないかと心配するくらい。だから、あんなに何かを欲しがるあの子を見たのは初めてでね。ちょっとうれしくなっちゃった」

ポロポロと溢れてくる涙。こんなふうに胸の奥が温かく感じるのも、これほどまでに誰かを愛しいと思うのも初めてだ。

はるくんは私に、たくさんの幸せな気持ちをくれるね。

「だけど、結衣ちゃんは本当に悠斗でいいの？　他の人なら、お母さんとぶつからずに普通の恋愛ができる。わざわざ苦しい恋愛を選ぶ必要なんてないんだよ？」

真っ直ぐに私を見つめてくる瞳。この瞳に、嘘もその場しのぎの返事もしてはいけないと思うから、私も私の心に確かめるようにもう一度問う。

〝私は、本当にそれでいいの？〟

だけど答えは、予想より遥かに早く返ってきた。

まるで、もうそこにあったみたいに。

「私の幸せは、はるくんのそばにしかありません」

自分でも驚くほど、強く、はっきりと言葉が紡がれていく。

「辛くても苦しくても負けません。ぶつかっても乗り越えてみせます。はるくんとの未来があるのなら、いくらだって強くなってみせます」

今なら、なんだってできそうな気がするんだ。

〝はるくんがそばにいてくれる〟

ただそれだけで……。

「私も、はるくんじゃなきゃダメなんです！」

はるくんのお母さんは「そっか」と言って、目を細めて微笑んだ。それから、

「だってさ」とニンマリしながら、私から横に視線を移す。

……え？

その視線の先にいる人物に気がついて、驚きのあまりイスから転がり落ちそうになってしまった。

「は、はははははるくんっ⁉　いいいいいつからそこにっ……」

「……結衣は、本当に俺でいいのかってあたりから……」

そ、それって……一番聞かれたら恥ずかしいところをバッチリ聞かれてしまっていたってこと⁉　ひぃぃぃ！

口元を手で覆い、照れた様子で視線をさまよわせるはるくん。一方の私は、火が出そうなくらい真っ赤になった顔を両手で覆う。

そんな私たちの様子を見ていたはるくんのお母さんが「あはは！」と大きな笑い声を上げた。

わ、笑われている……。

「おい」と言うはるくんの横で、私がキョトンとしていると、はるくんのお母さんは目尻の涙を拭いながら「ごめんごめん」と言ってイスに座り直した。

「決めた！　もう、あーだこーだ考えるのはやめにする！」

顔の前でパンッと手を打つと、はるくんのお母さんは、はるくん、そして私へと順に視線を移して。

「私も二人を応援することにする！」

そう言って、ニッコリと笑った。

「ほ、本当ですか⁉」

はるくんのお母さんが笑顔で深く頷く。

信じられない気持ちとうれしい気持ちと半々ではるくんのほうを振り向けば、そんな私にはるくんが柔らかな笑みを浮かべて頷いた。

さっきまで、一人ぼっちだと嘆いていた自分が嘘みたい。

はるくんのお母さんが、私たちの関係を認め、応援してくれると言っている。

はるくんがいて、はるくんのお母さんがいて。まるで無敵にでもなった気分だ。

「本当に、ありがとうございます……。絶対に、絶対にはるくんを幸せにします‼」

「ちょ……結衣、それ男が言うセリフだから」

はるくんのお母さんが、また「あはは」と声を出して笑った。


今日のはるくんちの夕飯はハンバーグ。

はるくんが、わざわざコンビニまで調達しに行ったものは、ハンバーグのソースに使うケチャップだったらしい。

はるくんのお母さんは、「旦那が出張中なのを忘れてたくさん作りすぎちゃったから、夕飯がまだなら食べていって」と言って、わざわざ私の分まで盛りつけてくれた。

遠慮しようと思ったのに、空気を読まない私のお腹が盛大な音を奏でてしまい……厚意に甘えることになってしまった。

「いただきます……」

「どうぞ、召し上がれ」

私の食いしん坊！　2人にも笑われちゃったじゃない……。

「さて、食べながらでなんだけど、ここからが本題だね」

はるくんのお母さんは、ハンバーグを頬張りながら並んで座る私たちに眉尻をピンと上げてみせた。

「二人を応援すると決めたからには、話しておいたほうがいいと思うの。私と結衣ちゃんのお母さん……遥が、なんでこうなってしまったのか」

口に含んでいたハンバーグをゴクンと飲み込む。隣では、もうほとんどハンバーグをたいらげてしまったはるくんが、箸を置いて麦茶の入ったグラスを手に取るのがわかった。

今まで、お母さんに尋ねたことはなかった。聞いても答えてくれないことはわかっていたし、聞いてしまったらはるくんとの関係を秘密にしている罪悪感が、さらに増してしまいそうな気がしたから。どうせ知ったところで、はるくんとの未来が変わるわけじゃない、と思ったのもある。

だけど、今は違う。

はるくんとの未来を得るための材料になるのであれば、どんな些細な内容でも私の知らないお母さんを知っておきたい。

「教えてください。お母さんと何があったのか」

はるくんのお母さんは深く頷くと、ゆっくりと話し始めた。

お母さんとはるくんのお母さんは、幼い頃から家が隣同士で、まるで姉妹のように育った。

毎日お互いの家を行き来するほど仲が良く、まるで本当の家族のように、時にはそれ以上に信頼し合っていたと、はるくんのお母さんは話してくれた。

だけど、二人が同じ高校に上がってしばらくたった頃、お母さんとの関係が徐々に変わり始めたという。

当時、お母さんとはるくんのお母さんは、第一印象も実際の中身もまったく正反対だった。

はるくんのお母さんは、活発で人当たりがよく、同性からも異性からも好かれる。

一方、私のお母さんは、物静かで内向的な性格が災いして、同性の友達も異性の友達もほとんどいなかった。

学年ではトップクラスの成績だったのに、それすらほとんど誰も知らないくらい、目立たない生徒だったという。

これじゃまるで、私みたい……。

私の想像していた学生時代のお母さんとはあまりにもかけ離れていて、それを聞いた私は信じられない気持ちでいっぱいだった。お母さんのことだから、誰もが羨むような美人で、勉強ができて友達もたくさんいて、さぞかし目立っていたんだろうと思っていたから。

「対照的な私と一緒にいるせいで、遥は徐々に劣等感を抱き始めたんだと思う」

「劣等感……ですか？」

「うん。その証拠に、私に対する遥の態度はだんだんと変わっていった」

はるくんのお母さんがみんなと楽しそうにしていると、時折素っ気なくなるお母さんの態度や嫉妬の眼差しに、はるくんのお母さんは不安を抱き始めたという。

そんな中、ついに決定的な出来事が起きてしまう。

「ある日の昼休みにね、たしかに持ってきたはずの私の財布がなくなっていることに気づいたの」

「え⁉ それってまさか……」

「ううん。もちろん遥じゃない」

私はホッと胸を撫で下ろす。

当たり前だ。お母さんがそんなことをするはずない。私ってばなんてことを考えてしまったんだろう。

「でも、今の結衣ちゃんと同じように考えてしまうクラスメイトもいた。その時にはもう、私に対する遥の態度はあからさまで、仲良しの幼なじみとはとてもじゃないけど呼べない状況になっていたから」

はるくんのお母さんは、哀しそうに瞳を伏せる。

「そして、一人のクラスメイトがこう叫んだ」

――『夏葉の財布を盗んだのって、蒔田さんなんじゃないの？』

騒然とする教室内。疑いの眼差しが一斉にお母さんへと注がれる。

その時のお母さんの気持ちを想像しただけで、息ができなくなるほど胸が苦しくなった。

「もちろん、私は遥が取ったなんて微塵も思っていなかったから、まるで名探偵にでもなったみたいに遥が犯人だと語るその子を必死になって止めた。だけど、もう遅かった。次の日には、遥へのいじめが始まってしまったの」

……お母さんが……いじめに……？

「後日、警察から電話があって、財布がなくなったのは登校中のスリによる犯行だったということがわかっても、そのいじめは止まらなかった。それどころかエスカレートしていく一方で……」

「そんな……」

「私も何度も止めようとしたけど、遥を庇うなら容赦しないと脅されてしまって……。怖くなった私は、逃げてしまったの。苦しんでいる遥を見て見ぬふりして……」

そして二人の間には、埋めることのできない大きな溝ができてしまった。

身に覚えのない濡れ衣を着せられ、いじめられていたお母さん。それを見て見ぬふりをするしかなかったはるくんのお母さん。

はるくんのお母さんは、「遥が私にああいう態度をとるのは、もとはといえば私のせいなの」と自分を責めているけれど、私にはどちらが悪くてどちらが悪くないのかなんてよくわからなかった。

いじめられていたお母さんの気持ちは計り知れない。だからといって、私がはるくんのお母さんと同じ立場になった時、果たしてお母さんを守ることができただろうか。

ううん。そんな自信、さらさらない。

それから月日がたって、お母さんは昔の自分とは見違えるほどに変わることができた。だけど、はるくんのお母さんと再会して、忘れたかったあの頃の自分を思い出してしまったんだと思う。

そして、昔の自分とよく似ている私が同じ目に遭うことを恐れて、はるくんのお母さんによく似ているはるくんから遠ざけようとした。私にとってはるくんの存在が、お母さんにとってのはるくんのお母さんによく似ていたから。

「私は、うれしかったんだけどね。十年前、遥と再会した時、大好きだった幼なじみと会えて、いつも一緒にいた子供の頃のように心が躍った。だけど、遥にとって私は忘れたかった過去。本当は、会いたくもなかったんだろうな」

自嘲気味に笑うはるくんのお母さんの言葉に、私は大きく首を振る。

「そうでは、ないと思います」

「え？」

「お母さんが、本当にどう思っているかは私にもわからないけれど、お母さんがこの街に引っ越してくる前、私に言ったんです。〝これから引っ越す街は、また絶対に住みたいと思っていた街〟だって」

あの言葉の真意は、わからないけれど……。

「はるくんのお母さんとの思い出が詰まった街だから、そう言ったんじゃないでしょうか。本当は、お母さんも心のどこかでは、はるくんのお母さんに会いたいって思っていたんだと私は思うんです」

はるくんと離れる決意をした時に思ったの。

たとえ離れたって、想いを消そうとしたって、はるくんと過ごした十年間の思い出はどうやったって消すことができなかった。

離れようとすればするほど、かけがえのないものになっていった。

お母さんも本当は心のどこかで、はるくんのお母さんを忘れられなかったんじゃないだろうか。

はるくんのお母さんは一度大きく目を見開くと、「……そうだといいな」と言って、小さく微笑みながら薄っすらと涙を浮かべた。


夕食を食べ終わると、はるくんのお母さんは「ごめんね！　ちょっとだけ出てくる！」と言って家を出ていった。

服が乾くまでまだかかりそうなので、今ははるくんと二人で食べ終わった食器を洗いながら、はるくんのお母さんの帰りを待っているところだ。私が洗って流した食器を、はるくんが黙々と拭いていく。

「あのさ……」

その声に「ん？」とはるくんのほうを見れば、はるくんは真剣な面持ちで拭いているお皿に目を落としていた。

「結衣も、十年間ずっと辛かった？」

「え？」

「おばさんが俺の母さんと一緒にいて辛かったみたいに、結衣も俺といて辛かったのかなって……」

……あぁ。そうか。前にはるくんから離れなきゃと思った時、私ははるくんにひどいことを言ってしまった。

――『はるくんと一緒にいると、私が辛いの』

もしかしたらはるくんは、前に私に言われたことと、お母さんの話を重ねているのかもしれない。

「私なんかが、はるくんのそばにいたらいけない……とかは、考えたりしたかな。劣等感で苦しくなったこともある」

「……そっか」

「でも、不思議と辛くはなかったよ」

「え？」

「だって、そうなった時はいつだって、はるくんがそばにいて励ましてくれた。〝ここにいていいんだよ〟って言うみたいに、いつだって私を受け入れてくれた」

はるくんは、お皿を拭く手を止めて驚くように目を見張る。

「私はね、〝はるくんに出逢ってよかった！〟って、ずっとずっと心からそう思ってるの」

たしかに私とお母さんはよく似ているけれど、私がお母さんのようにならなかったのは、きっとはるくんのおかげ。

はるくんはいつだって私に、〝出逢えてよかった〟と思わせてくれた。

「結衣……」

自然と零れる笑みを浮かべたままはるくんを見上げると、はるくんが切なげに微笑んだ。

「ちゃんと話そう。二人で。おばさんに」

「……うん」

「大丈夫。何があっても、結衣との未来は俺が守る」

うん。うん。

はるくんがそばにいてくれれば、私はなんだって、どんなことだって乗り越えられる。そんな気がするよ。

はるくんが、カチャン……とカウンターキッチンの上にお皿を置いた。熱っぽい視線で見つめられ、心臓が甘く高鳴り出す。

「泡、ついてる」

クスッと息を零しながら、私の頬についていた泡を拭うと、その手が私の横髪を優しく耳にかけた。

わ……ぁ。これって……もしかして……。

泡だらけの手からスポンジが滑り落ちる。

近づいてくる、極上にきれいな顔と真っ直ぐな瞳。

戸惑いながらも、まぶたを伏せれば……。

──バタンッ‼

「……っ‼」

玄関のほうから大きな物音がして、私とはるくんは瞬時に距離をとった。

ひゃぁぁ！　危ない！

私ってば、はるくんの家でなんてことを！

火を吹きそうな両頬に手を添える。

はるくんのお母さんが帰ってきたのかな？　それにしたって、なんだか騒がしいような……。

「ちょ……ねぇ！　落ちついて！」

「結衣はいったいどこにいるの⁉」

……え？　この声って……。

ドタバタという足音が聞こえてきたと思ったら、リビングダイニングと廊下を仕切るドアがバタンッ！　と勢いよく開いた。

「結衣‼　あなた、こんなところで何をしてるの⁉」

「お母さんっ！」

そこから現れたのは、息を荒らげ、血相を変えたお母さんの姿だった。その後ろから、はるくんのお母さんが止めるようにお母さんを掴んでいる。

「ねぇ遥！　落ちついて話し合いましょう？」

「結衣。帰るわよ」

ひどく冷ややかな声でお母さんはそう言うと、私の手首を掴んで強引に連れ去ろうとする。

「待ってお母さん‼」

「帰ったら、すぐに留学の申請書を記入しなさい」

「待ってってばっ‼」

掴まれている腕に目一杯の力を込め、お母さんの腕から逃れると、お母さんは足を止め、切羽詰まった表情を向けた。

「私の話を聞いて‼」

「結衣……？」

私がお母さんにこんなにも大きな声を出したことが、今まであっただろうか。

お母さんの鬼のような形相が驚きに変わり、私を凝視した。

「私は、留学なんてしない！　私には、離れたくない大切な友達がいるの‼」

　意外だったのか、お母さんはさらに目を大きく見開いた。

「これから、たくさん話して、お互いのことを知って、その人たちともっともっと仲良くなりたいと思ってる‼」

「何を……だって、あなた……」

　うん。昔のお母さんと同じ。ずっとずっと、友達なんていなかった。

　お母さんはそんな私と自分を重ねていたんだもん。驚くのも無理ないよね。

「私、ずっとずっと一人ぼっちになるのが怖かった。今まで、友達と呼べる友達なんていなかったし、引っ越してきてから、お母さんは私を見てくれなくなったから」

「……っ」

　わかってる。私に不自由させないために、休みも惜しまず働いてくれていたってこと。劣等感ばかり抱いていた昔の自分を変えるために、人一倍頑張っていたということも。

　はるくんのお母さんと再会して、また昔の自分に戻ってしまうんじゃないかって、怖かったんだよね？

　でもね？　お母さん……。

「私、寂しかった。悲しかった。このまま、一人ぼっちになっちゃったら、どうすればいいんだろう？って、いつも怖かった」

本当は寂しかったの。

もっとお母さんと話したかった。

もっとお母さんの笑顔が見たかった。

「でもね。それでも、私が寂しさに潰されなかったのは、はるくんがいてくれたからだよ！」

はるくんの名前を聞いて、お母さんの眉がピクッと動いた。

「はるくんがいなかったら、友達だってできなかったかもしれない。笑うことすらできなくなっていたかもしれない。はるくんがいたから、今の私がいるの‼」

はるくんのそばにいたらどんどん自分は弱くなっていくんじゃないかって、ずっと怖かった。守られて、甘やかされて、はるくんがいなくちゃ生きていけなくなってしまったらって。

だけど、違かった。

はるくんがいるから、弱くなるんじゃない。

はるくんがいるから、強くなれるんだ。

はるくんがいたから、こうしてお母さんと向き合おうと思えた。

はるくんとの未来を守るためなら、なんだってできると思えた。

「だから私、留学はしない‼　ずっと、ずっと、これから先も、はるくんのいない未来なんて絶対に考えられない‼」

しん、と静まり返る空気。その間も、お母さんの目をずっと見続けた。

そして、先に目を逸らしたのは、お母さんのほうだった。

「……話にならないわ」

そう言って、お母さんは小さなため息をつく。

もう、どうしたってお母さんには、伝わらないの……？

「とにかく、帰るわよ」

そう言って再び手首を掴まれたのと同時に、お母さんの手とは違う温もりが私の手へと重なった。

「はるくん……？」

はるくんの手は、私の手首を掴むお母さんの手を優しく剥がすと、私の手を優しく握る。

「結衣は、誤解してる」

「……え？」

「結衣はきっと、俺がいなくても今の結衣だよ」

はるくんは、そう言って私に微笑むと、今度はお母さんへと真っ直ぐ姿勢を正した。

「結衣に友達ができたのも、俺が結衣のそばにいるのも、全部結衣の力です」

大きく目を見開くお母さんに、はるくんは言葉を続ける。

「昔からおっちょこちょいで泣き虫で、そのくせ強がってばかりで。すぐ一人で引きこもるし、意外にすぐ怒るし、食いしん坊だし、それから……」

「は、はるくん⁉」

な、なんで突然、悪口大会が始まっちゃったの⁉

チラリお母さんのほうを見れば、眉をひそめ目を瞬かせている。

「本当に目が離せなくて、苦労かけられっぱなしだけど、結衣は自分で気づいてないだけで、本当は誰よりも強い」

……え？

「結衣はいつも、自分のことそっちのけで、人のことばかりだ。自分を犠牲にして、人の幸せばかりを願ってる。強くなきゃそうはなれない」

「はるくん……」

「俺たちは、そんな彼女だから、一緒にいたいと思えるんです」

はるくんは、ポケットからスマホを取り出して、お母さんのほうへと画面を向ける。すると。

『ちょ、これもう喋っていいのかぁ？　あ！　えっと、蒔田さんのお母さん、こんばんは！　俺、蒔田さんの友達の厚木って言います！　えっと、蒔田さんめっちゃ優しくて、頭がよくて、かわいくて、俺大好きなんですっ‼　って、あれ？　これじゃなんか告白みたいになって……』

『……厚木、もう喋らなくていい。蒔田さんのお母さん、こんばんは。八木と言います。蒔田さんには、いつもお世話になっています。蒔田さんとは、もっとこれからいろいろな話をして、一緒に思い出を作っていきたいです。次、井田さん？』

『はははは、はじめまして‼　蒔田さんは最っ高に素敵な人です‼　もうすっっっごく大好きです‼　もっともっとお話したいし、たくさん遊びたいし、も……うっ、ふぇぇぇあぁぁ』

『泣くな。鬱陶しい。……古賀です。……結衣、踏ん張れ』

スマホの向こうから聞こえてきたのは、大好きな大好きなみんなの声。

みんな……。目の奥が熱くなって、視界が歪む。

「結衣の友達だってヤツらに、結衣の母親に自己紹介してくれって頼んだんです。ちょうど今日、結衣と俺をどう仲直りさせようかって集まってたらしくて」

「……そんなことのために、こんな時間に……？」

「みんな、結衣のことが好きなんですよ」

お母さんに向けて凛と微笑むはるくんの横顔を見ながら、私はもう、どうしたって涙が堪えられなくなっていた。

「お願いします。結衣のそばにいさせてください。俺たちは……俺は、これからも結衣のそばにいたい。俺の未来には、結衣が必要なんです」

「お願いします」ともう一度言って、はるくんはお母さんに深く頭を下げた。

とめどなく溢れてくる涙を拭いながら、私もはるくんに続いて深く頭を下げる。

神様。お願いします。

もう、他には何も願わないから。

どうか。どうか、はるくんとの未来を――。

「勝手にしなさい」

「……お母さ……」

許したとも、そうでないとも取れる言葉を残し、お母さんは私たちに背を向け立ち去ろうとする。だけど、はるくんのお母さんがそれを阻んだ。

「遥……ごめんなさい。私、ずっとずっと後悔していたの。あの時、苦しんでいるあなたを見て見ぬふりしてしまったこと。大好きだったあなたのことを守れなかったこと。許してもらえるとは思っていない。だけどずっとあなたに謝りたかった。本当に、本当にごめんなさい……」

はるくんのお母さんは、涙を零しそう言うと、私たちと同じように深く、深く頭を下げた。

私たちに背を向けているお母さんの背中が、小さく震えた気がした。

「……あの頃の私はあなたに憧れていた。だから勝手に劣等感を抱いて、苦しくなって……。あなただけが悪いわけじゃない。疑われるような態度をとっていた私にも原因があった」

「遥……」

「本当は私もずっと——」

今にも消え入りそうな声でそう言うと、お母さんは最後まで言いきることなく、その場を立ち去っていく。

〝本当は、私もずっと——〟

そのあとに続く言葉が何か、私にはわかる気がした。

何年もの間、抱えてきた気持ちをすぐに整理するのは難しいだろう。

だけど大丈夫。お母さん。きっと、はるくんのお母さんにも伝わっているよ。

〝本当は、私もずっとあなたに謝りたかった〟

大丈夫。きっと、伝わってる……。

一生分の恋を全部キミに。

記録的猛暑と言われた夏も終わり、本格的な秋の訪れを感じる九月下旬――。

――ピンポーン!

「わぁ! 待って待って! 今出ます!」

インターホンのベルが鳴り、ヘアーブラシとドライヤーを慌てて洗面台の引き出しにしまうと、私は玄関へと猛ダッシュした。

玄関のドアの前で胸に手を当て大きく深呼吸をする。それから、そっと内鍵を回して、恐る恐る玄関のドアを開けた。

「おはよ」

「お、おはよう! はるくん」

ドアを開けた先には、秋らしいカジュアルな服を着こなし、今日も今日とてキラキラと輝きを放っているはるくんが立っていた。

うわわわ!

今日も一段とかっこいい‼

普段、私服姿のはるくんなんて滅多に見る機会がないから、あまりに新鮮でつい見とれてしまう。

はるくんは、ダメージのあしらわれたデニムパンツに緩めのパーカーといういでたちで、決して気取った服装ではないのに、スタイルがいいからか、まるでモデルさんみたいに見える。

どうしよう～！

今からこんなにドキドキしてたら、今日一日もつ気がしないよ！

そう。じつは私たち、今日はこれから、二人きりでデートなのです！

「ふ。結衣、また寝坊？」

「え⁉ な、なんでわかるの⁉」

「焦って準備したでしょ？　前髪が跳ねてる」

「⁉」

意地悪に唇の端を上げ、ツン、と私の寝癖をつまむはるくん。

「きゃー！　見ないでぇ！」

真っ赤になって両手で顔を覆う私を見て、はるくんはクスクスと笑っている。

はるくんとのデートは、正真正銘これが初めて。

ずっと秘密の関係だった私たちは、十年間一緒にいたにもかかわらず、二人きりでは遠出一つしたことがなかった。

だから、つい先日の学校からの帰り道。

『今度の休み、二人で水族館に行かない？』

そうはるくんに誘われた時は、うれしくてうれしくて、思わず飛び跳ねてしまいそうになった。

「ううっ。はるくんの意地悪……」

「ふ。何？　昨日夜更かしでもしたの？」

「ち、違うの……」

「？」

顔を押さえていた手を下にずらし、上目づかいではるくんを見上げると、コテンと首を傾げたはるくんが現れる。

「……だって、楽しみすぎて眠れなかったんだもん」

そりゃそうだよ。今日は一日、はるくんをひとりじめできるんだよ？

はるくんと恋人になって、初めてこんなにも長い時間を二人で過ごすことができるんだ。そう思ったら、はるくんとあれがしたいな、これがしたいなって、頭の中がいっぱいになって、気づけばいつの間にか朝になってた。

不思議だよね。はるくんを思って泣いた夜は、あんなにも長く感じたのに、幸せな明日を思い描く夜はあっという間に感じるんだ。

ちょっと恥ずかしいことを言ってしまったかな……なんて、照れ隠しで俯くと、頭の上から盛大なため息が降ってきた。

見れば、はるくんは額を押さえながらガックリとうなだれている。

「はるくん？」

「しょっぱなからそんなかわいいとか……。俺、今日一日いろいろ我慢できるか心配になってきた」

「？」

ひとり言のようにそう呟くはるくんの視線に捕まって、心臓が大きく弾む。

そっと伸びてきたはるくんの手が私の手を取り、まるでキスをするかのように口元へと当てられる。

「あんまり煽りすぎないようにね？　じゃないと俺、オオカミになっちゃうから」

「⁉」

不敵な笑みを浮かべるはるくん。一方私は、真っ赤な顔で口をパクパクして、まるで金魚みたい。それを見たはるくんが、満足そうにニッコリと笑う。

想いが通じ合ってからというもの、はるくんは何かのタガが外れたかのように甘い。

とにかく甘い。

恋人同士ってみんなこんなふうなのかな？とか考えてはみるけど、経験値ゼロの私が考えたところでわかるわけがない。

これじゃ、心臓がいくらあっても足りないよ……。

と、私の頭を撫でていたはるくんが、何かに気づいたように私の後ろへと視線を移した。なんだろうと振り返れば、お母さんがリビングからこちらに向かってやってくるところだった。

お母さんは、はるくんの存在に気がつくと、少し驚いた顔をして足を止める。

はるくんの家で話をしたあの日から、お母さんは前より少し仕事を減らし、休日にはこうして家にいることが多くなった。

どうして？なんて聞けないけれど、たぶん、私があの日、〝寂しい〟と言ってしまったからだと思う。

お母さん、気にしてるのかな……。

だけど、後悔はしていないんだ。だって、前よりちょっとだけお母さんとの距離が、近くなった気がするから。

〝うれしい〟だなんて、私ってば勝手だよね。

「おはようございます。今日は、結衣さんを一日お借りします。帰りは、あまり遅くならないように送り届けるんで、心配しないでください」

毅然とした態度でそう言うと、はるくんはお母さんに向かってきれいに頭を下げる。

だけど、お母さんは、感情の読み取れない表情でじっとはるくんを見つめたかと思うと、何も言わず踵を返し、またリビングのほうへ戻っていってしまった。

「は、はるくんごめんね！　お母さん、相変わらずで……」

「いや、何も言われなかっただけ進歩でしょ」

進歩……かぁ。

「……してるのかなぁ……」

私たちがこうして一緒にいることに、お母さんは前みたいにとやかく言うことはなくなった。

だけど、心の奥ではどう思っているんだろう？

すぐに許してもらおうと思っているわけじゃない。お母さんだって、そんなに簡単に昔の出来事を払拭できるわけがないと思うし。

だけどやっぱり、お母さんにだけは、はるくんとのことをちゃんとわかってもらいたいよ……。

はるくんの手が、ポンと私の頭に乗せられて、自分が難しい顔をしていたことに気づく。そんな私の様子にはるくんは、クスッと息を零すと。

「焦らず、ゆっくりわかってもらえばいいよ。時間はいくらだってあるんだから」

そう言って穏やかな笑みを浮かべた。

――〝時間はいくらだってある〟

「……うん。そうだね」

今の私たちには、二人一緒の未来がある。

ずっとずっと、諦めかけていた未来が、諦めきれなかった未来が、もう今は〝ここ〟にある。

だから、大丈夫。焦る必要なんてない。

何も、怖くなんかない。

お母さんにわかってもらえる、その日が来るまで、はるくんと一緒に伝え続ければいいんだから。

「それじゃ、行きますか？」

「うん！」

差し出されたはるくんの手を取り、玄関から一歩踏み出す。

「行ってきます」と口にして、玄関の扉を閉めようとした時だ。

「行ってらっしゃい」

リビングのほうから、そう言うお母さんの声が聞こえて、思わずはるくんと顔を見合わせた。それから、二人同時に破顔する。

すぐにというわけには、いかないかもしれない。

だけどきっと、少しずつ少しずつ、何かが変わり始めている。

そんな予感がする——。


「うわぁぁぁ〜〜〜‼」

大きな水槽。その中で優雅に泳ぐ、さまざまな種類の魚たち。

まるで、別世界にいるみたい……‼

水族館に入館するなりいきなり現れた巨大水槽の前で、私は人目もはばからず思いきり感嘆の声を漏らしてしまった。

「はるくん‼ 見て見て‼ あの魚、すごくおっきいよ‼ あ！ あの魚の名前なんだっけ⁉ あはは！ なんかあの魚、笑ってるみたい‼」

「……ぷ。子供か」

は‼ つ、ついはしゃぎすぎてしまった‼

気がつけば、はるくんが肩を震わせ笑っていた。

ひゃー‼ 恥ずかしい‼

「だ、だって私、水族館て初めてなんだもん……」

「小三の時、学年遠足で行かなかったっけ？」

「私、その日に熱を出しちゃって、楽しみにしてたのに行けなかったんだ」

「あー、そんなこともあったね」

一度は行ってみたいってずっと思っていたけど、こんなにきれいなところならもっと早く来るんだった！

そんなことを思いながら、張りつくように水槽に見入っていれば。

「あの笑った顔のやつは、エイだって」

はるくんが、私を自分と水槽との間に挟むようにして両手をついた。

「笑ってるように見えるけど、じつは目みたいなやつは鼻らしいよ」

「……っ」

まるで、はるくんに後ろから抱きしめられているみたいな体勢に、私の心臓が暴れ出す。

せ、せっかくはるくんが説明してくれてるのに、これじゃまったく頭に入ってこないよ……‼

「結衣？　聞いてる？」

「き、聞いてるよ！」

お願いだから、耳元で囁かないで〜‼

「……とりあえず、先に進んでみる？　あっちに結衣が好きそうな水槽あるよ」

「う、うん！　行こっか！」

はるくんの体温が離れていく。

はるくん、一つも表情が変わらず、いつもどおりって感じだなぁ。

まぁ、元からあんまり表情が変わる人じゃないけどさ……。

なんだか私ばかりドキドキして、浮かれていて、ちょっと悔しい。

すると、前を歩くはるくんが「あ」と声を漏らした。

「そうだった」

はるくんはそう言うと、こちらを振り返り、私に向けて手を差し出してくる。

「えっと……？」

こ、これはひょっとして……手をつないでいいということなのか……。

いや、でもでも！　もしも違かったら、とんだ大恥だよね？

も、もしかして、〝お手〟をしろってことかもしれないし！

い、いや、手相を見ろってことなのかも……！

パニックのあまり、くだらないことばかりが次々と頭の中に浮かんでくる。

すると、手を差し出したままのはるくんの眉間に、いつの間にやら一筋のしわが刻まれていて、思わず私はギョッとした。

「……やだ？」

「そそそ、そういうわけじゃ……！」

「結衣とデートすることになった日から、ずっと決めてた。今日は、結衣とずっと手をつないでいようって」

「……っ！」

「ごめんね。たぶん俺、相当浮かれてる」

そう言って顔を背けたはるくんの耳は、ほんのり赤く染まっていた。

……浮かれているのは、私だけじゃないの？

それなら――。

しまおうとするはるくんの手に、しがみつくように掴み、自分の手を重ねる。

――すごくすごくうれしいな。

「うれしい。私も、はるくんと手をつなぎたいって思ってたの」

驚き顔のはるくんに満面の笑みを向ければ、はるくんも柔らかな笑みを浮かべながら、私の手をギュッと握ってくれた。

順路に沿って歩き、はるくんと手をつなぎながらじっくり一つひとつの水槽を見て回った。

カラフルな魚たちが泳ぐ水槽。

エイリアンみたいな深海魚だらけの水槽。

神秘的なライトアップがされたクラゲの水槽。

あ。そうそう。途中、ハコフグっていう魚の水槽の前で足を止めたはるくんが「これ、結衣に似てるね。かわいい……」とか言うから、なんだかすごく微妙な心境になった。

思わず「どこが似てるの⁉」って聞いたら「その、膨れた顔が」って言われちゃって、結局それ以上は何も言えなくなっちゃったんだけど……。

はるくんて、やっぱりちょっと意地悪だと思うの。

それから、調子に乗ったはるくんが、今度はチンアナゴという魚の水槽の前で「これ、翔吾にしか見えなくない？」って言った時は、厚木くんには申し訳ないと思いながらも、つい声を出して笑ってしまった。

厚木くんの涙目が目に浮かぶ。

ふふ。内緒にしとかなくちゃ。

中でも、私が一番興奮したのはイルカショーだ。

「ね！　ね！　はるくん見た⁉　すごい‼」

トレーナーさんの指示どおりにクルクルと回ってみたり、ジャンプをしたりするイルカに大興奮の私。

「うわぁぁ、イルカって頭がいいんだね！」

だけど、私が一番キュンとしたのは、トレーナーさんの頬にキスをするルナくんというイルカ。ルナくんは器用に尾ひれを使って立ち上がると、トレーナーのお姉さんの頬にチュとキスをしてみせる。

「わぁぁ！　かわいい‼　ね！　はるく……」

はるくんの腕をばしばし叩きながら彼を見ると、はるくんは自分の膝に頬杖をつきながら、なぜかイルカじゃなく私を見ていて……。

「うん。すげーかわいい」

「なっ……⁉」

かかか、かわいいってイルカのことだよね⁉

ニコニコしながらこっち見てるけど、イルカのことで合ってるんだよね⁉

紛らわしいよ、はるくん‼

そんな胸焼けしそうなくらい甘い雰囲気は。

――バシャーン‼

「……」

「……」

イルカの大ジャンプによる水飛沫（みずしぶき）によって終わりを告げた。

「冷めてぇ……」

「あはは！　最前列ってあんなに水がかかるんだね！」

水族館内にあるショップでタオルを買い、ランチを食べながら乾かそうということになった私たちは、館内にあるレストランに入った。

オーシャンビューのカウンター席に、はるくんと二人隣合わせで座る。日当たりのいい席だから、濡れた服もすぐに乾きそうだ。

そこで、はるくんと私はそれぞれカレーとパスタを注文した。

「はるくんのカレーもおいしそうだね！」

「俺、カレーなら三日続けてでも食える」

「ふふ。そういえばはるくん、給食の時、いつもおかわりしてたもんね」

「うん。好き」

はるくんはその言葉のどおり、食べ始めたと思ったら息をつく間もなく、あっという間にカレーをたいらげてしまった。

は、早い‼　男の子って、こんなに食べるのが早いものなの⁉

まだ物足りなさそうに私のパスタをじっと見つめてくるはるくんに気づき、思わずフォークを持つ手を止めた。

「はるくん……育ち盛りですか？」

「まだまだ育ち盛りです」

「ダ、ダメだよ！　私のパスタはあげないよ！」

「普通そこは〝一口いる？〟とか言わない？　食いしん坊」

また食いしん坊って言われた……‼

いや、そうだけど‼　間違いないけど‼

「んー。じゃあ、なんか芸したらくれる？」

「へ？」

「イルカとかはホラ、芸したら魚を貰えたりするでしょ」

「えぇ～」

それは動物の話でしょ！と言おうとして、待てよ？と言葉をのみ込んだ。

はるくんの芸って……なんだろう？

まさか、あのはるくんが何か一発芸を……⁉

好奇心に負けてしまった私は、気づけば「い、いいよ」と承諾してしまっていた。

すると、はるくんの手が私の顎を持ち、自分のほうへとグイッと引き寄せて。

――チュ。

なんと、私の頬にキスをしたではないか。

「なっ……⁉　なななはははははる……」

頬を押さえ、体を引いたと同時にイスから転げ落ちそうになって、はるくんに腕を掴まれる。

「はい。ご褒美ちょうだい」

ペロッと舌を出して、不敵な笑みを浮かべるはるくん。

も、もしかして……イルカショーのキスの真似をしてる……？

たしかにイルカはかわいかったけど‼　はるくんは人間の男の子ですよ‼

はるくんに、キスをされた頬がやたらと熱い。

なんだか胸いっぱいになってしまって、結局その後はパスタを食べきれず、はるくんにあげることになってしまった。

茜色に染まり始めた太陽が、海の水面に反射してキラキラと輝いている。

潮の香りのする風が、私の頬をかすめ、長い髪を揺らした。

「楽しい時間て、あっという間だね」

「ね」

一とおり回り終えた水族館を出ると、私たちは水族館の裏にある浜辺に来ていた。

夏場は海水浴場にもなるこの場所は、今の季節はサーファーの人たちのサーフスポットになっているらしい。

浜辺には何組か家族連れやカップルがいるけれど、意外に穴場なようで、それほどたくさんの人はいない。

子供の笑い声と、波の音。

まるで、時間が止まっているみたいに穏やかな時間が流れている。

「クシュン！」

「寒い？」

「えへへ。夕方は、さすがに肌寒くなってきたね」

ちょっと薄着しすぎちゃったかな、とシャツの上から腕をさすれば、はるくんがのそっと立ち上がった。

どうしたんだろう？

そう思ったのも束の間。突然、訪れた思いもよらない状況に、私は思わず固まってしまった。

「⁉」

はるくんが、後ろから私を抱きしめるようにして座り直したのだ。

な、ななな何が起きて……⁉

はるくんの手は私の冷たくなった手を取り、温めるように自分の両手の中におさめる。ピッタリと密着した背中からはるくんの体温が伝わってきて、すごく温かい。

「はるくん、あの……人の目が……」

「誰も見ちゃいないよ。人のことなんて」

そ、そんなシレッと……！

まぁ、言われてみれば、誰も私たちなんか気にかけていない。みんな、自分たちの大切な人を視界に入れるだけで精一杯なんだ。

私だってそう。はるくんの匂いに包まれて、はるくんの体温に守られて、私の全部がはるくんでいっぱい。

幸せすぎて、胸が苦しくて、まわりなんて見ていられない。

「……なんだか嘘みたい。ついこの間まで、手をつないで二人で出かけることすら、夢のまた夢だったのに」

夢といっても、絶対に叶わない夢だと思ってた。

たとえその日が来ても、はるくんの隣にいるのは、絶対に私ではないって。ずっとずっと、そう思ってた。

「今日ね、じつはこの服、古賀さんと井田さんが選んでくれたんだ。夏休みに学校に行った時のもそうだったんだよ」

「へぇ」

「はるくんちで、みんなが電話をくれた時にも思ったの。みんなにこんなに応援してもらって、私はいったいみんなに何ができるんだろうって。それでね、思ったの」

私たちの未来も、先の見えないこの水平線と一緒。どんな未来が待っているかわからない。もしかしたら、もっとすごい困難が待ち受けているかもしれない。

でもね。

「私ね、目一杯幸せになる‼」

だからこそ、願うんだ。

幸せな未来を。大好きな人がいる未来を。

それでいいんだ。

どんな願いも、諦めてしまったら途絶えてしまうのだから。

幸せでありたい、と願い続ければ、きっと、願いは素敵な未来へとつながっているはず。

「だから、はるくん。ずっとずっと、私のそばにいてくれますか?」

はるくんの瞳に、私が映る。

そこにいるのはもう、自信がなく、前を向けず、劣等感だらけの私なんかじゃない。

「私の幸せは、一生はるくんの隣にいることです」

あなたのことを想う気持ちだけはどんなものにも負けないと、自信に満ちた私の姿だった。

──大切な人はいますか？

「言ったでしょ？　俺は、結衣に一生分の恋を全部捧げるって」

もしもそれが、とても難しい恋だとしても、どうか、諦めないで。

叶わないことを恐れないで。

その恋が、あなたにとって一生分と思えるほどのものならば、どんな結果であろうと、それはきっと、あなたにとっての宝物になるはず。

だからほら、恐れずに、未来へと、手を伸ばして──。

「ずっと、一生、結衣のそばにいるよ」

はるくんは目を細め、眩しいほど優しい笑みを浮かべると、まるで誓いのキスのような、甘くて優しいキスをした。

Fin.

あとがき

はじめまして！　そして、お久しぶりです！　ひなたさくらです。

このたびは、数ある書籍の中から『幼なじみとナイショの恋。』を手に取ってくださり、そしてさらに、この〝あとがき〟にまでたどりついてくださり、感謝の気持ちでいっぱいです！　ありがとうございます！


今作は、ありがたいことに二作目の書籍化となりますが、野いちご文庫からの書籍化は、私にとって一つの目標でもあったので、本当にうれしい気持ちでいっぱいです。

さて、今作は、何を犠牲にしても守りたい〝秘密の恋〟を通じて、劣等感だらけの一人の女の子が自分の弱さに立ち向かっていくお話を書きたいと思ったことから生まれました。

誰にでも、ちょぴり自信がないところってありますよね。まわりの人たちと自分を比べてしまい、つい劣等感を抱いてしまうこともあると思います。そんな時、そんな自分を丸ごと包み込んでくれるような素敵な男の子が現れたら、女の子はきっととても強くなれると思うのです。

今作の悠斗は、まさにそんな理想の男の子にしたくて、結衣と出逢った日から十年間、結衣だけを思い続けている、一途でかっこいい男の子にしてみました。結衣を前にすると、つい甘くなってしまう悠斗にキュンキュンしていただけたら幸いです。

そして、そんな悠斗に恋をすることで、弱い自分と向き合い、立ち向かっていく結衣の姿が、読んでくださった皆様の勇気を出すきっかけになれたら、とてもうれしく思います。

最後になりますが、涙が出るほど素敵な口絵やカバーを手がけてくださった漫画家の岩ちか様、デザイナー様。この作品に携わってくださった多くの皆様、ありがとうございました。そして何より、読者の皆様！　こんな私の作品を見つけてくださり、本当に本当にありがとうございます。今よりもっと面白い作品が書けるよう、これからも頑張ります。

それでは、また次の作品でお会いできることを願って……。

二〇一九年八月二五日　ひなたさくら

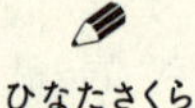

ひなたさくら

神奈川県横浜市在住。趣味は旅行と音楽鑑賞、物語を考えること。ひとりカフェ、日向ぼっこが心の癒し。読者が笑顔になれる作品を書くのが目標。『漆黒の闇に、偽りの華を』(スターツ出版刊)でデビューし、現在もケータイ小説サイト「野いちご」で活躍中。

岩ちか(イワチカ)

北海道札幌出身の漫画家。2011年『キライ歌(きらいソング)』がマーガレット第75回まんがゼミナールにて入選しデビュー。その後も『こんな初恋』『Jewelry－はねと小鳥の素晴らしき日々－』など多くのタイトルを執筆。代表作は『婚約生』。

ひなたさくら先生への
ファンレター宛先

〒104-0031 東京都中央区京橋1-3-1 八重洲口大栄ビル7F
スターツ出版(株) 書籍編集部気付 ひなたさくら先生

この物語はフィクションです。
実在の人物、団体等とは一切関係がありません。

幼なじみとナイショの恋。

2019年8月25日　初版第1刷発行

著　者　ひなたさくら　

発行人　松島滋

イラスト　岩ちか

デザイン　齋藤知恵子

DTP　株式会社 光邦

編集　相川有希子　酒井久美子

発行所　スターツ出版株式会社
〒104-0031
東京都中央区京橋1-3-1 八重洲口大栄ビル7F
TEL 出版マーケティンググループ 03-6202-0386（ご注文等に関するお問い合わせ）
https://starts-pub.jp/

印刷所　株式会社 光邦
Printed in Japan

乱丁・落丁などの不良品はお取り替えいたします。
上記販売部までお問い合わせください。

定価はカバーに記載されています。
ISBN 978-4-8137-0748-6 C0193

恋するキミのそばに。

野いちご文庫人気の既刊！

ずっと恋していたいから、幼なじみのままでいて。

岩長咲耶（いわながさくや）・著

内気で引っ込み思案な瑞樹は、文武両道でイケメンの幼なじみ・雄太にずっと恋してる。周りからは両思いに見られているふたりだけど、瑞樹は今の関係を壊したくなくて雄太からの告白を断ってしまって…。ピュアで一途な瑞樹とまっすぐな想いを寄せる雄太。ふたりの臆病な恋の行方は——？

ISBN978-4-8137-0728-8　定価：本体590円＋税

早く気づけよ、好きだって。

miNato（ミナト）・著

入学式のある出会いによって、桃と春はしだいに惹かれてあう。誰にも心を開かず、サッカーからも遠ざかり、親友との関係に苦悩する春を、助けようとする桃。そんな中、桃はイケメン幼なじみの蓮から想いを打ち明けられ…。不器用なふたりと仲間が織りなすハートウォーミングストーリー。

ISBN978-4-8137-0710-3　定価：本体600円＋税

大好きなきみと、初恋をもう一度。

星咲（ほしざき）りら・著

ある出来事から同級生の絢斗に惹かれはじめた菜々花。勢いで告白すると、すんなりOKされてふたりはカップルに。初めてのデート、そして初めての……ドキドキが止まらない日々のなか、突然絢斗から別れを切り出される。それには理由があるようで…。ふたりのピュアな想いに泣きキュン！

ISBN978-4-8137-0687-8　定価：本体570円＋税

今日、キミに告白します

高２の心結が毎朝決まった時間の電車に乗る理由は、同じクラスの完璧男子・凪くん。ある日体育で倒れてしまい、凪くんに助けられた心結。意識がはっきりしない中、「好きだよ」と囁かれた気がして…。／ほか。大好きな人と両想いになるまでを描いた、全７話の甘キュン短編アンソロジー。

ISBN978-4-8137-0688-5　定価：本体620円＋税

書店店頭にご希望の本がない場合は、書店にてご注文いただけます。

恋するキミのそばに。

♥ 野いちご文庫人気の既刊！ ♥

放課後、キミとふたりきり。

夏木(なつき)エル・著

明日、矢野くんが転校する――。千奈は絵を描くのが好きな内気な女の子。コワモテだけど自分の意見をはっきり伝える矢野くんにひそかな憧れを抱いている。その彼が転校してしまうと知った千奈とクラスメイトは、お別れパーティーを計画して……。不器用なふたりが紡ぎだす胸キュンストーリー。

ISBN978-4-8137-0668-7　定価：本体590円＋税

お前が好きって、わかってる？

柊(ひいらぎ)さえり・著

洋菓子店の娘・陽鞠は、両親を亡くしたショックで、高校生になった今もケーキの味がわからないまま。だけど、そんな陽鞠を元気づけるため、幼なじみで和菓子店の息子・十夜はケーキを作り続けてくれ…。十夜との甘くて切ない初恋の行方は!? 『一生に一度の恋』小説コンテストの優秀賞作品！

ISBN978-4-8137-0667-0　定価：本体600円＋税

あの時からずっと、君は俺の好きな人。

湊(みなと) 祥(しょう)・著

高校生の藍は、6年前の新幹線事故で両親を亡くしてから何事にも無気力になっていたが、ある日、水泳大会の係をクラスの人気者・蒼太と一緒にやることになる。常に明るく何事にも前向きに取り組む蒼太に惹かれ、変わっていく藍。だけど蒼太には悲しく切なく、そして優しい秘密があって――？

ISBN978-4-8137-0649-6　定価：本体590円＋税

それでもキミが好きなんだ

SEA(シー)・著

夏葵は中3の夏、両想いだった咲都と想いを伝え合うことなく東京へと引っ越す。ところが、咲都を忘れられず、イジメにも遭っていた夏葵は、3年後に咲都の住む街へ戻る。以前と変わらず接してくれる咲都に心を開けない夏葵。夏葵の心の闇を聞き出せない咲都…。すれ違う2人の恋の結末は!?

ISBN978-4-8137-0632-8　定価：本体600円＋税

書店店頭にご希望の本がない場合は、書店にてご注文いただけます。

恋するキミのそばに。

♥野いちご文庫人気の既刊！♥

初恋のうたを、キミにあげる。

丸井（まるい）とまと・著

少し高い声をからかわれてから、人前で話すことが苦手な星夏は、イケメンの慎と同じ放送委員になってしまう。話をしない星夏を不思議に思う慎だけど、素直な彼女にひかれていく。一方、星夏も優しい慎に心を開いていった。しかし、学校で慎の悪いうわさが流れてしまい…。

ISBN978-4-8137-0616-8　定価：本体590円＋税

キミに届けるよ、初めての好き。

tomo4（トモヨ）・著

高２の紗百は、運動オンチなのに体育祭のリレーメンバーに選ばれてしまう。イケメンで陸上部のエース〝100m（ヒャク）の王子（プリンス）〟と呼ばれる加島くんに言われ、半ば強制的に二人きりで朝練をすることに。不愛想だと思っていた加島くんの、真面目で優しいところを知った紗百の心は高鳴って…。

ISBN978-4-8137-0615-1　定価：本体600円＋税

好きになっちゃダメなのに。

日生春歌（ひなせはるか）・著

引っ込み思案な高校生、明李は、イケメンで人気者だけど、怖くて苦手な速水の失恋現場に遭遇。なぜか彼の恋の相談に乗ることになってしまった。速水は、目立たないけれど自分のために一生懸命になってくれる明李のことがだんだん気になって…。すれ違うふたりの気持ちのゆくえは？

ISBN978-4-8137-0573-4　定価：本体600円＋税

君が泣いたら、俺が守ってあげるから。

ゆいっと・著

亡き兄の志望校を受験した美紗は、受験当日に思わず泣いてしまい、見知らぬ生徒にハンカチを借りた。無事入学した高校で、イケメンだけどちょっと不愛想な凜太朗と隣の席になる。いつも美紗に優しくしてくれる彼が、実はあの日にハンカチを貸してくれたとわかるけど、そこには秘密があって…？

ISBN978-4-8137-0572-7　定価：本体610円＋税

書店店頭にご希望の本がない場合は、書店にてご注文いただけます。

恋するキミのそばに。

♥野いちご文庫人気の既刊！♥

あのね、聞いて。「きみが好き」

嶺央・著

難聴のせいでクラスメイトからのひどい言葉に傷ついてきた美音。転校先でもひとりを選ぶが、桜の下で出会った優しい奏人に少しずつ心を開き次第に惹かれてゆく。思い切って気持ちを伝えるが、受け入れてもらえず落ち込む美音。一方、美音に惹かれていた奏人もまた、秘密をかかえていて…。

ISBN978-4-8137-0593-2　定価：本体620円＋税

おやすみ、先輩。また明日

夏木エル・著

杏は、通学電車の中で同じ高校に通う先輩に出会う。金髪にピアス姿のヤンキーだけど、本当は優しい性格に惹かれ始める。けれど、先輩には他校に彼女がいて…。“この気持ちは、心の中にしまっておこう”そう決断した杏は、伝えられない恋心をこめた手作りスイーツを先輩に渡すのだが…。

ISBN978-4-8137-0594-9　定価：本体610円＋税

空色涙

岩長咲耶・著

中学時代、大好きだった恋人・大樹を心臓病で亡くした佳那。大樹と佳那はいつも一緒で、結婚の約束までしていた。ひとりぼっちになった佳那は、高校に入ってからも心を閉ざしたまま過ごしていたが、あるとき闇の中で温かい光を見つけ始めて…。前に進む勇気をくれる、絶対号泣の感動ストーリー。

ISBN978-4-8137-0592-5　定価：本体600円＋税

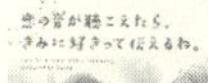

恋の音が聴こえたら、きみに好きって伝えるね。

涙鳴・著

友達付き合いが下手な高校生の小鳥は、人気者の虎白が苦手。学校にも居心地の悪さを感じていたが、チャットアプリで知り合った“パンダさん”のアドバイスから、不器用な虎白の優しさを知る。彼の作る音楽にも触れて心を開くなか、“パンダさん”の正体に気づくけど、虎白が突然、姿を消し…!?

ISBN978-4-8137-0574-1　定価：本体590円＋税

書店店頭にご希望の本がない場合は、書店にてご注文いただけます。